河南省文联老作家
艺术家作品丛书

序跋集

墨　白　著

郑州大学出版社

图书在版编目（CIP）数据

序跋集／墨白著. -- 郑州：郑州大学出版社，
2025. 6. --（河南省文联老作家艺术家作品丛书）.
ISBN 978-7-5773-1069-5

Ⅰ. I267

中国国家版本馆 CIP 数据核字第 20256TB732 号

序跋集
XUBA JI

策划编辑	李勇军		封面设计	孙文恒
责任编辑	暴晓楠		版式设计	孙文恒
责任校对	刘晓晓		责任监制	朱亚君

出版发行	郑州大学出版社（http://www.zzup.cn）
地　　址	河南省郑州市高新技术开发区长椿路 11 号（450001）
发行电话	0371-66966070
经　　销	全国新华书店
印　　刷	河南瑞之光印刷股份有限公司
开　　本	890 mm×1 240 mm　1／32
印　　张	10.875
字　　数	266 千字
版　　次	2025 年 6 月第 1 版
印　　次	2025 年 6 月第 1 次印刷

书　　号	ISBN 978-7-5773-1069-5	定　　价		58.00 元

本书如有印装质量问题，请与本社联系调换。

总序

方启雄

文运同国运相牵，文脉同国脉相连。

河南承载中华文明主根主脉，在过去五千多年的浩荡长河中，绘就了中华民族一脉相承的文化图谱。习近平总书记多次亲临河南考察调研，对文化念兹在兹，谆谆教诲、殷殷嘱托，提出了许多标识性、原创性重大论断。2025 年 5 月，习近平总书记在河南考察时强调，要"着力推动文化繁荣兴盛"，赋予河南新的使命任务，为我们做好新时代文化文艺工作提供了根本遵循。

当代河南文艺，星河灿烂，人才辈出。河南省文联自 1954 年 4 月成立以来，团结引领广大作家艺术家，积极投身社会主义革命、建设和改革开放伟大事业，热情讴歌新时代、新征程，走过了七十多年的光辉历程。一批批作家艺术家与党同心同德、同向同行，为文艺事业留下一笔笔浓墨重彩，为我省经济社会发展提供了坚实文化支撑，注入了强大精神力量。

这些老作家艺术家是全省文艺界的宝贵财富。他们政治立场坚定、文艺思想丰沛、创作功力深厚、社会影响广泛，他们举精神之旗、立精神支柱、建精神家园，致力于弘扬河南精神、凝聚河南力量，参与、见证了河南文艺事业、当代文化事业的蓬勃发展。他们扎根中原大地，以真诚钻研的艺术追求和专心踏实的匠人精神，数十年如一日，用脚步丈量中原大地，用耳朵倾听人民呼声，用内心感应时代脉搏，以磅礴有力的好作品展现了热气腾腾、活力满满的河南，彰显了信仰之美、崇高之美，鼓舞着中原儿女朝气蓬勃地迈向未来。他们的创作实践和艺术成果，是"老家河南"最好的宣传方式，不管是一部小说、一出戏剧，还是一幅字画、一张照片，都为省外人民、海内外同胞乃至外国友人了解河南提供了独特的视角，对于讲好河南故事、传播好河南声音、阐发河南精神、展现河南风貌厥功至伟。

为传承优秀的文化基因，留下宝贵的精神食粮，在新的起点上推动文艺事业繁荣发展，我们怀着崇敬与感恩之情，选取了十位曾为河南文艺事业倾注心血、挥洒才情的老作家艺术家，将他们的经典之作编纂成集。这套丛书不仅承载着他们对艺术的执着追求、对人民的深厚情怀，也是时代文艺精神的生动写照。

河南文艺的繁荣局面，由老一辈作家艺术家开创，也将由一代代人在厚实的底子上不断推进。衷心祝愿老作家艺术家笔力不减，创作之树常青；也希望青年文艺工作者大力继承和发扬老作家艺术家的优良传统，努力创作出更多无愧于时代、无愧于人民的优秀作品，在奋力谱写中原大地推进中国式现代化新篇章中更好展现文艺界的担当作为。

是为序。

2025 年 6 月

（方启雄，河南省文联党组书记）

内容简介

    收入这部集子的跋《生命之体验》写于 1992 年，最后一篇《〈乡愁记〉序》写于 2025 年 3 月，时间跨度 33 年；以写作时间顺序编排的近 80 篇序与跋分自序与他序两个部分，内容繁密而饱满，涉及小说、散文、诗歌、评论、戏曲创作以及地理、历史、经济、建筑、绘画、书法、篆刻、摄影等相关书籍的写作。作者以独特的方式理解生命与情感、历史与现实，并着重从写作和审视的角度揭示了梦境、幻想、记忆、时间、空间、叙事、故事、经历、虚构、现实等元素与文学艺术及人生的关系，既是作者漫步时光的歌吟，又是作者通过写作实践、阅读对叙事艺术创作技法进行的探究和解读。

目 录

第二辑 相伴而行

第一辑

序言与后记

生命之体验

在生命的长河中，不论是皇帝还是平民，他都应该是一个独立的存在，每一个人都是一个完整的世界。他们都是一片叶子，他们有发芽变绿的日子，也都有发黄飘落的岁月，他们对我们小说家来说同等重要。有良知的小说家是受生命驱使去从事创作的。他们总是以自己深刻的生命体验和对时代精神的感悟去把握比生活真实更深邃的精神内涵。

1991年8月中旬，我有一次短暂的西安华山之行。在西安临潼，秦始皇兵马俑像一挂瀑布从天而降，它庞大的喧闹声使我两耳轰鸣，再现的历史长卷使我感到生命的脆弱。在西岳华山，那刀削斧劈的冲天巨石像一只只展翅的雄鹰，它浓厚的阴影使我恐惧，大自然的神秘使我感到人的渺小。

人的生命是短暂的。死亡这一阴影使人生充满了永恒的苦涩，所以即使生命里最大的欢娱也潜藏着悲怆的眼泪。

写作是我对生命自身和存在的认识。文学竟能包涵一个生命的整体，那该是多么让人神往的事！但究竟是什么神秘的力量使我去表现这个短暂的生命个体？有些时候我也弄不明白，在我创作感到困惑的时候，我就渴望去和生命跳个舞，去亲身体验那种使人无法忍受的苦难和痛苦，然后再用一种形式把苦难和痛苦呈现出来，这个时候我就真诚地选择了写作。在那些短暂的由再现生命过程而产生出来的快乐中，我觉得我拥抱的不是某一个女人或男人，而是永恒。

小说写什么不是一个难题，怎样忠实于自己的生存环境、忠实于自身的感受、忠实于自己的表达才是一个重要的问题。每个小说家写出每一篇像样的东西都不容易，就像生孩子那般难，十月怀胎，一朝分娩。孩子是父母之精血，作品是小说家灵魂之呈现。谁不希望自己的孩子有出息？谁不希望自己的孩子最漂亮？但我更希望这个孩子确确实实是我的孩子，这孩子四肢健壮充满着旺盛的生命力。好的小说必须有震撼人心的强度和充实的能力，没有丝毫的卖弄和做作，充满着歌颂生命的真情实感。

1992 年

　　（本文为短篇小说集《孤独者》的跋。《孤独者》，河南人民出版社 1994 年 1 月出版。）

画匠·艺术家

　　有些时候，我们会深深地陷入某一种事物的腹部，目光被事物的枝叶遮挡。比如雾。雾仿佛浩瀚的海把世界淹没，并改变其真相。比如季节。某个季节特有的颜色往往如酒一样迷醉我们的瞳孔，使我们成为色盲。比如我们那个著名寓言里的青蛙，青蛙坐在井里望着毛茸茸的青苔，看着那片湛蓝的天空，为自己的辽阔而津津乐道。比如我们目前的小说，实际上我们现在被一种惯有的模式或者思想的枷锁束缚。

　　有两个画家，第一个画家能准确无误地把他所见到的物体描绘下来，画狗似狗，画猫似猫，我们称这一类画家为画匠。第二个画家则把现实的东西用意念或抽象的手法呈现在我们的眼前，用以表达他对世界的看法。比如荷兰的凡·高、法国的马蒂斯、挪威的蒙克、法国的夏加尔、西班牙的达利，我们称这一类画家为艺术家。

　　作为作家，我们不能像常人那样去看世界。比如播种和收获。我们不能只单单地把某种事物看成一种表层的现象，如果那样，我们只能是画匠。我们应该看到这种现象所产生出来的某种意义，我们还应该看到这种现象早已被生存和死亡笼罩。如果再用一种形式把它表现出来，这才是艺术家。现在在小说这片林子里，我们看到的往往是画匠，而很少看到艺术家，这不能不使我们忧虑。

　　那么我们应该从何处开始呢？怎样从迷雾里、从季节里、从深井里、从模式里摆脱出来呢？

　　我们需要阳光来驱散迷雾，我们需要时间来更改季节，我们需要大水来淹没水井，我们应该注重作品中人物的人格价值，而不是性格价值；注重主题与哲学文化语义融合起来而生成的深层结构；注重情节所指的模糊性以及语言自身的美文功能，让人物与其自身之外的历史、文化整体构成一种回应；我们更应该注重叙事技巧所带给无论是阅读者还是我们创作者本人所产生出来的快感；也就是说，我们必须抛弃旧视角，从新的角度切入对象，我们要从观念、认知、价值、语言、结构等各个方面对以往的模式来进行一次爆破或者是颠覆，这样我们的小说才有希望。

1993 年

（本文为短篇小说集《孤独者》的跋。《孤独者》，河南人民出版社 1994 年 1 月出版。）

《梦游症患者》 后记

《梦游症患者》写于 1996 年 3 月 19 日至 4 月 19 日，在那整整一个月的时间里，我闭门不出，终日被一种痛苦折磨。我常常一直到零点还不能入睡，第二天黎明来临的时候又在噩梦中惊醒，在那些春天清冷的时光里，我坐在黎明的黑暗里持着一双惺忪的眼睛发呆。等 4 月 19 日那天下午我写完草稿上最后一页最后一行字的时候，紧绷的心一下子松弛下来，我感到十二分的劳累，我像条狗一样窝在沙发上倒头就睡，等半夜醒来的时候，我浑身热得发烫。接着，我就病了一场。

1996 年距离"文革"的开始已经整整三十年了，"文革"开始那一年我还不满十岁。当噩梦在一个还不满十岁的孩子身边发生的时候，他身不由己地用一种幼稚的眼光注视着梦境里的一切，他身不由己地去经历梦境中的一切。兴奋、向往、迷茫、恐惧……梦是那样漫长，足足做了十年，或者更长一些时间，一直到他长大成人，那场噩梦几乎构成了他的血肉和精神……当他从梦境里醒来的时候，当他爬到一座山顶或者走到一望无际的大海边回头朝他的来路观望的时候，他受到震惊的灵魂真的很难用语言来表达。

半个世纪以来，以第二次世界大战为题材的文学作品层出不穷，这些作品使我们对产生这场战争的思想根源以及战争的本质有了更深刻的认识。中国在 20 世纪走过的 1966—1976 年与第二次世界大战在人权和人性上有着许多相似之处。"文革"使我们整个民族丧失了自我，当然我们不能一味地去指责这场运动的发动者，我们要做的是应该更多地从我们自身找一找原因，找一找这场运动的思想根源和土壤在哪里，我们应该拿起手术刀来咬着牙对着自己身上的恶疮或脓包狠狠地划去，这样对我们自己有好处。对"文革"的反省，不是已经结束，而是刚刚开始。

"文革"对于我们这些经历过的人来说，就像昨天刚刚过去的往事一样清晰。可我们又总是去不掉它留在我们内心深处的阴影，它似乎仍然和我们每一个经历过它的人血肉相连，它常常勾引起我们的无奈和惆怅，勾引起我们的恐惧和噩梦。可是我们不能因此而不去回忆它。我们只有不断地回头看一看，这样才可能使我们从梦中醒来，才可能使我们远远地离开它。对于现在没有经历过"文革"的青年人来说，它又是那样遥远，那难以使人相信的事实深深地吸引着他们。在我们的讲述中，他们会睁大眼睛看着我们说，会有这样的事情吗？是的，就是有这样的事情。

真实地再现那个年代人们的生存境遇，再现一个丧失精神自我的年代，是我的梦想。在叙事语言里隐含一种诗性，使整个作品隐喻着一种象征性的主题，也是我的梦想。我不知道我的这种梦想实现没有，但有一点毫无疑问，我的目光已经穿越了那个遗留在时间腹部的偏僻的乡间小镇，来到了现实之中。在公交车上，在烩面馆里，在你生活的每一处地方，只要你留心，或许你就会重新遇到这本书里的一些人的影子。是的，是他们，他们还生活在我们的身边，那些经历过"文革"的人还都生活在我们的身边。

2000 年 12 月

（《梦游症患者》，河南文艺出版社 2002 年 3 月出版。）

与本书相关的几个词语

隐私

这是一个具有涵盖力的词语。比如神秘，比如性，比如通奸，都可以被隐私包含。当然还有更多的事情被这个词语包容，比如嫖娼、卖淫、贪污、受贿，这些都是罪恶的勾当。但隐私不可能都与罪恶有关，比如手淫。手淫与嫖娼、卖淫、贪污、受贿这些罪恶有着截然不同的性质，它与人类的成长有关。

我曾经在当地的晚报上看到过一则有关手淫的通讯，一个叫吴明的医生在信里说，实际上手淫的习惯在男性青少年中几乎是普遍的，许多青少年常常为自己染上手淫的习惯而担忧……这些材料表明，在我们每一个人的成长过程中，都会有关于性这种让人难堪的事实存在着，但是那些不可启齿的事实将永远隐藏在我们的内心深处。在他的一生里，一直到他离开这个世界，他都不可能对任何人讲起，那些最清晰的画面和情景将会沤烂在他的心里，随着他肉体的腐烂而腐烂。可以这样说，没有这种隐私的男人不能算得上一个真正的男人，他们把自己的欲望之火藏在黑暗之中，并把那隐私带进坟墓，可这种欲望的历程却一次又一次地在我们中间神秘地重演着，一代又一代地延续着，这种在黑暗之中燃烧的火焰成了我们人类精神的最重要的取之不尽的源泉，那些神秘的种子永远埋藏在我们生命最旺盛的深处，那种子远离阳光却能在黑暗里开花结果。

我的写作极为关注这种在黑暗之中燃烧的精神历程。我用什么来完成这种叙述呢？首先，我用我的亲历和感受来剖析我所看到的一切，这种剖析是真诚的，我把刀子首先对准自己的胸膛。我认为这种真诚极为重要。您在阅读这部小说的时候，面对的就是我，尽管小说的情节和人物都是虚构的，但我对生命和人生的感受是真实的，如果我自己就不真诚，自己就是虚伪的，怎样能和您在某些看法和想法上产生共鸣和交流？如果这个世界上能有一个因为我的写作而被感动的人，那我就满足了。我想那个人或者上帝可能就是您，就是正在看这本书的您。

爱情

这个词语和性紧紧相连。爱情如果离开性，那就是天上的彩虹，即使美若天仙也只能是可望而不可即的，那是神仙的事儿。因为我是草命之人，所以我要真诚地面对性。真正的爱情是性爱，是灵与肉的结合。性爱不单单与人类延续有关，更重要的是人类精神产生的根源。

性本应该是自然的，美好的，但是被我们人类自身蒙上了一层神秘的帷纱。在世俗里，在人类社会里，性早已被文化改变。在现实生活里，我们仍然没有勇气面对性，那就是因为所谓的文化。因为文化，在中国，性成为一种理性，属于理学，是一种哲学；在西方，性成了一种神性，属于神学，是一种宗教。理性和神性的目的都是禁欲，都是对人的异化。西方宗教是把精神枷锁套在人的脖子上，中国理学则把它套在人的心灵上。挣脱心灵上的枷锁要比挣脱脖子上的枷锁困难得多。

性爱对于成熟的男女来说，是重要的日常生活内容。可是我们却没有勇气面对它，您看，我们活得不虚伪吗？性不是小问题，我们只有真正面对性爱，才能挣脱套在我们心灵上的枷锁，才能使人性得以复苏和美好。

所以我的写作是关注人的性爱生活的写作，是关注人类精神历程的写作。我的写作不单单把性生活看成是一种生理现象，同时也把它看成是一种文化现象和社会现象。

婚姻

这同样是一个具有文化内涵的词语，它可以诱引出另外的词汇，比如婚外恋。婚外恋的另一层意思就是通奸。"群婚制是与蒙昧时代相适应的；对偶婚制是与野蛮时代相适应的；以通奸和卖淫为补充的一夫一妻制是与文明时代相适应的。"①

在世俗的眼睛里，通奸往往与丑陋和肮脏的内心世界联系在一起。通奸似乎不符合人类的道德规范，但除欲望之外，也反映了某些人对自身婚姻状况的不满而又对现实生活无可奈何。表面符合法律，实质上却不符合人道的婚姻是当代人内心焦虑的精神根源之一。

人性在现实家庭生活中常常处于一种很尴尬的地位。所以，不人道的婚姻是我写作关注的重要主题。

---

① 中共中央马克思、恩格斯、列宁、斯大林著作编译局编：《马克思恩格斯选集》（第四卷），人民出版社，1972，第70—71页。

神秘

这个词语与我们的现实生活也紧密相连。走在大街上，当您对面走过来一位陌生而漂亮的女孩或者一位陌生而面容苍老的男人的时候，您对她或者他了解多少呢？她是个良家妇女还是个妓女？他是个老知识分子还是一个杀人犯？您可能什么都不知道。她或他的生活，她或他的一切，对于我们就构成了一种神秘。每一个人都是一个神秘的房间。那么您在别人的眼里呢？同样也是一间神秘的房子。我们每天都要面对这样的生活，就连我们自己也不知道在即将到来的那一时刻，会在我们身边发生什么样的事情，不知道。我们怎么能知道那些突然发生在我们身边的事情呢？未来对于我们每一个人来说，永远都是神秘的。

在《重访锦城》里，一个人重新回到多年以前他曾经住过的小城，去看望他读师范时的恋人，他能知道等待他的是什么吗？不知道。在《错误之境》里，一个人要到一个陌生的小镇上去寻找背叛他的女人，他能知道将要出现在他面前的是什么吗？不知道。《白色病室》和《局部麻醉》都是发生在医院太平间或者手术室里的故事，对那些充满神秘和恐惧的封闭性房间，我们真的就像面对一个陌生的人。在《进入城市》和《从乡村到京城的路途》里，有两个小地方出来的青年，面对陌生而繁华的城市感到茫然，城市对于他们来说意味着什么？那无数的高楼大厦，无数的住宅楼意味着什么？是神秘。他们能知道随时会在他们身边发生什么吗？不知道。《俄式别墅》是历史的存在，也是一个现实的存在，当一个画家和一个偶然相遇的女孩住进这座潮湿的建筑之后，又会发生些什么呢？我们真的不知道。

　　是的，对将要发生的事儿我们一点也不知道，所以一切都是自然和神秘的。我们只有跟着那些人到达他们要到达的地方，我们只有跟着他们去经历他们所经历的一切，我们只有跟着他们去寻找他们要寻找的一切。可是当我们接近目标的时候，这才发现我们所想象的一切几乎都走了样。这个时候目的对于我们来说已经不重要，重要的是我们经历的过程，因为我们的经历，一切过程才显示出它的意义来。这就是生活本身，我们的生命因此而产生意义。

　　讲述现实生活中的神秘是我写作的叙事策略，同时也是我的小说立场。

2000 年 6 月 6 日

　　（本文为短篇小说集《重访锦城》的序言。《重访锦城》，长江文艺出版社 2000 年 10 月出版。）

我为什么而动容

在过去的时光里，我们人类所拥有的苦难真是太多太多，天灾、人祸，每一件细小的事情都会使我们的良心有所动。

1986年1月28日，在佛罗里达州卡纳尔角肯尼迪航天发射中心，来自美国新罕布什尔州康德中学37岁的女教师克里斯塔·麦考利夫是最引人注目的人物，因为她将要和另外两名宇航员乘即将发射的"挑战者"号进入太空。11时38分，"挑战者"号腾空直冲云霄，而在5秒钟后，航天飞机突然化成了一个火球，从碧空中传来一声闷响。在远离发射架4英里的看台上，1000多名观众目睹了这场人类的空中灾难，片刻从惊愕之中回过神来，不觉凄楚难当。那个时候，这位女教师的父母都在看台上，当她的父亲明白过来后就伸手搂住了老伴，他神色迷惘，继而鼻子一酸，苦泪夺眶而出。在康德中学的礼堂里，一张张笑脸顿时呆若木鸡，片刻沉寂过后，响起了一片不可抑制的哭泣声……

2000年某日凌晨0时10分，江苏省睢宁县一个青年骑着自行车往家赶路，在他走到县城北高速路睢魏入口时，与一辆大客车相撞，致使青年头部受到重伤，大客车的左后轮轧住了他的腹部之后才停下来。青年凄厉的惨叫声划破夜空，但车上的司机和车上的28名乘客却无动于衷，没有一个人下车相救，任凭青年在车轮下惨叫一个多小时。等凌晨1时20分交警赶到现场的时候，青年已在车下昏死过去，那个时候司机和那28名乘客仍旧坐在车上，有的甚至在呼呼大睡……

是的，那些来自大自然的灾难让我们感到恐惧，而更沉重的灾难来自我们的灵魂，来自我们人类本身。我不知道当青年凄厉的惨叫声从车下传来的时候，那些坐在车上的人是怎么想的，我不知道如果自己当时要是在那辆车上该怎么办，我的良心为那件事儿在很长一段时间里都得不到安宁，我痛苦不堪。我心里清楚，在未来的时光里，人类仍然会被一些意料之外和意料之内的苦难心痛。那些将要发生和已经过去的苦难会成为我们难以回首的往事，成为我们的记忆。

但是我不得不承认，正是那些往事和记忆才构成了我写作的生命，为了记住过去的每一件难以忘怀的事情，为了使我麻木的心灵得到苏醒，为了使每一个我自认为有新鲜感有意义的想法重新生存于现实中，我不得不进行回忆和写作。我的写作是靠回忆来完成的。

我们的生命只存在于一瞬之间，除此之外，就连刚刚过去的一些事情，我们的一切事情都要依靠回忆来完成。现实也存在于一瞬之间，只有在这一瞬之间被称作浩瀚的历史才显示出它的意义。而回忆使我们首先颠覆了时间的意义，在回忆之中，时间变得不可依靠，和现实出现了距离。发生于2000年某日凌晨的那件让我们心痛如裂的往事可能会先于昨天的事情来到我的笔下，时间在我的回忆之中丧失了秩序。无数的往事会每时每刻进入我们瞬间的生命，进入我们的现实之中，回忆使我们废除了现实与过去的距离，而回忆之中的一切又都是正在进行时，回忆就是现实。对于我来说，现实始终是我写作的基点，我的写作，我笔下的一切都是正在进行时。

我们使用语言和文字使记忆和幻想变成某种画面或情绪直接呈

现在读者面前，使历史、时间和未来超出虚幻，变成一种固定的能给读者留下记忆的东西，我们成了创造历史的人。由于回忆使时间丧失了秩序，因此时间对于我们的生命而言就变得没有起点和终点。在这样的时间里，我们就可以用不同的视角来回忆和审视某一件往事。由于视角的不同，同样一件往事或人物就会使我们得到不同的感受和认识，这就使得我们的写作显示出它的复杂性和多层次性，这就成了历史。历史的真相是什么？历史就是某个人从某个带有主观意识的侧面所看到的某个事件的某个方面，历史就是某个人的好恶。

那么我们靠什么来完成这种对回忆（历史）、现实（生命）和未来（时间）的定型呢？对于我们写作者来说，毫无疑问，我们需要独立的人格和诗性的叙事。在技术上，现在我们所面临的最重要的问题就是叙事。我所说的叙事当然不是单单地去讲述一个故事，绝对不是，故事只是使读者进入回忆内部的一种手段，叙事的灵魂应该是一座巨大的宫殿，一座迷失在时间和历史之中的宫殿。我们在这座迷宫里所看到的应该是用肉体和灵魂建成的没有尽头的充满阳光或者光线暗淡的小道，我们沿着这些小道去漫游这座宫殿，在小道的两侧我们应该使来漫游的人看到他们从来都不曾看到过的花朵或野草，那就是我们对历史、生命和时间的独到的认识和见解。

1976 年的春天，我高中没毕业就外出独自谋生。而在这之前，在颖河岸边，在那座我出生的小镇上已经接受了苦难对我最初的洗礼。我父亲在 1966 年因为"四清"运动中的所谓经济问题，被判三年有期徒刑，这就决定了当时我们家的社会地位。为了生存，我在幼小的年龄就学会了许多农活儿。我的童年和少年时代是在恐慌和劳苦之中度过的。在我外出流浪的几年时间里，我当过火车站里的装卸工，做过漆匠，上山打石头，烧过石灰，被人当成盲流关押起来。那个时候我身上长满了黄水疮，头发纷乱，皮肤肮脏，穿着破烂的衣服，常常寄人篱下，在别人审视的目光里生活。我的青年时代是在孤独和迷茫之中开始的。苦难的生活哺育了我并教育我成长，多年以来我都生活在社会的底层，至今我和那些仍然生活在苦难之中的人们，和那些无法摆脱精神苦难的普通劳动者的生活息息相通，我对生活在自己身边的那些人有着深刻的了解，这就决定了我写作的民间立场。我可能是这样一种人：对世间苦难的人类充满了同情心，或者悲悯之情。我想这应该是我的本质，一个作为具有人道主义精神的普通人应该具有的一种本质。但是当我作为一个作家出现的时候，我需要的是用另一种眼光来正视人类真正的苦难和精神的迷惘，而不应该是一般意义上的悲悯和同情。我希望世上的每一个人都生活得很幸福，正因为这一点我的写作才正视苦难，我应该记住人类的苦难，人类肉体和精神上的苦难，并且以小说的形式使这苦难再现出来，使我们已经麻木的心灵慢慢地觉醒。

1994 年 7 月 27 日的黄昏，一个名叫凯文·卡特的南非青年开着他的红色卡车来到了布莱姆方特恩斯的普洛河畔，这是他小时候常常来玩的地方。在这里他用银色的胶带把一截从花园里弄来的软管固定在排气管上，又从车窗送进车内，他穿着没洗的牛仔裤和 T 恤衫，然后启动了车子，打开身边的随身听，用一只袋子枕在脑袋下面慢慢地结束了他年仅 34 岁的生命。后来人们在他的座位上找到了一张字条，字条上这样写道："真的，真的对不起大家，生活的痛苦远远越过了欢乐的程度。"这使我震惊，这使每一个熟悉凯文·卡特的人感到震惊。凯文·卡特在两个月前刚刚获得了普利策新闻摄影大奖，他那张再现 1993 年苏丹大饥荒的《饥饿的女孩》

的摄影作品使我们所有看到的人都得到了心灵的惊颤。卡特为了让自己从成堆的快要饿死的人的悲惨景象中放松一下，走进了灌木丛，就在这时他看到了一个骨瘦如柴的小女孩正在哭泣着，艰难地向前爬着，正当卡特要拍下这个女孩时，有一只大鹰落在了小女孩的身边，卡特拍下了这张照片，然后驱赶走那只鹰。他注视着那个小女孩继续往食品发放中心爬行，卡特在地上坐下来，点上一支烟，念着上帝的名字放声恸哭。卡特使我对人类的苦难得以更深刻的认识，并使我为此而动容。

人类的苦难在不断地发生。在这个即将过去的世纪里我们的肉体承受了太多的苦难，我们的心灵承受了太多的苦难。战争、饥饿、自然灾害、疾病充满了我们的记忆，而更多的苦难来自我们人类自己，来自我们的精神世界。我们不能对此麻木，我们不能为一些鸡毛蒜皮的小事儿所津津乐道，我们不能忽视我们自身的那些不堪忍受的凄苦的心灵，我们不能忘记人类的苦难，我们应该深刻地揭示我们人类自身的孤独和痛苦，深刻地揭示对现实生活的恐惧感和对未来的迷惘。叙述我身边的那些忍受着生活苦难和精神苦难的底层人的生存状态和精神状态，是我写作《事实真相》里这几篇小说的初衷。

1998年夏季的法兰西，当我们看到取得冠军的法国足球队的队员们只顾欢呼胜利，把站在领奖台上的法国总统希拉克淹没在屁股后面而不顾的时候，我感到吃惊，我坐在那里久久地沉默不语。我在想，我们自身到底缺少什么？我们这个民族到底缺少什么？

是的，文学的问题首先应该是心灵的自省和自救，然后才是形式，那种把纷乱的记忆塑造成某种特定的文学形式，令人难以忘却的形式。在人格自建的完成过程中，在艺术上为读者提供一种新的、具有创造性的叙事形式，是我在《事实真相》这部集子中所追求的目标。

2001 年 1 月 20 日

（本文为中、短篇小说集《事实真相》的序言。《事实真相》，四川文艺出版社 2001 年 5 月出版。）

《欲望与恐惧》 后记

一

最初，我很为这部小说的名字犯难。我把想好的几个名字写在一张纸上，每天都要看上一眼。这些名字是：

《爱情的餐桌》《在房间里旅行》《一个流氓的生活》《流氓吴西玉》《别人的房间》《欲望与恐惧》

结果，我选择了最后一个。原因是我更喜欢她的神秘色彩，喜欢她的诗意，喜欢她深长的意味。

二

把序言和后记两部分放在书里，并使它们成为正文的一部分，使其血肉相连，以此来改变作品的结构……其实，这才是我在后记里最想说的一句话。

2001 年 11 月 26 日

（《欲望与恐惧》，长江文艺出版社 2002 年 1 月出版。）

《来访的陌生人》 后记

　　《来访的陌生人》与我其他的小说相比，在叙事上发生了很大的变化，我注重了可读性。但这部看似好读的小说我仍然想赋予她一种无法消除的内在的紧张，我想在人与人之间、人与历史之间、人与现实社会之间，使这种无法消除的内在的紧张得到印证。

　　我自认为这是一部关于人的尊严与被侮辱的小说，是一部关于复仇的小说。但遗憾的是，我没有使那个被侮辱者、那个复仇者出现，我只让他存在于主人公们的讲述当中，或许我真实的愿望就是想让他只存在于我们的感觉里。我总觉得，他就站在离我们不远但我们又无法看到的地方，他就生活在我们的身边。这种情景的出现，使得我们的内心更为焦灼且恐惧，更为要命的是，我们对此并没有清醒的认识，相反，对那个我们想象中的复仇者却充满了一种向往和倾慕之情。

　　小说中的一些东西看似已经离我们很远，比如伤害和侮辱，比如已经成为历史的某些事件，实质上这些仍然离我们很近，因为这些与人性有关，与我们的生存困境有关。伤害与侮辱、历史事件、权力、弱者、复仇、死亡、人性、神秘、隐秘、焦灼、恐惧、孤独、忌妒等等，这是一些永恒的话题，它与我们整个人类的生存息息相关。我们多年前关注的东西现在我们仍然在关注，我们黄种人关注的问题，白种人、黑种人也在关注。

　　当然，这部充满悬念的小说与神秘和隐秘相关。2001年春节前后，我在同林舟先生的对话中，阐述了我对神秘和隐秘的理解：现实生活中的神秘力量来自我们自身，是自然的，比如死亡，比如性，这是一种生命现象；而隐秘的行为和事件则来自社会、政治和文化，是人为的。现实生活中的神秘和隐秘无处不在，我们所面临的困境是：生活在现实之中的每个人都没法躲避和逃遁。

2003 年

（《来访的陌生人》，河南文艺出版社 2003 年 7 月出版。）

一个人，一座小镇和一条河流

　　一个生活在墨脱的门巴人，可能他一辈子也走不出雅鲁藏布大峡谷，一辈子见不到汽车。因为那里至今还不通公路。一个生活在巴黎的现代人，他可以使用人类最先进的交通工具游遍世界，但巴黎人却不能代替门巴人，不能代替门巴人去感受雅鲁藏布大峡谷里的冰川河流、鱼兽鸟虫、春暖冬寒。

　　一个生活在颍河镇上的人，他的一生可能只到过远在四十里开外的县城，但那个巴黎人同样不能代替他去感受生活。在这个世界上，没有谁能代替另外一个人去感受世界的存在。谁能代替我生活？谁能代替你生活？谁能代替一个精神病患者、一个厚颜无耻的政治小流氓、一个坐在监狱里的死囚犯的生活？不能。一个给有钱的女人当面首的男青年有着他自己的精神世界，一个漂亮的不幸做了妓女的女孩同样有着她自己的精神世界。每一个在现实里生存的人，都是以他自己的存在，以他自己的感觉为中心的，这包括你，包括我，也包括我小说里出现的每一个人。

　　在这本小说集里出现的人物，大多生活在颍河岸边的小镇里。他们长年在镇子里生活，日落而息日出而作，或者从镇里出发到很远很远的地方去，或者再从外地回到生他养他的土地上，他们用不同的方式与内部或外部的世界沟通着。在颍河镇人的头脑里，世界的存在，是以他们为中心的。无论外边的世界有多大，都是以颍河镇为中心点向四面八方辐射的。颍河镇是一只小麻雀，她不是非洲大象，也不是北极熊，但她却五脏俱全，鼻子、眼、心、肝、肺，一样不少。就像一个人，颍河镇以她自己的方式感受着世界的存在，承载着过去和现在，她还将要承载源源不断的未来，感受着人类发展的历史，她有自己的存在方式，大象不能代替她，北极熊也不能代替她。她在颍河的身边不断地成长和变化。

在我童年的记忆里，颍河是神秘的。那时我与外部世界联系的唯一通道，就是镇子南边的那条河。在我幼年的视线里，颍河无比宽阔，每年雨季，浑浊的河水就会爆满河床，浩浩荡荡仿佛从天而降。那个时候，我想象不到世界上还会有比这更汹涌的河流了。洪水去后，河道里就会出现张着白帆的商船，就会出现长长的木筏和竹排，就会出现粗犷的颍河调子和牧羊少年的竹笛声。我常常坐在河道里看着驼背的渔夫拉着白船子逆流而上，那个时候我不知道这条河从何而来，也不知道她要流到哪里去，我常常幻想着这条河流之外的世界。颍河是我幻想的翅膀。在后来我弄清了颍河的地理位置和走向时，也悟出了另一层道理，这条河同时是从过去流来的，她一直流到现在，她还会一直流下去。这条河流，承载着历史、现实和未来。

对于一个出生在颍河镇的人来说，颍河镇的存在，在他的生命历程中留下了无法抹去的痕迹。对于颍河镇来说，没有从远方流来的颍河，她也就不存在。颍河是淮河的一条支流，他们是女儿与母亲的关系，是儿子与父亲的关系，或者是一对孪生兄弟，他们具有相同的血液和本质。

2004 年 2 月 2 日

（本文为中、短篇小说集《霍乱》的后记。《霍乱》，群众出版社 2004 年 7 月出版。）

《怀念拥有阳光的日子》 后记

选入这本集子里的小小说写于 1984 年到 1999 年，细细算来有整整十六年。十六年，说起来是那么轻松，可十六年的时光对于生命的个体，对于一个经历者来说，却是十分漫长的。人生能有几个十六年呢？

1984 年我已经在故乡的小学里待了五个年头了，前途的无望常常使我处在一种凄伤的情绪里。就在这年的年初，《画像》像一只燕子带着墨香从很远的南方飞回来，这篇短小的处女作给我带来了春天的气息，尽管那个时候还是冬季，但我已经感受到了阳光的温暖，我已经闻到了从远处某个地方飘来的鲜花的芬芳。我像一个在海上漂泊了无数个日夜的囚徒，终于看到了在海洋的尽头出现了一线陆地。多年以来，我都在努力地朝着那线陆地靠近，尽管现在那陆地离我仍然十分遥远，但我的内心充满了希望。我知道给我希望的就是这些文字，这些像淡水一样的文字为我补充着能量，使我有力量渐渐靠近那线远方的陆地。

现在我把这些维持我生命的淡水一样的文字，按照写作的时间顺序排列下来，我想这是一种既偷懒又讨好的方法。你看，把丢失的时光和对生命的感悟像流水一样摆放在一个小小的河床里，她就有了起伏，真的像水，像流动的溪水。水一流动就有了声音，就有了浪花，就有了姿态，就会在阳光下闪闪发光。

我想，假如你乐意沿着这条水流一路走下来的话，你会看到，这些小说从初始到后来，在语言和叙事上发生了怎样的变化。当然，尽管有了变化，但我自认为她们仍然有着共同的品质，那就是我想极力地使这些文字穿透社会和生命的表层，到达内部去。

2004 年 4 月 25 日

（《怀念拥有阳光的日子》，河南文艺出版社 2006 年 4 月出版。）

关于电视剧《当家人》的写作（代后记）

  八集电视连续剧《当家人》是由中央电视台、河南电视台、河南省委组织部和濮阳市委联合拍摄的。剧本的创作和拍摄时间都在2002年，播出的时间是2004年6月6日中央一套的黄金时段，业内人士的行话叫作"一黄"。在这部电视剧播出之后，记得谢晓嵋导演当时给我打电话说，《当家人》的收视率比较高。

  我是个写小说的，不懂得收视率是怎样来的，也不知道这个收视率对《当家人》意味着什么。本来《当家人》已经渐渐地沉在了我的记忆深处，之所以现在重新说起她，是因为《当家人》在刚刚揭晓的第二十五届"飞天奖"上获得了三项荣誉：优秀中、短篇电视剧奖，优秀编剧奖和优秀男演员奖提名。

  《当家人》里面讲述的故事，是根据濮阳县西辛庄的党支部书记李连成的先进事迹创作而成的。李连成出生在黄河岸边，在他被村民推选为村支书的十几年间，带领村民致富，使一个贫穷落后的村子彻底改变了面貌，被村民誉为"一身正气，两袖清风，甘心吃亏为百姓"的好支书。李连成早已是大名鼎鼎，我在这里就不说他了，我想说一说我在创作这部电视剧时的几点思考和感受。在说思考和感受之前，我想先说一些题外的话。

  我们都知道，在我们的教育理念里，历史和语文、数学、英语比较起来，是一门副课，实际历史教育的重要性都被我们忽视了。或者没有被忽视，问题来自我们的观念本身。我们应该承认，课本里的历史观对培养一个民族的思维方式和行为方式起着根本性的作用。比如在说到农民起义的时候，我们的历史课本有一个关键性的词语，叫作"杀富济贫"，或者叫作"劫富济贫"。这个词语在这里是有感情色彩的，是褒义的，也就是说，我们自己认为对这个词的理解是正确的，是值得学习的。这个词的潜意识告诉我们，一个人如果有了钱，有了财富，那他是有罪的，是应该受到仇视和惩罚的，就应该把他的财产"劫"过来，然后把人"杀"掉。这个词的另外一层意思是，穷是有理的。实际这种思想已经渗入了我们这个民族的骨髓，成了像鲁迅先生所痛斥的"国民性"的特点之一。这种由来已久根深蒂固的观念，使我们忽视了人的存在，或者说我们忽视了这个词的根本意义，或者说我们忽视了我们自己的存在，忽视了我们每一个人作为一个人的存在。我们应该知道，当一个人没钱的时候，他是一个人，而当他有了钱之后，他仍然是一个人。他应当受到尊敬。可在我们的现实社会里，当一个有钱的人出现在一片穷人的日常生活里的时候，按照我们教科书上的理念，他就应该受到仇视，"杀富济贫"嘛。《当家人》里的主人翁李天明最初所面临的就是这个问题：众人的仇视！这一点强烈地刺激了他，李天明想，如果想让自己过得好，那就应该先让别人过得好。这就是李天明最初的行为准则。正是基于这一点，电视剧里的李天明才变得有血有肉，并使我们感动。这是第一点。

第二点就是对人本身的认识和思考。用业内人士的话说，《当家人》是一部主旋律的电视剧。我认为"主旋律"不应该光看"主旋律"，我认为要想使我们的"主旋律"让观众真正喜爱，还要在"人"上下功夫。我不知道怎样来理解"主旋律"这三个字，我只知道文学就是对人的关注，这当然不是我的话，这是高尔基的文学主张，但我是这样理解的，也是我从创作实践中认识到的。我们为什么就不能正视，或者没有勇气去正视一个村里的党支部书记作为一个人存在？我们每一个人都是世界的中心，这包括你，包括我，包括世上所有的人。一个人的存在，一个人对世界的体现和认识是任何人都取代不了的。而文学艺术所要关注的根本就是人本身，就是人性。所以《当家人》的写作，是从个体的生存问题出发的。关注个体的生存问题就是关注整个人类的生存问题。问题的关键是，我们要真正认识到人的存在，才能从个体的角度切入，从个体切入，就是对人性的关怀，对人性的关怀，就是对人的生存权利的关怀，并由此来表达出我们对社会的看法，表达我们的认识价值。从人性出发，就是不回避现实生活，我认为只有这样，才能写出农民的真实的生活和内心世界。

《当家人》从剧本到电视剧的创作过程，就是从个人的良知出发，并企图建立一种良性的人际关系的过程，使我们的价值观，随着社会的进程发生变化，使我们真正认识到人的存在，然后到制度的建立和完善，并由此让农民看到希望，让所有生活在这片土地上的人看到希望，也就是我们现在提倡的"和谐"。《当家人》力图从一个村子的现实生活出发，折射出大的社会背景，反映出时代对农村的冲击，使这个村子超越自身，完成对中国农村的跨越，成为整个社会的缩影。

2005 年

（本文为电视文学剧本《当家人》的代后记。《当家人》，河南大学出版社 2018 年 11 月出版。）

《时光漫步者》 后记

　　在我整理完这本书的最后一篇文字的时候，窗外的天空中飘起了雪花。尽管昨天在天气预报里，我已经知道了今天这场雪，但我还是忍不住内心的惊喜，给远在珠海的知己发了一条短信，我说，下雪了。

　　或许，这是一个巧合。1993年12月，那个记忆里有些寒冷的冬天，我在黄委会开封测绘印刷厂的招待所里，看完我第一本小说集《孤独者》的校样时，窗外也下起了雪。那场我记忆里的雪下得很大，尽管寒冷，我还是兴奋地裹着衣服袖着手，在开封古老的街道上行走。看着那些匆匆而过的行人，那些我一个也不认识的行人，就生出了许多感慨。他们从何而来？从遥远的《清明上河图》里吗？他们要到哪里去？他们肯定是要到一个神秘的地方，那个神秘的地方在哪里？对此，我一无所知。

　　从生命的意义来说，世上每一个生活着的人，每时每刻，都行走在人生的路途上。可是，在这路途上，他对别的旅行者又知道多少呢？

　　或许，我们所有的人，除自己的生活之外，更想遥望别处的风景，我们企图通过各种途径去了解别人。同时，我们又想通过各种各样的途径，想被别人了解。为了了解，我们不断地寻找着最佳的沟通方式。

　　最终，我们选择了读书。我们想在书中，去了解别人。

　　最终，我们选择了写作。我们想通过写作，让别人了解我们的生活状态。

我是草命之人，也摆脱不了庸俗，于是，就有了这本《时光漫步者》。收在这本集子里最早的一篇文章，是为我的第一本短篇小说集《孤独者》写的跋——《画匠·艺术家》，这是我最早的一篇关于写作的随笔。收在这本集子里的最后一组文章，是将要在近期的《花城》杂志上发表的《旅欧散记》。从1993年到2006年，整整十三年，我所写的随笔性质的文字，除去收在《怀念拥有阳光的日子》的附录部分，几乎都在这里。这些文字，不仅仅是我的经历，更是我对行走的感悟，她们既与自然风貌有关，也与人文地理有关，同时也与散发着体温的人生故事有关。

每个人的生命各不相同。但是，我们了解别人的生活，是为了使自己的生活更丰富，使自己的生命更精彩。我相信，人类的精神，就是在不断地行走和阅读中来完成的。

2006年12月6日

《廊台上的风景》 后记

　　由于某种原因，去年编辑的《时光漫步者》一书的出版事宜被耽搁了下来。一晃，一年就过去了。这一晃而过的日子真的应了这书名，那时光像一股青烟就这样没了踪影。

　　当清晨我重新翻开这书稿的时候，窗外又飘起了雪花。这是巧合吗？不，这不是巧合，这是生活本来的面目。只不同的是，我的知己已经离开了南方。现在，在北京的某个暖意融融的房间里，如果她开着手机，在这个时刻，她一定会收到一条短信，那条短信说，下雪了。

　　是的，下雪了。这影响着我的心情。于是，我决定把写于今年元月间的随笔《〈洛丽塔〉的灵与肉》和写于三月间的散文《廊台上的风景》收进来，同时收进来的还有同刘海燕的对话《阅读之梦与写作之梦》，与刘小逸的对话《真正的小说，是叙事语言的艺术》，并把书名更改为《廊台上的风景》，以此来纪念那再也不可能重来的时光。

2007 年圣诞节前夕

《裸奔的年代》 后记

《裸奔的年代》是我"蜕变"三部曲里的第一部。

有关"蜕变"三部曲的想法，是刚产生不久的。在我再次阅读《裸奔的年代》书稿的时候，我突然发现，"蜕变"的事实早已存在。这部小说写于 1992 年 11 月至 1999 年 5 月，而"蜕变"的第二部《欲望与恐惧》早在五年前就已经出版，加上我正在着手要写的——在上帝允许的情况下——最后一部《孤独的旅程》，在物理时间上，在历史背景上，在所表达的精神上，正好构成"蜕变"三部曲。

有关"蜕变"，《现代汉语词典》里是这样解释的：

【蜕变】：（人或事物）发生质变。①

《辞海》对"蜕变"的解释更为详细：

蜕变：本谓"蝉蜕龙变"，见《文选·夏侯湛〈东方朔画赞序〉》。以比喻形质改变、转变。②

而刚刚过去的世纪更替的年代里，农民进城，恰恰是对"蜕变"这个词在现实生活里的最好注解。在我们身边，在中国版图上

---

① 《现代汉语词典》，商务印书馆，1979，第 1157 页。
② 《辞海》，上海辞书出版社，1979，第 1865 页。

大大小小的城市，每一片可以生存的空间，都会有我们农民低弱的声音和身影。我们的向往和梦想，我们的幸福和痛苦，我们的欲望和无奈，我们的欢乐和尴尬，我们的爱和恨，这一切，都和我们的形与质的改变有着密切的关联。

作为这个庞大队伍中的一员，我跟随他们一同从农村来到城市，虽然在经历上有着千差万别，但是我们所走过的精神之路却是相同的。应该说，我们是从同一块土地上挣扎着偷偷地生长起来的野草，那种连花朵都不会开放的野草。

这个时期，在我们精神上发生的蜕变，是让人瞩目而惊心的。蜕变是痛苦的。但蜕变的力量也是强大的，它像洪水一样冲击着我们传统的价值观和道德观，并使我们中间的无数的个体生命意识得到觉醒。我称这种精神的蜕变为精神重建，或者叫精神成长。而在精神蜕变的过程中，我最看重的是对人的自尊的建立。

西班牙哲学家和小说家乔治·桑塔雅那（1863—1952）曾经告诫我们："即使全世界都获解放，但一个人的灵魂不得自由，又有何益？"一个连自尊都没有的人，何谈灵魂的自由？自尊是我们每一个被权力意识奴役着并深受其害的中国人都值得思考的问题。

这部小说的五个章节是分别独立的，但小说的内容又血肉相连。最初，这五个章节分别以中篇小说的形式刊登在《收获》《江南》等不同年份的文学期刊上，最后，又以一部完整的长篇小说刊登在《十月》（长篇小说）2007 年第 6 卷上。从 1992 年 11 月到 1999 年 5 月，为写这部小说，断断续续，我用了七年的时间。而这段时光，正是我人生的路途中最为茫然的时期。痛苦忧郁而孤独，这部小说里承载着那个时期我对生命最为真切的体验。

应该说，这是一部有着我的精神自传性质的小说。

2007 年 12 月

《欲望与恐惧》 新版后记

　　2002 年的春天，我认识了一个同乡。作为见面礼，我送给了他一本刚出版的《欲望与恐惧》。他在看完之后，给我打了一个电话。他在电话里说，你是不是听谁说过我的事儿？我说怎么可能呢，咱才认识几天？他说，我说也是呀。你不知道，老乡，你写的简直就是我呀。通过电话，他就非请我吃饭不可。隔着蒸腾的气体，他给我讲述了他不幸的婚姻。那个时候我的老乡正在闹离婚，他认定自己就是小说里的吴西玉，而小说里的牛文藻，就是他现任妻子的化身。他摇着头无可奈何地说，活得很苦呀……

　　接着，我的老乡一次买了 30 本《欲望与恐惧》，送给他熟悉的朋友。他每送一个朋友都要说，你看看，你看看，有些话我真的没法说出口，不是我非要离婚，你看看这本书里的吴西玉，就知道我平时受的啥罪了。他接着又补充道，哎，你可别误会呀，我可没有像吴西玉那样有个尹琳，如果我要有个尹琳，就是被车撞死也值了……①

　　后来，一个偶然的机会，我和一个同行谈起《欲望与恐惧》，在谈话的过程中，他突然问我，这是你的自传？

　　自传？我微笑着看着他，什么也没有说。我笑而不答。我能回答他的问话吗？不能，因为我无话可说。他是我的同行呀，他应该明白《欲望与恐惧》是一本小说。

---

　　① 《欲望与恐惧》主人公吴西玉最后的结局。

生活真实和艺术真实有着本质的不同。马尔克斯曾经说过："……小说中的现实并非生活中的现实，而是一种不同的现实……这种现实有另外的规律，跟梦境一样。生活中的现实归根结底是从想象，从梦幻那儿抄过来的。"① 小说对于现实生活，是一个独立的存在，这话马尔克斯已经说得很清楚了。把小说里的人物和小说作者等同起来，如果他是一个读者，那是我所企求的；如果他是个文学评论家，在读过《欲望与恐惧》之后得出这本书是我的自传的结论，我也认可，就像我在《裸奔的年代》的附录里对评论家黄轶②说的那句话一样："应该说，这是一部有着我的精神自传性质的小说。"③

2008 年 3 月 10 日

---

① 参见马德里《胜利》杂志记者玛丽娅·埃斯特尔·希里奥 1977 年对马尔克斯的采访《写好作品是一种革命的义务》（尹承东译，《外国文艺》2007 年第 6 期）。

② 黄轶（1971— ），女，河南南阳人，文学博士。上海师范大学人文学院教授，从事中国文学近现代转型研究、乡土小说研究及当代文学批评。著有《现代启蒙语境下的审美开创》《传承与反叛》等。

③ 墨白：《裸奔的年代》，花城出版社，2009，第 256 页。

小说的叙事语言

尽管我们说小说是虚构的艺术，但这种虚构是由语言来呈现的，所以小说的第一要素不是结构或故事，而是语言。小说的存在就是语言的存在，是由语言呈现的现实。无论是虚构的现实还是想象的现实，我们记忆里的一切都是由语言构成的。所以语言就是形式，小说的任何文本形式，都是由语言开始和呈现的。

语言是人类生活和精神的容器，但并不是人类所有的语言都具有文学性。从小说一出现，叙事语言就踏上了探索的路途，而且从未中止过。所以小说的叙事语言不是日常生活的模仿，而是提炼和创造。说它是探索和创造，就是在我们的小说里出现的语言在现实里还不曾出现过，把没有的变成现实，是我们叙事语言探索和创造的最终目的。

我们视这种探索和创造为一个小说家的语言风格，这样的小说家十分稀少。因为稀少而成为先锋，所以先锋是孤独的，是与世俗为敌的，是一种艰苦的精神劳动。小说家的精神立场在他的语言里呈现得淋漓尽致，他用独特的语言形式来表现人生和社会经验，并站在人性的高度对历史和生命进行拷问，为读者提供一种极具个性的叙事文本。当然，好的小说叙事语言不是空穴来风，而是个人的语言经验与社会大众的普遍的语言经验所达到的高度契合。

所以说，叙事语言是衡量一个小说家的重要标尺。即使我们从小说的一个章节里抽出来一段文字，也能看到一个小说家对语言的感觉。小说的结构技巧、对事物的感觉、小说的意味、对生命的思考和追问、对精神的探索等等，都能从他的叙事语言里体现出来。

从 2000 年开始，我断断续续用去了十年时间把收在这本文集里的中篇小说重新看了一遍。当然，这种看不是那种粗粗地阅览，而是在语言上认真地做功课。在这漫长的提炼过程中，我对小说的叙事语言有了切肤的感受和明晰的体会。

2010 年 4 月

（本文为中篇小说集《航行与梦想》的后记。）

重现的时光之影

我最初的笔记本都装订成册，并自己设计了封面。比如：《偷天集》《裸体集》《颤动的弦》《佐料》等。有一年，我把三本薄薄的笔记本装订完毕，然后兴致勃勃地打开封面一看，发现做反了，于是我只好重新给这本书另起了一个名字：《倒嚼集》。这些书大多由人民文学出版社、作家出版社、中国青年出版社出版，都是世上仅有的孤本。在青年时代，能把自己的作品编辑出版是我的梦想，所以，我最初的短篇小说大多写在这些被装订成册的笔记本里。现在，我坐在电脑前敲打出上面这些文字的时候，脑海里就浮现出那些遗失的渗透着蓝色墨水的乡村生活。

在当下的网络时代，我仍然怀念那些随风飘散的时光。那些如今看来已经褪色的深蓝色墨水所表述的往事，已经构成了我的精神营养。这些形而上的精神营养不仅和我现实的物质生活血肉相连，而且永远不可能从我依靠食物喂养的肌体内剥离出去。我们应该承认，无论社会工业化发展到何种程度，无论信息技术怎样取代往昔古老的记忆和情感沟通方式，无论物质生活多么丰富，这一切都无法代替文学艺术对人们精神生活的塑造和补救能力。尤金·奥尼尔①曾经说过："物质是用来消费的，而精神是用来传播的。"工业

---

① 尤金·奥尼尔（1888—1953），一个在旅馆里出生又在旅馆里去世的美国剧作家。奥尼尔一生共创作了62部剧作，其中11部被销毁。他几乎是单枪匹马地把美国戏剧引入20世纪，是美国戏剧的开创者。主要剧作有《天边外》《琼斯皇帝》《安娜·克里斯蒂》《榆树下的欲望》等。1936年获得诺贝尔文学奖。

文明、信息革命、商品消费这些只和人类的物质生活发生关联，并在自然时间（物理时间）里得到呈现，而精神生活则与表述时间（心理时间）有关，与人们获得慰藉的精神世界有关。

小说创作是一个关于时间的话题。小说家通过语言把心理时间重新设定为物理时间，也就是将已经流逝的物理时间，通过我们对文本的阅读的那一刻得到还原。所以，写作是在已经流失的自然时间中寻找通向永恒的唯一途径。小说家创造出了一个我们无法挽留、时刻都在离我们远去的世界；小说家为我们呈现了那些捉摸不定的精神生活，并把杂乱无形的生活事件经过语言的提炼、思想的挖掘固定下来，重现出我们熟悉的世界和人物，比如：关羽、刘备、诸葛亮，林冲、李逵、鲁智深，悟空、八戒、唐三藏，宝玉、黛玉、王熙凤，阿Q、祥林嫂、孔乙己，等等。这些经由作家塑造的人物流经漫长的岁月依然栩栩如生地活着，并时常加入我们的现实生活中来，让我们看到人性难以逆转的一次次返归。因此，小说家的写作是创造，这就像约翰·福尔斯①所说："小说家的地位仅次于上帝。"上帝创造了人，而小说家则赋予他们精神，并重塑了逝去的人物。

如果说长篇小说的写作是对一个小说家创造力的检验，那么，短篇小说写作检验的主要是一个小说家从语言到虚构的能力。回顾我的短篇小说创作过程，我感觉每一篇短篇小说都是一次旅行，一次又一次的旅行连接在一起突然使我感觉到这旅途是那样漫长。从1984年我的处女作《画像》到2007年《阳光下的海滩》，我的小说叙事经历了艰难而苦涩的蜕变。即便如此，我的小说所关注的主

---

① 约翰·福尔斯（1926—2005），在世界文坛享有盛名的英国作家，后现代小说大师。主要著作有长篇小说《收藏家》《法国中尉的女人》等。

题仍一如既往：被苦难生活异化的人性，被精神痛苦的炼狱之火炙烤的人格，被现实变故无端左右而我们却无法把握的命运，等等。此外，短篇小说吸引我的还在于：它能从悄然远去的时间长河里牵引出我对某种存在过的生命和情感的怀念，能让我重新经历我曾经的生活，或者体验一些不曾在我生活里发生过的情感，从而增加我生命的厚度。

如果说短篇小说的写作是我人生中一次漫长的旅途，那么对短篇小说的阅读，则是我一次次漫步乡间小路时投下的时光之影。短篇小说的写作渐渐演变成了我的一种生命状态，我迷醉其间，并跟从她的召唤，心无旁骛地通过小说的创作孜孜以求地摩挲我的艺术之路。

2010 年 10 月 31 日

（本文为短篇小说集《某种自杀的方法》的序言。）

《梦游症患者》 再版后记

今天，离我写完《梦游症患者》的那个春日的黄昏，已经过去了将近十五个年头。当重新阅读她的时候，我仍然被她本身所具有的力量感动着。按我对时间和记忆的理解，《梦游症患者》早已从我的身体里分离出去，就像我在田野里种下的一棵树。这棵树在土地里扎根，生出自己的枝条，每天迎着东方的第一缕阳光伸开自己的身腰，呼吸并运动。傍晚的时候，她又随着沉落的夕阳合上翅膀。她就像一只鸟。自从诞生以来，她就是依靠自身的力量在时间里、在一些人们的目光里飞翔。我知道，在夜晚来临的时候她又幻化成一条船，她升起篷帆，顺着家乡的河流继续航行。

1966年的深秋离开很远了，颍河镇四十年前的模样已经被现实改变。流失的时光再次让我感受到了她力量的强大。时光可以把渔夫家院子里的那棵小树浇灌成大树，也可以把一个少年变成满脸胡须和皱纹的男人。

卡尔维诺说，文学的话题永远只有一个：那就是有关世界现实，有关隐秘规律、图案、生命节奏的话题，一个从没有结束的话题，一个随着时间的推移，人们会感到有必要反复重新提起的话题，因为我们与现实产生联系的方式在不断地改变。[①] 卡尔维诺的话切入了小说叙事的本质，也切入了生命的本质。再过四十年，我会在哪儿呢？我不知道。可能我已经去了另外一个陌生的世界。我

---

① ［意大利］伊塔洛·卡尔维诺：《短篇小说集》（上），马小漠译，译林出版社，2010，《序言》第3页。

走了，留下《梦游症患者》独自在这个世界上生活。我有些留恋她，想念她。思念和留恋我们共同生活过的地方。如果有可能，或许她会常替我回到那个养育了我的颍河镇上去看一看。我知道，她比我更有这个能力。

2011 年 1 月 15 日

《欲望》后记

　　在连绵不断的秋雨里，我最终完成了"欲望"三部曲的写作。从 1992 年开始，到 2011 年的秋季，在这二十年间，因为"欲望"三部曲的写作，我走过太多的地方，断断续续，长路漫漫，终于，在今天，将它结束于这寂静的山林。

　　我说的是寂静，而不是寂寞。尽管，山上避暑的人早在 8 月底都已经下山，现在已经到了 9 月的中旬。每天早餐后，我就在别墅的窗前面对森林坐下来，开始写作。从 2011 年的 6 月开始，一直到 9 月中旬，我都在做着结束这漫长的写作的工作。从《裸奔的年代》到《欲望与恐惧》，从《欲望与恐惧》到《别人的房间》，三部"欲望"确实耗去了我人生太多的心血，我下决心在这炎热的夏季，结束我这梦境一样的旅程。可转眼，天气已经变得阴冷起来，似乎连日的阴雨都拥挤到我现在所在的空间里。

　　无风雾起的时辰，我像待在不见天日的海底世界。除去风，除去落叶，除去鸟鸣，整个寂寥的空间里，出出进进只有我一个人。早晨，一碟凉拌黄瓜，一碟凉拌西红柿，一个煎鸡蛋，一碗大米南瓜粥；中午，要么是手擀捞面，要么是蒸米饭；晚上，则是一碟蔬菜，要么丝瓜，要么苦瓜或者冬瓜，一份煎豆腐，一个咸鸭蛋，一两北京二锅头，当然，还有两片煎馒头，一碗玉米粥。这就是我的生活。除去农历单日的早晨，我早起去南街赶一次山里的露水集，除从山民手上买来维持生命的食物外，其余的时间就是创作。日子清苦而寂静。我说的是寂静，而不是寂寞。我不寂寞，因为我每天所要面对的都是一些我熟悉的人物：米慧、谭渔、金婉、林桂舒、粟楠、方立言……当然，还有黄秋雨，一个我所熟悉的画家。

当我面对黄秋雨留下的文字时，我就像看到了一个精神病患者，一个神秘幻想者，一个精神流浪者，一个现实生活的梦游者，一个癌症患者，而更多的时候，他是一个有着痛苦的灵魂，有着非凡的创造力的艺术家。我从他的文字里，在他寻找失去的爱情的路途中，深刻地体会到了他对生命的热爱与无奈，他孤独的内心世界和庸俗的社会现实构成了巨大的冲突。我清楚地看到，一个人内心的巨大的痛苦，是怎样被我们这些麻木的灵魂忽视，世界到了黄秋雨这里，彻底呈现出了无限的冷漠。而我，却是用了这冷漠，来充实我这孤独的写作生活。其实，在这漫长而孤独的创造里，我的内心有着无处不在的寂寞，只是我不愿意承认而已。我之所以不愿意承认这寂寞，更多的时候是因为我的朋友方立言。

在无人走过我门前那长长的石台阶的时候，我就把我的朋友拉出来坐在廊台上，面对远处的山岗一起阅读在《别人的房间》里出现的文献，那些写在不同书籍上的隐藏在书柜里的文字，那些女孩写给黄秋雨的书信，那些新闻资料，那些历史故事，那些回忆录，那些绘画，那些充满情欲的诗歌，那么充满理性的诗歌评论，甚至是一张很久以前的汇款收据……在我们一起阅读那些关于黄秋雨的文献时，一些潜在的意识在阅读的时候会突然冒出来，我们会因思考而停顿，我们会因某些可疑的事件发出自己的声音。在这个过程中，两个不同的"我"会在同一行文字里出现，这种双重的第一人称和视角，真是一次奇妙的叙事实践。"个人的自我是理解美学价值的唯一方法和全部标准"（哈罗德·布鲁姆语），我心里清楚，这是一次纯美学的追求，我们已经完全抛开了黄秋雨生前所处的社会背景，迷失在了具体的文本语境之中。这就是我坚持我只有寂静而没有寂寞的原因，我觉得，我的生命完全和出现在我小说里的人物融为一体，我成了他们蓄谋的一部分。

连绵的阴雨使时光蹒跚地行走到了深秋。从山坡下通向我门前的长长的石台阶上，再也看不到一个游人。晚饭后，我撇下我的朋友在别墅里，独自打着雨伞去散步。我所居住的别墅后面的那些山路上，确实显现出凄凉来，满眼被秋雨打湿的黄叶紧贴在石壁上，那些隐藏在树林里古老别墅斑驳的朱漆木门上，是前些日子被年轻的女护士离开时贴上去的盖着红色印章的封条。在那些要等到明年才能开启的房门后面，已经是深不可测的灰暗，就像躺在手术台上等待被人解剖的黄秋雨，他已经关闭了自己的房门，让我们再也无法走进他那复杂而神秘的房间。是的，谁也无法启开那幢世界上独一无二建筑的房门，我们只能通过他身边那些貌似熟悉他的人的口述，或者一些与他相关的文字来了解他。其实，我们所有过世和在世的人，都是另一个黄秋雨。有些时候，我们就是那些被贴了封条无法进入的房间。不可理解的是，我们这些人，我们这些平庸的人，面对身边一个深处痛苦的生灵，往往视而不见，可是，当他离开人世后，却又总是想违规撕下那房门的封条，企图进入房间的内部，去窥视寻找他们的隐私，以供我们酒前茶后取乐的谈资。这就是我们所处的世界。这也就是我突然间把我从一开始写作就拟定的《手的十语言》改成《别人的房间》的起因。

是的，在秋雨飘摇的山路上，我再也看不到一个人影，却听到幽灵在山间低语。所有的静默，都归还给了那些隐藏在树林间的，一幢接一幢古老的别墅，那些由西方人在一百多年前留下，现在被年轻的女护士贴上封条的别墅。当然，幽灵的低语仍然没有终止，那幽灵附身于在秋雨里时而飘落的黄叶，或者那些躲藏在别墅廊台上鸣叫的不知其名的鸟类。

2011 年 9 月，鸡公山北岗 18 栋

（《欲望》，湖南文艺出版社 2013 年 4 月出版。）

短篇小说写作的训练

1984 年至 1992 年，我在故乡的小学里任教。那个时候我和家人住在一个不到十五平方米的斗室里，夏季里我最渴望的就是暑假的到来。在暑假里，我常常顶着烈日穿过操场到空无一人的教室里去写作。夜间蚊子猖狂的时候，我的双腿常常放进一只灌满凉水的塑料桶里，而在冬季寒冷的夜间，我的双腿常常裹上一条棉被。我在那些日子里写下了《真相》《埋葬》《穿过玄色的门洞》《镜子里的画像》《过程》《失踪》《酒神》《秋日辉煌》《影子》《寒秋》《灰色时光》等等我自己比较喜欢的短篇小说，那真是一些让人难以忘怀的日子。

现在回头看这些短篇小说，那个时期的写作让我有两点重要的收获：一是对我小说语言的训练，二是对我小说虚构能力的训练。

短篇小说是训练一个写作者的叙事语言的最佳方式，尤其对一个小说家语言风格的形成，是至关重要的。诗人瓦雷里曾经说过：我是从语言出发的。我认为，一个小说家的写作，也应该首先从语言出发。在小说里，除去故事和结构，语言自身也是有结构的，即语言本身的结构。要衡量一个小说家的水准，从某种程度上，他的语言结构要比他所讲述的故事更重要，语言的结构比小说本身的结构更重要。好的小说语言应该有鲜明的节奏感，充满张力，具有诗的特性和散文的灵韵。在词语和词语之间有着血肉的关联，有着自己的旋律。语言的准确性、语言的穿透力、语言所携带的信息量、语言本身的情绪、语言的流动性等等，这些都是小说语言不可缺少的因素。

同时，短篇小说的写作，也是训练一个小说家虚构能力的最佳方式。我们都知道，小说就是创造，而小说创造性的特征就是虚构。当然，虚构是离不开现实的，小说虚构的基础是对生活和生命的真实体验，是建立在我们对时间、对生命、对社会的认识的基础上的。小说是对我们过去经历过的、对我们现实生活里正在经历着的和未来里那些像星空一样深远的时间的关注和理解；小说是一种疑问，是对我们生命存在本身的疑问，是对人的欲望的质疑，是对人的孤独感的怀疑，是对人的罪恶感的审视，等等；小说是对我们所处的时代的认识，是对人类各种冒险的巡查，是对历史与文化对人的影响和人的复杂内心世界的观照，是对那些被我们忽视的日常生活和非理性对人性、对人的行为的展现，等等。这些都应该是我们小说虚构的基础。在这个虚构的世界里，小说家的叙事应该包含着他对世界的独特看法，他的叙事应该是对读者的阅读和旧有的文学形式的挑战，他的叙事要进入人的生存状态，应该是对人的各个方面的展示，而不是游离在外的讲述。

以上两点，使我领悟到，短篇小说的写作对一个小说家来说有多么的重要。

2012 年

（本文为小说集《某种自杀的方法》的后记。）

《梦境、幻想与记忆——墨白自选集》后记

　　2012 年 5 月 19 日，在参加河南大学出版社和郑州师范学院联合举行的"《在自己心中迷失》① 新书首发式暨田中禾近作研讨会"的间隙，张云鹏先生就"新人文"书系向我约稿。事过一个多月，也就是在 7 月 13 日举行的"老张斌作品研讨会"的相聚间，云鹏和我再次说到了"新人文"书系的话题。我为云鹏的敬业与友情而感动，并十分珍惜他对我作品的赏识与器重。

　　自 1984 年到眼下的 28 年间，我创作了百余篇短篇小说、40 多部中篇小说、6 部长篇小说和近百篇散文与随笔，对于我来说，要从这些著作里选出一部 50 万字左右能体现自己对文学的追求与创作轨迹的集子来，确实是一件很吃力的事情，这也是我没有及时着手编选的原因。随后，我去鸡公山开始新的长篇小说《漂移的大陆·寻父记》的写作，所以选编的事情就延误下来。到了这年的 10 月间，我回故乡看望年迈的父母时，抽空去颍河边拍摄了一些照片，回郑州后，我挑选了一部分以《颍河上的船》为题发在了博客上，并随手在每幅照片的下端附了一些说明性的文字：

　　1. 颍河在 20 世纪初至 60 年代，是河南境内最为繁忙的航运河流。到了 70 年代，由于河道上修筑了水闸，颍河的航运一度中断。进入 21 世纪，颍河在不同的河段修筑了水闸及船

---

① 《在自己心中迷失》，田中禾著，河南大学出版社 2012 年 3 月出版。

闸，航运逐渐恢复。

2. 20世纪初，在颍河上航行的大多是木船，现在却是多到800吨位的船舶。这些船舶都是从淮河里驶上来的。由于大坝，河水一般情况下都是平静的，所以那些货船都一艘一艘地连着，快停泊到河心的航道上去了。如果在《三国演义》里，这可是大忌。

3. 颍河港上的汽艇。我童年记忆里的汽艇比这小，拖着长长一溜国营货船，冒着白烟吭吭哧哧从下流往上游走，很吃力。我从汽艇甲板上走过的时候，透过船舷上的窗子，看到几个操着皖地口音的汉子和妇女正在共进晚餐。

4. 我和一位40岁左右的船工交谈，他来自安徽凤台，以前是粮食局的干部，现在还使着单位的工资。他已经在船上干了10多年，老板一个月能给他开出2000多元。他说，像这样的船舶在10年前造下来需要50多万。现在这个数肯定不行了。他随着这船队从淮河至洪泽湖，然后从大运河进入长江，到过杭州，到过上海，就像我小说里写的那样。他说，我们的船大多是运煤炭，因为淮南产煤。现在淮南的煤已经快采完了，但是人们又在凤台境内发现了更大的煤矿。他还说，他有一个儿子，现在合肥读书，他不希望自己的儿子将来像他这样整天在水上漂泊。

5. 在船的前面，是渠首的废墟。渠首是我的小说《雨中的墓园》《映在镜子里的时光》里的故事发生地。可是由于河道里常年有人采沙，把河底掏空了，渠首就倒掉了。好在以前我还拍过一些关于渠首的照片，如果你想看一眼那渠首的模样，就在这个博客里往前搜寻。

6. 船的上沿，就是我耕种过的河滩地，那片现在你看不到已经被荒废的让我流过汗水的土地，曾经多次出现在《父亲的黄昏》《迷失者》《梦游症患者》等等我的多部小说里。

…………

后来我才意识到，在为那些图片写下上面的文字时，这本书的选编已经悄悄地开始了。我小说里的人物，要么是在故乡生活，要么是带着故乡刻在他们身上的痕迹去闯世界，但他们都与我文学地理上的"颖河镇"有关，在他们的人生经历里，都无法避开颖河镇。这个集子，我侧重了本土，也就是那些在颖河镇生活的或者从外部世界闯入颖河镇的人们的故事。篇目编排的顺序，大体上是按照创作时间；集子里的小说大多写于 20 世纪 90 年代，而"序言、后记与随笔"一辑里的文字，大多写于新世纪以后。应该说，这些作品基本上能体现出我的文学观和美学原则；同时也再现了 20 世纪后半叶中国历史在"颖河镇"留下的痕迹：《风车》里的故事发生在 50 年代；《梦游症患者》里的故事发生在 60 年代；《幽玄之门》里的故事发生在 70 年代；《父亲的黄昏》里的故乡发生在 80 年代；《讨债者》《光荣院》《告密者》里的故事则发生在 21 世纪左右，前前后后近 70 年的风雨。

书稿编好后，为了方便阅读，我打印出来寄给云鹏。2013 年元月间，也是春节前夕，刘恪先生放假离开河南大学回北京前，给我带来了关于书稿的信息。刘恪先生说，前天他和云鹏聚会时谈到这部书稿，他想让我增强理论方面的文章，这样更接近"新人文"书系的指导思想。最后刘恪先生又说，等过了年，云鹏会就书稿一事专门过来跟我商榷。出版社一大摊子的事，我和云鹏约过两次，他不是在外地，就是有其他的事情，这样一晃就到了 2013 年 4 月下旬，云鹏从海口参加这年的图书会回来后，我们终于再次相聚，然后就这本书的编辑进行了深入而详细的交谈，云鹏一一记下关于图书出版的具体事项。云鹏的文雅与谦虚，他严谨而有条理的工作状态让我再次感到温暖。

现在，你看到的这本书已经和最初的编排发生了一些变化，我删掉了中篇小说《同胞》《霍乱》《告密者》和短篇小说的部分，这些篇目是《影子》《秋日辉煌》《失踪》《某种自杀的方法》《一个做梦的人》；增加了《三个内容相关的梦境》《〈洛丽塔〉的灵与肉》与《博尔赫斯的宫殿》三篇随笔。并把原来的书名《梦游症患者》，更换成现在你所看到的《梦境、幻想与记忆——墨白自选集》。

2013 年

（《梦境、幻想与记忆——墨白自选集》，河南大学出版社 2013年 12 月出版。）

生命在时间里燃烧

1956 年，在我出生的这一年冬天，我的家被一场大火吞没了。当大火封住房门的时候，母亲冒着生命危险冲进屋里，把我从火海里抱出来。那时我还在床上熟睡，母亲在惊慌之中连包裹我的被子都没能拿出来，除了我，家被烧得一干二净。后来，我常常在母亲的讲述里或者梦境里走进那场我想象中的大火，走进那个被大火映红了天空的寒冷的冬夜。那个时候，我出生还不到一个月，幼小的我躺在母亲的怀里，尽管还不能从母亲的眼睛里感受恐惧和悲伤，但，生活在我还是个婴儿的时候，就显现出了它的无情和残酷。我敢肯定，当时我对此没有丝毫感觉，面对灾难，我的脸上还露出了快乐的微笑。

后来，当我用写作来证明一个人的存在的时候，才渐渐地意识到，其实这就是生活的本质，而我们的生活，又根植在常常被我们忽视的时间里。

时间是无边无际的灰色雾霭，有时我们就像一个婴儿面对灾难时的态度，对它的残酷茫然无知。时间是另一种形式的大火，随时随地都在无声地燃烧。我们作为一粒煤、一根柴将在时间燃起的大火里变成灰渣，却总以为那是生命自身在消亡。当我们渐渐地认识到衡量我们的生命实际就是时间长短的时候，生命的无奈、生命的凄伤、生命的恐惧就像春天的野草一样在我们的头脑里生长，为此，我们常常在恐惧和无奈之中寻找一种留住生命和时间的方法。

当我编辑这本集子的时候，我才突然意识到，《情与仇》写于

1987年3月，是我最早的一部中篇小说，而《尖叫的碎片》则写于2009年2月，是我目前中篇小说里的最后一部，这真是一种巧合。从1987年3月到2009年2月，时光已经过去了整整22年，那些已逝的时光，真是恍如隔世。如果不是这些小说，我去哪里寻找昔日的时光？不错，写作被我们认定是梦想延续生命的一种方法，同时，也构成了我们企图延长时间的梦境。应该说，写作就是我们对生活、对生命、对时间的认知过程，我无法避开那些在我生命的历程里失去的时间，那些被我正确利用的时间，已经构成了我失去的生命的一部分，变成了一些文字。那些像水一样的文字，就在我的小说里流动。

内心里，我时常像个孩子，总觉得自己还年轻。可是在这篇后记的开头，我写下了一个对我十分重要的年份：1956年。现在已经是2014年的4月，即使我怀着一个孩子的心，即使掌管我们生命的上帝允许那个名叫墨白的人再活上一些年头，即使到了七老八十我仍不服老，但是，眼前的这个数字我却无法避开。实际上，我已经是个年过半百的人了。一个年过半百的人，他还需要什么呢？不管别人想要什么，但我只想要时间。属于自己的时间。还有什么能比干自己想干的事儿重要呢？如果生命厚爱，就让我自由地分配属于我的一分一秒吧！

从1984年发表第一篇小说到眼下，我的写作已经历了30年。不说这些年所写下的文字对别人有什么用处，就我个人的生命历程而言，这却有着不同寻常的意义。对于一个自然的人来说，时间是不会再生的，对生命有限的个体来说，还有什么能比把时间留给自己，去做自己想做的事情重要呢？我想，世上的每一个人，都希望自己活得精彩。就像您也渴望自己的人生精彩一样，我也有这样的想法。

　　但愿您能从我的小说里，感受到我对生活、对生命、对时间、对欢乐和痛苦、对孤独和寂寞等诸多情感的体验和认识。毫无疑问，您的阅读，就是进入我生命时间里的阳光，它能获得延续爱的奇迹，对此，我十分感谢您，就像感谢关心我和我的写作的人们一样。

2014 年

（本文为中篇文集《尖叫的碎片》的后记。）

写作的精神实质

  我常常把现实中的城市想象成一个男性的空间，耸立在城市上空所有的建筑都像男性的生殖器。你看，它们是那样庞大，那样霸道，即使在光天化日之下，它们也不愿意让充满自身的血液退出去，把自己打扮成永远处在亢奋之中的样子。当夜晚降临的时候，它们又用灯光从内部把自己改变成一个透明的晶体。城市就是在这样的欲望之中无休止地膨胀着，空气中充满了铜臭的气味，但又是那样的冰冷，那样的缺少情感。世俗在肆无忌惮地强奸着我们的灵魂和思想，这就是我们的精神世界在现实生活中的真实写照。

  这种状况同样使目前的汉语写作处在尴尬的境地之中。在这样一个到处都挺着阴茎的社会里，在这个崇尚金钱和权势的媚俗的男性空间里，人们都在试图给自己营造一个性爱的场所。生活在这个空间里的作家如果缺少独立人格和自由精神，那么他就可能随时被世俗的欲望强奸，或者不用别人强迫，在他的皮肉里就生长着那样的媚骨。但是，这并无可厚非，因为在这个貌似思想自由的社会里，他们有这样的权力。

  而真正的写作，与这些显然是不相同的。我理解的写作应该是这样的：无论世风怎样变化，无论在任何情景下，他们独立的人格都不会被权势奴役，他们自由的灵魂都不会被金钱污染；那是因为他们的写作是来自他们的心灵深处，是对自己行为的忏悔与反省；他们对媚俗的反抗、对社会病态的揭示、对人间苦难和弱者的同情、对人类精神痛苦与道德焦虑的关注等等，这些因素构成了他们的姿态；而更重要的是，写作应该充满对旧有的文学叙事的反叛精神，充满对惰性的传统阅读习惯和挑战意识；他们的写作充满了想象力，充满了创造的激情；他们的写作是在为人类认识自己和世界提供一个新的途径；这些，都显示出了写作者们的精神品质，一种人类精神领域里最为可贵的品质。

收在这个集子里的《光荣院》《白色病室》《讨债者》《迷失者》《局部麻醉》和《七步诗》，应该说充分体现了我对写作精神的理解和追求。

2014 年

（本文为中篇文集《局部麻醉》的后记。）

精神蜕变与人格尊严

1992年年初，我离开了生活了三十六年的故乡，离开了我工作了十一年的乡村小学，我身上带着泥土气息、目光里充满了胆怯进入了城市人的视野，到颍河上游的周口地区文联的文学期刊《颍水》任编辑。从某种意义上来说，我经历了20世纪80年代中期以来中国农民进入城市的运动，从那一刻起，我就开始像候鸟一样在农村和城市之间不停地迁徙。

作为一个农民的后代，我饱尝了由长期的城乡二元对立所构成的人格的不平等而引起的精神歧视，我深刻地体会了由精神蜕变所产生的痛苦。在无处不在的蔑视的目光里，我用力地寻找着作为一个公民应有的尊严，化解着多年来由社会的不公所带给我的自卑心理。后来我发现，在我们的现在生活里，更多的人开始意识到人的尊严和人格平等的问题。在一个文明的社会里，尊严对任何人，哪怕是一个残疾人、一个精神病患者、一个被判了死刑的囚犯，都应该是平等的。但是我们还应该意识到，虽然我们身处一个开放的时代，同时有着各种各样的法律条文作保障，但是，我们要想从被禁锢的精神牢笼里摆脱出来达到精神自由，从被歧视的阴影里摆脱出来建立人格尊严，路途还十分漫长。这就像1954年美国的《美利坚合众国宪法》作出了种族隔离是违法的规定一样，《美利坚合众国宪法》虽然已经修正，而黑人要想真正摆脱种族歧视还得从自己做起，让自己的内心必须强大起来。我们自身的解放，才是至关重要的。作为一个人，最深的恐惧可能不是来自外部，而是来自我们内心深处。

　　收在《瞬间真实》这部集子里的小说，应该说就是我对生活在身边的那些我熟悉的同胞精神蜕变历程的关注。当然，这些痛苦和不安的精神蜕变过程，首先是从我自身开始的，或者说我始终都把自己看成是他们之中的一员。这些小说产生的过程，应该说，就是我在光线暗淡的长夜里寻找人的尊严和追求人格平等的过程。

2014 年

　　（本文为中篇文集《瞬间真实》的后记。）

颍河镇与世界的关系

　　1989 年的深秋，我参加了《清明》杂志举办的创刊十周年庆祝活动。在合肥，我有幸见到了我中篇小说处女作《兽医、屠夫和牛》的责任编辑孙叙伦先生。在那次会议上，我还结识了《北京文学》主编林斤澜先生，《钟山》主编刘坪先生（在这之前，《钟山》1989 年第 4 期刚好发过我的一篇小说，责任编辑是小说家苏童），《百花洲》主编蓝力生先生（后来我有幸成了他的作者），还有《花城》主编李士非先生（这些年来我与花城出版社的关系十分密切，《花城》发过我十余部小说，王虹昭、黄蒲生、田瑛、申霞艳、颜展敏、林宋瑜诸位都编发过我的文字）。

　　记忆里的那个远去的深秋，我还在故乡的小学里任教。在寂寞、孤独而冗长的乡间岁月里，我开始用文字构造颍河镇，然后把我创作的小说通过邮局寄出去，和外部世界保持着某种联系。因为小说的缘故，在后来的岁月里我有幸和《当代作家》的周百义，《电视·电影·文学》的孙建成，《漓江》的鬼子，《莽原》的钮岱锋和李静宜，《大家》的马非，《山花》的何锐、李寂荡和冉正万，《芙蓉》的龚湘海，《十月》的赵兰振诸位先生得以相识，他们都是我中、长篇小说的责任编辑。还有《长城》的艾东、赵玉彬，《峨眉》的唐宋元，《飞天》的李禾，《山西文学》的星星，《人民文学》的朱伟，《小说林》的何凯旋，《江南》的谢鲁渤、简·爱，《东海》的王彪，《黄河》的谢泳，《作品》的温远辉，《四川文学》的冉云飞，《上海文学》的徐大隆等等诸位先生，虽然他们也都编过我的中篇小说，可我们至今仍然无缘相见，这让我常常心生遗憾。

我时常有一种想抛开一切，启程上路去拜访他们的念头。而在这些我想拜见的老师中间，我深怀内疚的是《收获》杂志的李国烁老师。1988年我第一次给李国烁老师投稿时，把李国烁老师的名字写成了"李同烁"。老师的名字是从她给我大哥孙方友的来信中看到的，我当时把"国"字看成了"同"字。在后来，因为小说的关系我和李国烁老师有过多次通信，可是她从来没有给我提起过这件事儿。我心里清楚，对一个生活在偏僻乡村热爱文学的小学教师的处境和向往，老师有着深刻的理解和同情，这让我时常感动。每当想起这件事，我都会对李国烁老师深怀歉意。

多年以来，我都对编发过我小说的各个文学期刊的老师们心怀感激之情，可是，我一直没有机会对他们表达我的这个心愿。现在，我在这里向为我付出过辛勤劳动的编辑老师们深深地鞠上一躬。诸位在上，墨白这厢有礼了。是你们，才让我小说里的颍河镇走出我地处偏僻的故乡，和外部世界产生了关系，使我和读者通过颍河镇在精神上得到交流和沟通。

2014 年

（本文为中篇文集《幽玄之门》的后记。）

一个人的经济理论编年

2015年春天，我们着手进行《亲历中国经济70年：郑新立经济理论纪年》的编撰工作，历时三年收集整理资料、采访及编撰工作，现在终于完稿。

我们把《亲历中国经济70年：郑新立经济理论纪年》的内容分为四编：

《第一编：1945年至1980年》记述的是谱主从出生到获得中国社会科学院研究生院经济学硕士学位以前的经历。从1945年到1964年进入北京钢铁学院学习止，是谱主对中国农村社会逐渐了解的过程；从大学到邯郸冶金矿山建设指挥部期间，是谱主对中国国有企业逐渐了解的过程；之后三年的研究生生活，则是谱主逐渐深入经济学领域研究的过程。从社会学到经济学，这些最基础的研究经历，为谱主后来构建经济理论体系，打下了坚实的基础。

《第二编：1981年至1999年》记述的是谱主从中共中央书记处研究室到原国家计委工作的经历，特别是在原国家计委工作的13年里，经历了邹家华主政时期的"简政放权工作"、陈锦华主政时期的"抑制通胀政策"、曾培炎主政时期的"扩大内需政策"，是谱主人生历程中的一个重要阶段。

《第三编：2000年至2008年》记述的是谱主在中共中央政策研究室工作的经历。

《第四编：2009年至2017年》记述的是谱主退休后参与创办中国国际经济交流中心至今的经历。

我们视《亲历中国经济 70 年：郑新立经济理论纪年》为中国经济 70 年发展进程中，一部由一个人的经济理论体系构成的编年史。

这部编年史的纲领，来源于郑新立先生先后参与起草的决定中国经济发展走向的中共四次三中全会有关改革的文件——十四届三中全会提出建立社会主义市场经济体制，包括市场主体、市场体系、宏观调控体系和法律体系，十六届三中全会关于完善社会主义市场经济体制，十七届三中全会关于农村体制改革，十八届三中全会关于全面深化改革；来源于郑新立先生参与的国家"八五""九五""十五""十一五""十二五"五个五年计（规）划与中国共产党十七大和党的十八大两届报告的起草。

郑新立先生从 1981 年进入中共中央书记处研究室工作以来，开始了近 40 年对中国经济政策的研究与经济理论的探索。他公开发表的文章和著作，几乎涵盖了改革开放 40 年来中国社会的多个领域。郑新立经济理论体系的一个重要特征，就是把来自顶层设计的经济政策与中国社会的经济实际相结合，在实践过程中进行了大量的社会调查和课题研究，他关注到这个时期中国经济发展的多个方面；郑新立经济理论体系的另一个重要特征，是他对世界不同国家经济理论和成功经验的借鉴，并在中国经济发展过程中的实践与运用。

经济基础决定上层建筑。《亲历中国经济 70 年：郑新立经济理论纪年》通过一个人的经济理论纪年，不但再现了新中国成立以来，尤其是改革开放 40 年来经济的成长脉络与发展历程，而且为后来者研究中国经济形势、经济的转型、改革与发展，提供了极为重要的参考依据；不但呈现出这个时期的中国因受经济影响，由政府、军队、警察、法庭、监狱等国家机器与其他党派和组织所构成的国家体制与社会制度，而且为后来者研究这个时期中国的经济制度的形成提供了第一手资料。总之，《亲历中国经济 70 年：郑新立经济理论纪年》中所传达的信息极其丰富，几乎与这个时期的每一个中国人相连，我们每一个人多多少少都能从中获取与自己的生活和命运息息相关的信息。

我们在每一编的终结处，编选了当年中外政治、经济大事记，其目的是让这部一个人的经济理论编年史与整个时代的历史进程相呼应。

在编撰《亲历中国经济 70 年：郑新立经济理论纪年》的过程中，我最大的收获是使我得以由此返回我的文学故乡，厘清了决定那些来自我的文学世界"颍河镇"的人们命运的根源。由此，我十分感谢郑新立先生在本书的编撰过程中多次接受我们的访谈；感谢广东湛江雷州北和南岭郑华（郑宜金）先生，感谢河南省郑文化研究院郑朝增秘书长、郑城先生，河南省荥阳市人民政府世界郑氏联谊中心郑天强先生对编撰本书的大力支持与无私相助！

2018 年

（本文为《亲历中国经济 70 年：郑新立经济理论纪年》的后记。《亲历中国经济 70 年：郑新立经济理论纪年》，郑新立、墨白、江媛编著，中信出版社 2019 年 9 月出版。）

《孙方友年谱》后记

2021年9月2日，我收到邵阳学院文学院院长龙钢华先生的微信，得知他主持的国家社会科学基金重点课题"世界华文微型小说（小小说）百家创作年谱"已启动，商定由我来做《孙文友文学年谱》。当时，我旅居信阳鸡公山。第二天，我便放下手里中篇小说《巴颜喀拉的雪》的创作，开始编纂工作，至10月下旬回到郑州，其间持续不断，时至2021年12月初完稿，整整三月有余。但是，这三个月只是最后具体的案头工作，其实，对《孙文友文学年谱》编纂的准备，是一个十分漫长的过程。

从记事起，我就和大哥生活在一起，即便是我们短暂分别，相互的行迹也都了如指掌，直至2013年7月26日大哥去世，我陪伴大哥走过整整半个世纪的人生路途；从1974年大哥开始文学创作起，无论是他创作的电影剧本、相声、山东快书，还是各种类型的小说，我几乎都是第一个读者，40年间，我见证了他所走过的文学创作之路。

从2007年开始编辑八卷本《陈州笔记》、六卷本《小镇人物》起，我就开始收集整理与大哥相关的诸如"陈州笔记"系列、"小镇人物"系列、微型小说、中篇小说、长篇小说、创作谈、访谈、获奖作品目录、译成外文作品目录、出版著作目录以及转载、收入选集、研究评论、新闻报道等等各种文献资料，并分别为八卷本《陈州笔记》、六卷本《小镇人物》写了序言；特别是大哥去世后我开始整理出版《孙方友小说全集》（20卷）的过程，不但收集与整理的各种资料更加详细、具体，而且我重新撰写了长文《〈陈州笔记〉的价值与意义》作为《孙方友新笔记体小说全集·陈州笔记卷》（共四册）和《孙方友新笔记体小说全集·小镇人物卷》（共四册）的序言，直至和龙钢华先生约定，《孙文友文学年谱》的准备工作长达 60 年，整整一个甲子；而从 2007 年我主编的"陈州笔记"与"小镇人物"系列出版以来，《孙文友文学年谱》的编纂已经持续了 14 年之久；在和龙钢华先生商定后的三个月，我抛开了一切，完全沉浸在大哥生前留下的日记、书信与各种资料中，整理大哥在不同研讨会与文学活动上的发言与讲课内容，最终完成了《孙方友文学年谱》。

而最后促成《孙方友年谱》全书的编纂工作的完成，是因信阳师范大学文学院徐洪军教授主持的"中原作家群年谱丛书"的启动。信阳师范大学文学院从 2014 年启动"中原作家群研究资料丛刊"，由杨文臣博士编著的《孙方友研究》于 2017 年出版，现在的《孙方友年谱》，是禹权恒副教授以《孙方友文学年谱》为蓝本按"中原作家群年谱丛书"的体例编辑完成，这样就弥补了《孙方友文学年谱》因体例与字数限制所构成的遗憾，成了一部相对完整的年谱。

《孙方友年谱》分为三部分：第一部分为《世谱》。第二部分为《年谱》，分三编：第一编"1949 年至 1992 年"主要记述孙方友在故乡生活的 43 年，是"新笔记小说"叙事文体的启蒙期；第二编"1993 年至 2002 年"记述从迁往周口至调入河南省文学院的 9 年，是"新笔记小说"叙事文体的形成期；第三编"2003 年至 2013 年"，是"新笔记小说"叙事文体的成熟期。第三部分为《后谱》，主要记述了大哥去世后社会各界对他的纪念活动与评价。为了避免主观意象，客观、全面地呈现谱主的人生轨迹、思想轨迹与文学成就，《孙方友年谱》所摄取的内容均有出处，原则上编纂者不作主观评价。

编纂者在《孙方友年谱》的编纂过程中，对谱主长达 60 年的陪伴、见证、记录与研究，这在中国年谱文化领域里恐怕也是一个特殊的案例，就像龙钢华先生的信中所说，希望《孙文友文学年谱》是一本"为在微型小说（小小说）创作、评论、文体建设与推动等方面的杰出人物立史存根、树碑立传"之著。

而信阳师范大学文学院现在所做的"中原作家群年谱丛书"，对于河南当代文学的研究的确是一项"意义重大的创举"，我相信，通过"中原作家群年谱丛书"的出版与传播，将会使我们所处时代的中国当代文学的创作与研究迈向更广阔的天地，缔结更灿烂的辉煌与繁荣！

2023 年 5 月 28 日审定，于鸡公山北岗 18 栋

《解放军将帅与鸡公山》 序

1949 年 3 月 11 日，由抗日战争转入大反攻后进军东北的八路军、新四军主力各一部，以及东北抗日联军逐步发展起来的东北野战军，改称中国人民解放军第四野战军；随后，由林彪任司令员、罗荣桓任政治委员、萧克任参谋长、谭政任政治部主任的第四野战军挥师南下，拉开了解放中国南至海南岛疆域的序幕。

1949 年 4 月 1 日，淮河流域的重要城市信阳解放，信阳市委、市政府接管鸡公山，并成立了鸡公山管理委员会。同年 8 月，华中军区后勤部组建野战医院进驻鸡公山，9 月，鸡公山疗养院编入四野兼华中军区后勤卫生部组织序列，政府最初划出北岗 58 栋别墅为疗养院；至此，从 1903 年开启后来被官方命名的避暑胜地①鸡公山，在经历了清末、民国长年的动乱之后，最终被人民政府接管。

在 1949 年至 2022 年的 70 余年里，鸡公山的行政规划虽然发生了变化，但作为疗养基地一直没变。这期间，除来自不断更替中的第四野战军、华中军区、中南军区、武汉军区、原广州军区、中部战区、武装警察部队等众多的师团级干部、全国战斗英雄来鸡公山疗养外，还有我们熟知的将帅来到鸡公山视察工作。

1964 年 6 月至 7 月全军大比武期间，叶剑英元帅和南部各大军区的司令员都曾经在鸡公山居住，指挥信阳赛区的大比武；1955 年、1988 年两次被授予上将军衔的洪学智，1988 年 9 月被授予上

---

① 1919 年，中华民国政府通过《避暑地管理章程》以及《避暑地租建章程》宣称：庐山、莫干山、鸡公山、北戴河为中国四大避暑地。

将军衔的迟浩田来过鸡公山视察工作；此外，还有1955年被授衔的陈再道等4位开国上将，1955年被授予中将军衔、1988年授予上将军衔的张震，1982年10月任武汉军区副司令员、1988年9月被授予中将军衔、1993年6月授予上将军衔的张万年，1993年晋升中将、1998年晋升上将的曹刚川，共有1位元帅、9位上将来鸡公山来视察工作或居住疗养。

1955年被授衔的曾思玉等13位开国中将；还有1955年授衔的周世忠等28位开国少将，1961年、1964年被授衔的张显扬等8位少将，都先后在鸡公山避暑生活，有的长达30年之久。这么多的开国将军在鸡公山疗养生活，撰写革命回忆录，这确实是一笔丰富而珍贵、待我们深入挖掘的精神资源。

收入《解放军将帅与鸡公山》中的59位将帅，他们经历和见证了整个20世纪中国历史进程中的北伐战争、土地革命战争、红军长征、抗日战争、解放战争、朝鲜战争、新中国建设中的几乎所有的重要事件；我们则通过将帅们与鸡公山的交集，以鸡公山为圆心，通过客观详细的文字、历史图片来切入将帅们带有体温的个体生命经历，编著一部微型的20世纪中国社会沿革史。

同时，我还收入了口述历史，讲述者都是生活在鸡公山上的居民，从他们这里，我们试图梳理出鸡公山居民的构成。鸡公山居民的来源，应该是鸡公山文化构成的重要部分，但一直被我们忽视。对于我本人来说，编撰这样一部资料集则是我了解人性、观察我们所处社会本质的一个切口，是我创作以鸡公山为背景的长篇小说的一个准备过程。

自2006年起，每年的夏季我都到鸡公山避暑读书、写作，至今已16个年头，这些年，我一直酝酿着为鸡公山写点东西。应该说，编撰这部资料集的过程就是我熟知鸡公山人文历史的过程；书中的历史人物与相关的历史事件、他们的人生经历，一旦阅读就被注入我本人的气息，在阅读的过程中，顺手把相关的资料整理出来，对于创作来说，这些资料未必都有用，但我必须熟悉。这就像我们每天的生活，吃喝拉撒睡，不可能每样都写成小说，但你必须经历；只有经历，才有取舍，这就是生活与小说创作的关系。

由于受掌握的历史文献所限，本书在编撰过程中难免出现谬误，敬请谅解；并真切地希望你们指出，以便修正。

2022 年 8 月 7 日，鸡公山北岗 18 栋

《通往青藏高原的道路》 后记

2004 年 3 月，我受中国电视剧制作中心导演谢晓嵋和楚雄市文化局之邀，为创作电视剧《与陌生人同行》第一次进入横断山脉"三江并流"地区，在随后的二十年间，我又多次来到青藏高原，进入广袤的三江源地区。云南的德钦、四川的阿坝、青海的果洛等这些青藏高原的边缘地带，处处隐藏着鲜为人知的事物。对于一个中国人来说，如果对占有我国陆地总面积近四分之一的青藏高原缺少了解，那么我们人生的视野是不完整的，或者说，我们的精神世界是有缺憾的。

为什么一定要去青藏高原呢？在人生的旅途中，有时候我们走着走着就偏离了方向，而对这种偏离我们又茫然无知。对青藏高原的了解，就是为了更全面地认知我们所生存的世界，认知生命的本体，并以此来校正我们前进的方向。

收入集子中的这些作品，是我以青藏高原为背景对人生与社会的感悟，这些文字关涉青藏高原上的山脉河流、雪原冰川、飞禽走兽，关涉青藏高原上的历史与宗教、民族与文化，同时也关涉我对文学创作的体悟和思索。

就像人类对宇宙认知的局限一样，我们无法用文字穷尽青藏高原这个神秘而深厚的世界，但真心地讲，我想通过这些文字，把自己变成高原上的一粒沙石，或者一棵野草，或者高原上的一只走兽，或者一只飞鸟。

一棵野草、一只飞鸟对世界会有什么用呢？我是想通过一棵野草来感受生命的过程，通过一只飞鸟来感受精神的飞翔，这是无为而为，是自然而然——这是一个只有抵达青藏高原之后才能抵达的世界。

2024 年 4 月 17 日

（《通往青藏高原的道路》，河南文艺出版社 2024 年 9 月出版。）

相伴而行

《雷霆小说集》序

　　河南淮阳新站镇与福建厦门，这是两个很具体的地名。

　　在地图上我们可以很轻易地找到后者，因为她是一座名城，因为她有蓝色的海湾，因为她有鼓浪屿、有南佛陀寺、有万石岩，因为她是著名的侨乡，她风景如画。

　　对于新站镇（雷霆小说里常常出现的颍河镇），你和我都可以漠不关心，但对于写作者雷霆来说，她至关重要。

　　我们很少有人知道从厦门到颍河镇的距离，但雷霆知道。当他在异桑他地孤独无助的时候，当他与妻子和朋友喝酒闲谈的时候，在他的梦境里和文字里，他都会从遥远的南方、从散发着某种气味的大海边悄悄地抵达那个干燥的北方乡村。那个北方乡村旷日持久地卧在颍河岸边，在那块生长过老子的黄土地上，同时还生长小麦和大豆、生长爱情和死亡、生长欢乐和痛苦。雷霆就像熟悉自己的手指和眼睛一样熟悉故土的一切：父亲的犁铧和湿润的土地，母亲的面汤和苦涩的微笑，疾病对小妹的折磨和苦难，奶奶渴望生存的目光和死亡，风对黄昏的叙说，冬天对春天的渴望……

　　雷霆在那里生活了二十年。二十年，这意味着什么？这意味着他已经具备了写作者的条件，记不清是哪位大师说过大意如下的话：十八岁以前就决定一个写作者（有的作家在成为作家之后不再写作，所以我一次又一次地称雷霆是个写作者）的命运。雷霆日复一日地在那块土地上行走，没有那块土地就没有雷霆，没有那块土地就没有雷霆现在的小说和诗，雷霆最初的人生体验都是在那里完成的，这就决定了他审视这个世界的情感基础。

八年前，雷霆被破格录取到厦门大学去读书。他像一个饥渴者被扔进了淡水湖里，他张开身上所有的毛孔拼命地进行吸收，他向人类的文学前辈和先锋文学学习认识世界的方法和表现世界的形式。他像一个外星人来到一个对他来说一切都是全新的城市里，他那青春的骚动不安的生命抵挡不住外部世界的巨大诱惑，他在努力地想使自己变成一个城里人，一个不同于北方的城市的城里人，而他那深深地藏在骨子里的藏在他血液里的乡村情感又常常来折磨他，他是一个有着城市户口的乡里人，他又是一个用现代工业文明的眼光来审视遥远的故土的城里人，他是一个挣扎者，又是一个观望者，他在现代化的城市里去俯视有着浓厚的文化底蕴的北方乡村，他又用一个诗人的眼光来注视着身边的城市，这就决定了他表现这个世界的形式。

雷霆的写作是一种观望。他远距离地用智者的眼光观望自己的父老乡亲，他用自己的情感世界和方法来观望别人也观望自己，观望人类的内部也观望自己的内部，这对一个写作者极为重要。

雷霆的写作是一种回忆。我们的现实只存在于一瞬之间。这就决定了写作者的方式：回忆。这也决定了我们的一种生活方式：在现实中回忆往事。雷霆的小说常常能启迪我们对自己的往事进行回忆。有了这一点，我们还要什么呢？雷霆是一座山，一座不大的小山。每一个真正的有着自己追求的写作者和诗人都是一座山。这座山或许没有别的山高大，但这是一座不可代替的山。是的，这座山还不那么显眼，但他正在给自己内部的岩浆加温，他要自己不停地喷发，使自己不断地增高，然后长出郁郁葱葱的树林。一种南方的树，那种常年不落叶的树。在我们北方很少有这样的树。

1997 年 10 月

《租妻七十二小时》 序

　　1999 年 10 月间，我同南丁先生前往四川，参加中国作家协会在安县举行的"沙汀故里文学创作基地"的挂牌仪式。在那次会议上，我认识了当地一位年轻的随团记者，他就是安昌河。安昌河留给我的印象十分清晰，忠厚而真诚。随着后来不断的交往，我渐渐对他有所了解。由于家境贫寒，他初中没有读完，十五岁那年就离开家乡到煤矿去挖煤，然后又回乡务农。他这些简单的经历给我的仍然只是一些外在的有些模糊的印象，真正使我认识安昌河的，是他收在这部集子里的短篇小说。

　　安昌河用一种平静的语态讲述着社会底层那群人的生存境遇。在安昌河的小说里，人物的走向十分清晰，一是现实生活中的农民，二同样是农民，只不过是后一部分人离开了赖以生存的土地，到诱人的外部世界去寻找另一种活命的方式。而后一部分人的遭遇更让我们触目惊心。《反击死亡》和《忧伤的炸弹》写的都是离乡到煤矿打工得不到工钱的农民，他们要么在噩梦一样的时光里惊恐地等待着矿主开恩，要么用极端的方式来发出自己的声音。《正午的绑架》讲述的也是这样一个故事。一个没有姓名的民工，因要不到工钱，就到工头常常光顾的发廊去找人，他在焦急之中绑架了两位在发廊做皮肉生意的女孩，而悲凉的是，那被绑架的女孩同样是为了生存而进城打工的农家女。《忧伤的橘子》讲述的是一个从农村进城做皮肉生意的女孩爱上一个以贩毒为生的青年的故事，尽管在他们的身上存在着一些恶的东西，而在安昌河的笔下，我们所看到的却是他们最为人性的一面，他们的善良，他们的无奈和悲伤。之所以这些人物能勾起我们的同情心，那是因为作者是以苦难和人性来作为叙事底色的。这些生活在社会底层的农民，都怀着一种美好的愿望，想用自己的力量来养家糊口，使自己的日子过得更好一些，但是他们美好的愿望都被现实无情地粉碎了，他们干活儿得不到工钱，于是他们愤怒，他们不甘心就这样任人宰割，于是他们要用自己的方式来向社会发出声音。而社会对他们的反抗要么是无比冷漠，要么就是把他们当成精神病患者一样来嘲讽，要么就是以扰乱社会治安为由动用强大的国家机器来打击或消灭他们。在这里，社会往往只注视到了现象的表层，而忽视了形成这种结果的社会原因。在灿烂的阳光下，那个被击毙的绑架者，确实切入了我们身上最疼的那一部分神经。恰恰是在这一点上，我们感受到了安昌河小说锐利的一面。

在另外一些小说里，安昌河让我们看到了人类一些永恒的话题。《手抄本》和《你写你妈那个×》触及了作者的童年记忆，写的都是青少年的性启蒙。在《网络爱情绝版》里，城市里的人们开始感到生活的乏味和疲惫的时候，他们的爱情和家庭发生了危机，于是他们进入了虚拟的网络，在虚构的世界里寻找自己的理想和爱情。而在《租妻七十二小时》里，一个离过婚的男人租了一个陌生的女人回家过年，在短短的七十二小时里，他们的关系发生了微妙的变化，传统的伦理道德观念在这里已经显得没有力量。《过程或者结束》讲述的是一个关于尊严的故事。村民王一木因为嫖客给了自己妻子一张假币，就去找嫖客讨个说法，他不但没有讨来说法，最后因为一怒之下杀了人而丢掉了性命。在这张假币的后面，更多的是一个弱者做人的尊严。自己的老婆被人睡了，而王一木还要为一张钞票的真假去讨个说法，这事件的本身就是一种耻辱，就已经丧失了做人的尊严，王一木隐隐地感受到自己如果不换一张真币回来就永远也别想在世人面前抬起头来。在这里，他做人的尊严受到了挑战，他要争口气，为了自己的尊严，他丢掉了性命。在这尊严的后面，是不合理的社会对这个小人物最大的嘲讽。在这部集子里，安昌河还有一些别有意味的小说，比如《正午的砒霜》《你说你能尿多远》《梦的开始就是我的结束》等等，都显示出安昌河小说的另外一面，前者是他小说的传奇色彩，后者则体现出了他小说的文本意识。

总之，安昌河是以自己对现实生活的感受能力来进行写作的，而他又不时地窥视着自己灵魂深处的东西，这一点对一个写作者极为重要。他因自己对现实生活的亲历性而显示出他写作的意义，这种写作是从血液里流出来的，他小说所呈现的社会意义也是不自觉的。如果在他今后的写作里，在他粗粝的生活背后更具有理性，在小说的结构、小说叙事语言里具有强烈的自我意识，那么他的写作就会出现一种新的面貌。但这部小说集对于年轻的安昌河来说，已经给我们带来了欣喜。由于《租妻七十二小时》，我们有理由相信，他会从一条小溪流成一条大河。但有一点是不能变的，这水应该是从安州这块古老的土地上流出去的，就像沙汀先生一样，我们真正喜欢的还是他的《在其香居茶馆里》这样的作品。在安州这块古老的土地上，20世纪养育了中国现代杰出的作家沙汀，我们同样可以相信，年轻的安昌河同样会在这里得到走向文坛的力量。

2004年1月30日，郑州

"中国当代名家小小说" 丛书序

按照当下的小小说理论，对小小说划分的标准只是字数。我认为，优秀的小小说和短篇小说应该没有本质的区别，因为短篇小说的一些重要特征在小小说这里都能得到体现。在 20 世纪末 21 世纪初的优秀小小说作品里，我们可以看到，它和短篇小说同样具备如下的一些品质：

一是精神。由于世俗的纵容，金钱的诱惑，小小说的写作对惰性的抵抗精神在当下变得尤其珍贵。当我们的写作不再面对现实精神世界里的焦虑和痛苦，不再面对人类复杂的内心世界，不再以自己的心灵来引导读者走向精神的高地，而是以"消费者"的口味来腌制文字的时候，世俗已经吞噬了我们的灵魂。这样的写作是缺少创造和发现的。于是，写作便成了一种惰性。毫无疑问，惰性的写作是对一个作家的伤害。同时，惰性的阅读也是对一个民族的伤害。一个有良知的小说家是不会与这种惰性的写作同流合污的，他看重的应该是人类精神的复杂性。存在主义对人类社会生存的荒诞性和非理性的认识，弗洛伊德对人的潜意识存在的发现，荣格对人类的集体无意识的领悟，西方马克思主义对人的本质已经被"物化"和"异化"学说，等等，这些人类复杂的精神活动，构成了我们的小说精神。如果一个小说家对此没有丝毫察觉和反映，那么他很有可能已经是一个被"物化"和"异化"的物质人、畸形人，他已经丧失了灵魂，那么他的写作也已经丧失了意义。

二是表达。小小说同样应该具有穿透历史和现实的能力，我们从中能感受到它所表达的社会的情绪和民族的情绪，能感受到它所表达更多阶层的和沉默的大多数的情绪，从中能感受到它所表达的由对历史的回忆和对未来的向往浓缩而成的现实生活的复杂性。我们相信，善良和博爱，真诚和高尚，在我们的作品里不仅仅是一些没有生命的词语，它表达的应该是人类灵魂中最软弱的那一部分，对人性的表达应该成为我们写作的灵魂。

三是空间。小说作为一种语言建筑，和建筑学上无和有的利用有着相似之处。我们读到的文字是具体的，就像我们看到的建筑的墙壁，是可视的，是可触摸的。而在这些文字的背后，要有更丰富的内容和更广阔的空间。我们讲小说的空间，是小说本身能给读者带来的想象和思考的空间，同时也是读者参与二度创造的空间。我们要把语言所有的墙壁都打开，成为无所不在的门，面向阅读者。应该说，小小说是小说门类里最具有空间因素的一种体裁，当然，我们所理解的小说空间感，绝对不是那种一篇小小说所叙述的事件够写成一篇短篇小说而没写的说法，小说里的空间是小说的厚重感，是小说之外的东西，是小说里那些只可意会不可言传的东西，是勾起读者情感和思考的东西，是能使读者感慨不止的东西，是留给读者意味深长的东西，是击中读者命门的东西。小说的空间感，同小说的长短没有丝毫的关系。

四是语言。我们知道，好的小说是应该有味道的，或者说要有气味。而小说的味道和气味都来自叙事语言。当然，小小说也不例外。真正的小说家，他的叙事语言能构成自己的世界，构成自己的现实，他的语言既有一种滋生能力，又像早晨挂在树叶上的露珠一样清新而富有耀眼的光泽。他的语言所表达的物体和事态准确而玲珑剔透，既有节奏感又富有质感，就像一条在你面前流淌的小溪，既有声音又有一种使你产生触摸的渴望。同时，他的语言又富有情感，就像一根无形的魔棒，能使阅读者感受幸福和苦难的滋味，感受焦虑和不安，感受孤独和凄伤，就像秋风一样吹拂着我们脸颊上的泪痕。是的，当一个作家的目光变得锐利，而他的叙事语言变得温柔，那么，我们才感觉到他的诱人之处。

五是创造。如果一个作家的写作缺乏创造力，那是因为他的内心世界并非真正的自由。我这里所说的创造，不是指作品的形式。当然，对形式的创新是十分重要的，不同的叙述形式就是认识社会的不同方法。我在这里所说的创造，更多指向小说的内部世界，即人类的情感世界和人的想象力。黑格尔说："如果谈到本领，最杰出的艺术本领就是想象。"在这里，黑格尔讲的是艺术家在创造一件艺术品时所具有的能力，想象的能力。而我说的是在一个小说家具备了这种能力之后，在他作品里所留给读者的思索，这和黑格尔所说的想象力是不同的概念，我说的是小说应该具有双重的品质，即作家的创造能力和小说本身所具有的能力。我认为这样的小说或许才更接近我们写作的本质，杰出的小说家应该有影响或改变人们的思维观念的力量。当一篇小说超出了生活在现实里人们的思维习惯和观念的时候，它往往被人们忽视。不过这没关系，因为我们有时间。就像我们需要生活一样，我们需要时间来理解它们。

以上这些都是衡量这套丛书入选作家的潜在标准。当然，我们不能单单用其中的某一项来对照或打量，因为这些标准都渗透在小说家们的文字里。真正的小说家都视自己的小说为生命，每一个生命现象都是独一无二的，是不可代替的。我们想体会到这些小说所具有的品质，那么我们只有到他们的小说里去感悟，去寻找，去发现。

为什么活在世上的人都要寻找一种精神寄托？那是因为我们孤独的内心世界需要安慰，对于现实中我们这些已经失去信仰的人来说，文学就是安慰我们内心的教堂。一个作家写什么或者不写什么，那是由他的命运来决定的，那些伤痛的、不可回避的经历和对生命深刻的感受不是刻意的体验，同时也是不可代替的。同样，一个读者读什么或不读什么，那是读者自己选择和决定的。一次有益的阅读，肯定在最大限度上避免了一次无益的阅读。我们当然要进行有益的阅读，因为我们的时间有限。我们的时间有限，那就是我们的生命有限。我们的每一次阅读，都应该是一次对自己的完善，我们的每一次阅读，都应该是一次对生活的创造。当然，这种阅读的发现和创造，首先需要你所阅读的作品具有引发你发现和创造的因素。对读者思维的诱发，对读者观念的改变，对读者生命的感悟，等等，这些引发读者发现和创造的因素，也是衡量入选这套丛书的小说家的一个重要标准。

博尔赫斯曾经将好的读者比作珍禽，是非常稀罕的族类。他们的目光独到，充满智慧，态度客观而有分寸，比起好的作家还要稀罕。我认为，写作和阅读是一对同谋，它们有着共同的命运而不可分割。阅读是一种交谈，既然是交谈，那么，我们就要面对智者。阅读是一种倾听，既然是倾听，那么，我们就要面对来自心灵的声音。阅读同样是生命的旅程，既然是旅程，那么，就让我们一起上路吧。对于我们来说，写作和阅读是一个永远也无法完成的事实，我们永远都处在一个创造和发现的过程中，处在一个未知的状态之中，写作和阅读的意义不再是所谓的生活，而是一个通过写作和阅读进入精神世界的过程。

2004 年 10 月

（收入《冯骥才自选集》《许行自选集》《阿成自选集》，河南
文艺出版社 2005 年 1 月出版。）

《坐在丰收的景象里》 序

这是一本关于审视与被审视的书，或者说是一本关于批评与被批评的书，或者说是一本关于田君眼中的别人与别人眼中的田君的书。因此，它显得很别致。

田君通过别人语言的缝隙，极力想捕捉到那些隐藏在文字背后的灵魂，或那些从肺腑深处呼出的气息。可是在捕捉别人灵魂和气息的同时，田君本人的精神也在不知不觉之中流露出来。而别人也用同样的目光进入田君的精神世界的时候，却不经意中为我们重现了日常生活中的田君。

我们从内部到外部，又从外部到内部，看到了一个充满立体感的田君，由于诗歌和语言构成的月光，把一个对于我们来说还处于陌生境地的田君的面目照亮了。

只是，使我略感不足的是，当那些被审视者回过头来审视田君的时候，他们缺少一种锐利的目光。在这里，他们对田君的审视，只有视，而缺少审。或者说，在他们对田君的批评里，只有评，而缺少批。这样就会给我们的诗人一种错觉，使他在阅世里缺少应有的警觉和清醒，使他在叙事上缺少对源与流的认识和区别。因而，这就在一定程度上削弱了他对世事独特的敏感和对文学独特的嗅觉。艺术的个性，对于一个诗人或者小说家来说，恰恰是最重要的。

在这里，田君以不同的角色出现在我们的阅读视角里。

首先，田君是作为一个阅读者出现的。我之所以没有称田君为评论家，是因为我觉得阅读者对于田君来说更为准确。林舟先生曾经在一篇文章里说，其实评论就是读后感。在田君更多的评论文字里，恰恰印证了这一点。现在的文坛，不缺少所谓的评论，而是缺少真正的阅读。其实，在田君的阅读中，更多的是对信阳诗歌丰收后的评估，一种持着欣赏的目光的阅读。学会欣赏，是做人的一种美德，但文学不光是欣赏。就我本人看来，在田君阅读的文本里，并非所有的文字都对他本人的创作起到增加营养的作用，这一点田君本人可能是清醒的，但是，他仍然在充满热情地进行阅读。这里面除去职业道德的成分——不是所有的从事他这种职业的人都有他的这种热情——我们从中不难看出，田君那让人敬仰的敬业与献身精神。田君像我所熟悉的陈峻峰先生一样，也在不停地为信阳的诗歌方阵摇旗呐喊。呐喊助阵是需要的，但是，在我们的阅读经验里，信阳的诗歌方阵更需要的是醍醐灌顶。津津乐道的信阳诗歌方阵，是一面旗帜，当然应该高高举起。但在举起的同时，也要警惕这面旗帜有时候会挡住我们的目光。

其次，田君是一个诗人。在田君的诗歌里，我看到了一个旅行者永在途中的姿态，他背着他语言的行囊，行走在我们所熟悉的山水里，并旁若无人地歌唱；他背着他思想的利剑，行走在我们所熟悉的典籍里，并对其进行理性的削砍。由于他不停地行走，不停地舞动着手中的利剑，在沿途，他会常常给我们带来一些意外的惊喜和收获。

日常生活中的田君，不停地在诗人、阅读者和小说家的角色里转换，这使我们看到了田君对文学的执着和虔诚。其实，这也是一个人的生活态度，一种真诚地对待自己生命的生活态度。我们在字里行间看到了田君的真诚，由于这真诚，我们由衷地感到安慰。

2006 年 8 月 12 日，鸡公山北岗 18 栋

（《坐在丰收的景象里》，田君编著，海风出版社 2006 年 8 月
出版。）

"陈州笔记系列" 丛书序

　　孙方友出生的时候，尽管连年战乱，但颍河里的航运依然繁忙。

　　商船从京广线上的漯河顺水而下，能抵达远在天边的南京和上海。由于航运，那个生养孙方友的集镇不但是当地的物资集散地，而且是民间说唱艺人乐意光顾的场所。农闲的时候，身背简单乐器的民间艺人乘船而来，说上十天半月之后又乘船而去，他们走一拨来一拨，顺水而下或逆流而上，一个码头又一个码头地赶，不停地做着营生。在秋高气爽月光明媚的夜晚，如果碰巧了，镇里的街道上就有四五个艺人在说唱。从河南坠子到山东大鼓，从木板大鼓到山东琴书，甚至还有来自豫西和皖北的艺人，他们往往唱的是河洛大鼓和凤阳花鼓。这些艺人说唱的内容从《三国演义》《水浒传》《杨家将》《呼家将》到《岳飞传》，从《三全镇》《金锁镇》《大红袍》《响马传》《蓝桥会》到《包公案》，从《梁祝下山》到《白蛇传》，几乎无所不有。在那些被夜色朦胧的面孔里，幼小的孙方友往往是最后一批离开的听众之一。因此，露水常常打湿他的眼睛和耳孔。即使在"文革"当中，这种简单的说唱艺术在那里也没有绝迹，仍在地下流行。

　　毫无疑问，孙方友的文学启蒙是从民间的说唱艺术开始的。但，真正对孙方友产生影响的是地方戏剧。

　　位于豫东的淮阳县（今淮阳区），是历史上的陈州府地，也是产生和汇聚地方戏曲种类最多的地区之一。豫剧、越调、太平调、怀梆、二夹弦、四平调、曲戏、道情等等，这些不同的剧种，每年都会光顾孙方友幼年生活的新站镇。那些戏剧艺人不但带来了更为直接的视觉艺术，而且戏剧里所讲述的故事更宽泛，更接近民众的日常生活。孙方友不但熟悉戏剧里的故事和人物，而且能吟善唱，由于对戏剧艺术的热爱，他首先成了一名曲艺演员，不但能说山东快书，而且会说相声，然后，他成了镇剧团的一个名角。但他饰演的不再是传统剧目里的才子佳人，而是样板戏里的反面人物。在他年轻的时候，就因饰演《白毛女》里的穆仁智、《红灯记》里的鸠山而闻名乡里。

如果说不同形式的说唱艺术和戏剧对孙方友产生了启蒙和影响，那么，他所生息的那块土地上存在着的文化基因和观念，对他的渗透则是自然的，无意识的。

那个靠着颍河的集镇有着十分特殊的文化土壤。在镇子西街，不但有一座明朝宣宗年间的寺院，一座明朝世宗年间的山陕会馆，而且出了集镇的东门，在颍河边上，还有座洋牧师为船民和商贾修建的小教堂。这个集镇上的人口虽不足三千，却有三分之一的居民信伊斯兰教，每当教民到镇西街的清真寺守礼拜的时候，镇里的汉民则会赶到距镇子四十里的县城去太昊陵进香。1949 年以后，虽然镇里的小学已经不讲"四书""五经"，但那棵老槐树下的杏坛仍在，站在讲坛上的老师虽然已不是私塾先生，但他们偶然还会讲起陈州城里孔子当年被困的弦歌台。站在万亩城湖边上的人祖伏羲的陵墓上，如果天好，说不定就能遥望到离陈州府不足百里的老子的故乡。从幼年到青年，孙方友沐浴在各种文化的气息之中，出了西门进东门，自然而然地接受着那种已经杂交的文化对他的浸染。

如果说那块有着丰厚的文化库藏的土地，为孙方友后来写《陈州笔记》奠定了基础，那么，他丰富的人生经历则使他身上所流淌的血液发生了质的变化，是他打开《陈州笔记》大门的钥匙。

孙方友初中没毕业就赶上了"文化大革命"，因而他中断学业回乡务农。在最初的几年里，他学会了所有的农活儿。犁、锄、耧、耙，扬场放碌，喂牲口挑大粪，这些体力活儿对一个农家的后代来说算不了什么，而真正对他的磨砺是来自精神层面的。由于家庭的某种原因，孙方友成了"可教子女"。失去了政治地位，他既没有被推荐上大学的资格，也没有参军的资格，就连恋爱的对象也和他分了手。他拼命挣钱买了一台收音机，却成了偷听敌台的犯罪嫌疑人。20世纪70年代初的一个冬天，孙方友逃到新疆当盲流，在石河子，在奎屯，在伊宁，在察布查尔，在霍城，新疆的很多地方都曾经留下过他的足迹，几经生死。那种无意识的、不可回避的对于生存的苦难和精神的痛苦的体验，对后来写作"陈州笔记"的孙方友来说，是至关重要的。

阅读"陈州笔记"，对于我来说是一个十分漫长的过程。可以这样说，我阅读"陈州笔记"的过程，就是"陈州笔记"的写作过程。"陈州笔记"里的一些著名的篇章，比如《雅盗》《蚊刑》《泥兴荷花壶》《女匪》《神偷》等等，我都是第一个读者。就我本人的阅读感受，在艺术上，我认为"陈州笔记"的叙事在如下两个方面显示出它的重要特征。

一、故事情节的一波三折

一波三折里的一波，是水，指的是故事，而三折，则是浪，是推动故事的情节和细节。故事是"陈州笔记"里小说的母体，而故事里的人物，常常被推向生存的绝境，在浓烈的悲剧氛围里，到处弥漫着传奇的雾霭，情节一环套一环，细节一个跟一个。孙方友之所以能在不多的文字里表达一个沉重的主题，就是因为有一波三折的故事。我们读"陈州笔记"，就好像在听一个面目不清的人讲故事。我们看不到讲故事人的面容，但又时时感觉到他的存在，能听到他的声音，那声音仿佛是从很远很远的地方传过来，可又仿佛近在眼前，他对你娓娓道来，讲一波三折的故事，这就是"陈州笔记"的叙事立场。一种在故事中变化的立场。在"陈州笔记"里，我们看到的是故事本来的面目，没有作者主观的评判，是与非都隐藏在故事里。但是，没有评判并不等于没有立场，作者把自己对生命的感受寄托在小说里的人物身上，把自己的爱和恨都埋藏在小说悲剧的氛围里，并以一波三折的故事，来承载如下的社会意义：

对历史的审视和现代性。尽管"陈州笔记"里的小说大多以历史为背景，却有着强烈的现代精神，这种现代精神体现在故事的荒诞性上。《壮丁》里那个名叫袁二狗的壮丁，在战场上与那个头颅没有和身体连在一起的大胡子长官的对话；《瘫匪》里的瘫子在抢劫的过程中，在幻想中自己真的站了起来。这些情节看上去十分荒诞，却体现了现代艺术的一种精神实质，看似不动声色，却是内心世界的无限张扬。由于作者用现实的眼光来展示人类的精神世界，从而达到了对历史审视的目的。

深厚的文化内涵。"陈州笔记"里的文化内涵极其丰富，几乎包裹了我们生活里所有的文化母体。这些，只有细读"陈州笔记"，你才能慢慢体会，有些时候你只能意会。

人格力量的显示。在"陈州笔记"里，处处显示着让人信服的人格力量。《天职》里的何伏山出于医生的职责为一个无恶不作的日本鬼子治好了病，而后他又站在民族的立场上亲手杀了他；日本军医宁愿用手枪打死何伏山也不愿意用手术刀活活解剖何伏山。这种人道主义与主观的对立，确实是对人性的一种深刻展现。在《泥兴荷花壶》里，民间艺人陈三关为挑选一件稀世珍品，可以不顾一切，可是在那件珍品挑出来之后，当他知道站在自己面前的人是段祺瑞的时候，他施计让段祺瑞自己用枪把壶打穿了。还有《捉鳖大王》里的刘二，《狼狗》里面的陈二少，等等。在众多的小说中，这些人格力量和人性的探视，使得"陈州笔记"放射出耀眼的光彩。

对社会的批判。"陈州笔记"对人性的审视，对民族的匪性、不劳而获的心态，对来自不同阶级的利益冲突和权力冲突对民众造成的危害，对渗透我们民族骨髓的权力意识的厌恶，无不深藏在不同的故事背后，让人触目惊心。

对传统文化的继承和发展。尽管"陈州笔记"的叙事风格明显是得益于中国传统的叙事学，但我却把"陈州笔记"称为新笔记体小说。之所以称为新笔记体小说，是因为"陈州笔记"与我们以往看到的笔记体小说有着许多的差别，"陈州笔记"独有的艺术特色，是对笔记体小说文体的丰富和完善。孙方友深刻地领会、继承和拓宽了中国传统笔记文学的叙事风格。

对民间传说的修正。当然，"陈州笔记"对民间传说的修正是文学意义上的。流传在乡间的传说通过文学的手段得到升华，并以全新的面貌出现，使其更为广泛地流传，这是一种创造。

二、叙事语言的一石三鸟

语言的一石三鸟，当然指的是句子的构成，是指叙事语言的丰富性，既是塑造人物性格、推动情节的载体，又包含着深刻的寓意。而就"陈州笔记"叙事语言的一石三鸟，可以归纳如下两个意思相近又相互渗透的层面：

准确性：有叙事语言的精和短构成。节奏感：叙事语言对古汉语字、词的运用，构成了仿佛溪水一样流动的节奏感。趣味性：叙事语言的趣味性则是来自对民间语言的吸收和运用。以上是第一个层面。第二个层面则是语言的写实能力、对历史和现实的穿透力、叙事语言的丰富性。可以这样说，"陈州笔记"里的叙事语言达到了入木三分、炉火纯青的地步，一石三鸟的叙事语言体现了汉字特有的能量。

当然，"陈州笔记"里的叙事风格还有另外的方面，比如小说给读者留下了丰富的想象空间。总而言之，"陈州笔记"是作者对中国当代文学的一个贡献。

从另外一种意义来说，"陈州笔记"系列就是一部百科全书。《雅盗·神偷》写的是陈州奇士，《仙乐·青灯》写的是陈州奇女，《墨庄·花船》写的是陈州百行，《蚊刑·媚药》写的是陈州怪事，《鬼屁·穷相》写的是陈州市人，《花杀·狩猎》写的是陈州名流，《刀笔·绝响》写的是陈州传奇，《血灯·追魂》写的是陈州英烈，我们从这里可以看出，"陈州笔记"是一部百科全书，一部人文意义上的百科全书。

孙方友在中国当代文学上的成就，与他的"陈州笔记"有着不可分割的血肉关系。收在这里的三百二十余篇笔记体小说，包括了到目前为止"陈州笔记"的全部篇章，孙方友为此而倾注了二十年的心血。从某种程度上说，文学意义上的陈州成了他的精神家园，他也因为这个家园而赢得了读者。"陈州笔记"在读者中的影响是广泛的。而陈州，也因"陈州笔记"，在现实中成了一个文化传播的符号，这使历史中的陈州不再单单是地理学上的陈州，而是文化意义上的陈州，是精神层面上的陈州。

"陈州笔记"确实成了认识和了解中原历史与文化的一把钥匙，你无法估量这种精神层面的传播有多么深远和持久。在未来的时间里，"陈州笔记"将越来越显示出它不同寻常的价值和意义。

2007 年 1 月 28 日

（收入《刀笔·绝响》《鬼屁·穷相》《雅盗·神偷》《血灯·追魂》《蚊刑·媚药》《花杀·狩猎》《墨庄·花船》《仙乐·青灯》，孙方友著，河南文艺出版社 2008 年 1 月出版。）

"孙方友新笔记体小说·小镇人物系列"丛书序

　　"小镇人物"是孙方友"陈州笔记"的延续，是他"新笔记体小说"的重要组成部分。

　　"陈州笔记"里的人物的生存背景，是从清朝末年到民国初年；"小镇人物"里的人物的生存背景，是从中华人民共和国诞生至今。从19世纪以降到21世纪初始，孙方友的"新笔记体小说"，讲述了足足百年有余的历史。

　　孙方友笔下的小镇，就是颍河镇。在这里，小镇的历史，不是历史学家眼中的历史，不是政治学家眼中的历史，也不是哲学家眼中的历史，而是一个文学家眼中的历史。这是一部带有个人体温具有文学特质的被浓缩了的20世纪的中国民间史。这部民间史有着明确的历史观，那就是民间立场。在这里，我们能处处看到我们自己的身影，能看到让我们难以忘怀的我们作为一个个体生命存在过的那一刻。就像舍伍德·安德森①所说的那样："真正的历史只是各个片刻的历史，我们只有在难得的片刻间是真正的生活。"颍河镇的历史是鲜活的，它的鲜活存在于我们记忆深处的每一个片段里。

　　为生活在社会底层的小人物立传，是孙方友"新笔记体小说"的美学根基；以人物命运为纲的叙事策略，是孙方友"新笔记体小说"的美学风格。"陈州笔记"收入三百二十余篇，"小镇人物"

---

　　①　舍伍德·安德森（1876—1941），美国小说家。

收入三百五十余篇，前前后后近七百个人物，这些微弱得像野草一样鲜活的生命，构成了颍河镇的血肉与灵魂，可谓气势磅礴；在孙方友的笔下，颍河镇上的三教九流、各色人等无所不及，他们的喜怒哀乐、酸甜苦辣尽染纸上，可谓生生不息；在一个小小的颍河镇上，孙方友绘就了中华民族一个世纪的波澜壮阔的历史，把我们民族的记忆和民族的情绪书写得淋漓尽致，可谓新时期文学生长史中一座独特的山峰。

我们采用编年的方式来编辑孙方友的"小镇人物系列"，这样，能使我们看清作者"新笔记体小说"叙事风格形成的基本脉络。"小镇人物系列"共分六卷：

卷一《名伶》：收入 1985 年到 1993 年作者创作的四十九篇作品；

卷二《巫女》：收入 1994 年到 1998 年作者创作的五十二篇作品；

卷三《重逢》：收入 1999 年到 2001 年作者创作的六十篇作品；

卷四《打手》：收入 2002 年到 2004 年作者创作的七十六篇作品；

卷五《鞋铺》：收入 2005 年到 2006 年作者创作的五十八篇作品；

卷六《白狗》：收入 2007 年到 2008 年作者创作的五十八篇作品。

每卷中的作品编序，也严格遵循了作者创作过程中的时间顺序。

2009 年 3 月 10 日

（收入《名伶》《巫女》《重逢》《打手》《鞋铺》《白狗》，孙方友著，河南文艺出版社 2009 年 6 月出版。）

《灵魂孤筏的泅渡》 序

　　这是一本与书籍有关的书；这是一本散发着浓烈的个人气息的书；这是一幅由藏书、读书、品书等等内容相关的经历所构成的骨骼与血肉的生命之躯。

　　认识庆杰的人，知道他豪饮、善谈、耿直；而熟知庆杰的人，才知道他是一个饱学之士。我和庆杰曾经有过几次不期而遇。一次是在郑州农业路上的席殊书店，一次是在郑州文化路上的大作书店，一次是在他供职的学院大门口，那会儿他正在接收从网上购得的图书。这些经历都和图书有关。因为对书的热爱，我把庆杰引为知己。庆杰藏书之丰富，让我向往。而庆杰阅读量之大，我们则可以从这本书里有所感受。庆杰把对书的热爱视为自己人生的意义之存在。这我有同感。阅读对于我们人类来说，是一种有质感、有重量的精神运动，而阅读的恒久、缓慢、绵密则是滋养我们生命精神境界的过程。

　　罗曼·罗兰曾经说过，真正的光明绝不是没有黑暗的时间。是的，那种黑暗中的光明就隐藏在人类的先知们积累下来的经典书籍里，那光明是需要我们不断地用生命去寻找才能得到的。

　　在这部文集里，有话必说，则体现了庆杰的血性和真情。不论长与幼，哪怕你是天王老子；无论你是大师还是无名小卒，他都会以评论家的眼光，给出自己以文本分析为基础的评论与判断。就连他敬佩的老师，庆杰也会一针见血，说出自己的观点，丁是丁，卯是卯，从来不掩饰自己的文学观和价值观。庆杰的文字有感而发，从不躲躲藏藏，遮遮掩掩，语言之锋利，让人顿生敬意。

庆杰半生痴迷读书、写书、教书、藏书，他说，他写作"不为官不为宦，不为名不为利，只为心中那持久不衰、绵绵不断的热爱之情，生命中有了这种痴迷酷爱，此生不再枯寂，时光不再虚度"。就这是庆杰的人生观。在书中的文字里，庆杰不但呈现出了自己的精神历程，而且呈现出了他的生命意义。

克韦多曾经说过，序言过长，上帝不容。但还要再多说一句，一个把自己的生命交给书籍的人，一个敢于袒露胸怀的人，我们可以引以为友。

2009 年 6 月 11 日

（《灵魂孤筏的泅渡》，王庆杰著，中国戏剧出版社 2009 年 10 月出版。）

《三炷香》序

　　最初，峻峰先生对与本书相关地域的行走与考察，我与他同行。在淮阳人祖伏羲太昊陵，在陈姓血缘始祖陈胡公满陵园，在固始陈集"开漳圣王"陈元光将军祠，在安徽霍邱临淮岗，在大别山脚下素朴唯美的叶集小镇，我们一边快乐地行走，一边进行了内容上的广泛交谈：历史、哲学、政治、社会、民族、儒家文化、宗族、族群等等。谈话的轴心则是文学、音乐、戏剧、绘画、电影，而更具体的词组是生活、记忆、时间、叙事、语言、隐喻、文本、艺术虚构、想象力，以及包括古典主义、现实主义、现代主义、后现代等等在内的各种手段与流派。之所以谈论这些，是因为我们想厘清一个问题：在 21 世纪的人文背景下，来回溯中原人南迁和一个氏族的发展史，并进入文学的言说和叙事，到底有什么样的价值和意义？

　　后来，峻峰先生独自远涉广东、江西、福建，从淮河流域到长江水系，从珠江三角洲到东南沿海，他深入地对中原人历史南迁及其陈氏宗族在地缘和血缘上的关系作了更为细致的考察、辨析、指认和触摸；当然，他的阅历和认知是在人类学、历史学、社会学、考古学、民俗学、建筑学、文化学等等，包括宗教、神话、民间传说在内的多角度的背景下交叉进行的。同时，峻峰先生把在行走与阅历中的感受，转换成文学叙事文本的工作也在进行着。从我所知道的首篇写作到全书完成，从物理学来计算其时间跨度，足足三年。在我看来，这种以历史文化为背景的缓慢而耗神的散文写作，最难处理和把握的是繁杂冗长的史料与叙事之间的关系。当读完这部书稿之后，我终于为峻峰先生长长地松了一口气。他以他充盈沛然的才情和才华，以及对事物和世事的洞见，不仅使他对本书最初的构想在文字里得以充分体现，而且有更丰富的内容，诸如社会结构、伦理秩序、价值体系、文化理想、宗族维系、祖灵崇拜，以及个人欲望和生存策略等等的言说和展开，并被他在不经意间，浸透在叙事的文本里。

峻峰早年写诗，涉足文学批评；突然间断写作十几年后，他觉得已经准备好，近七八年，写作了数百万字"不同样式"的作品，并出版。显而易见，他在根据他对文学的理解，努力进行着多种文体的叙事实验。在这部貌似以中原人南迁的历史事件、迁徙文化和生存环境为背景的散文著作里，可以看出他以诗人的情怀来经营语言，以批评家的锐利来表述思想，以小说家的智慧来讲述从一个人到一个氏族在漫长历史长河里的山水日月、爱恨情仇。在这里，诗歌激发了作者的语言与想象，而小说的在场叙事，则化解了历史与现实沟通的障碍。

纵观全书，作者在解决史料与现实之间的关系时，运用了如下几种叙事策略：一是作者常常把自己设想成一个进入某个历史时段的人物，这样，无论多么深远的历史都会被作者随时带入当下的叙事现场；二是把历史人物请出来自己说话，和当下的现实生活融为一体；三是把出现在叙事者生活场里的人物或者虚构的人物，用来铺架沟通历史与现实的桥梁，激活那些埋藏在典籍里的没有感觉的枯燥乏味的文字，激活那些文物古迹里散发着沉郁气息的图像或景物。

同时，这部散文在文本的结构上也别出心裁：作者以自己的行走和言说，通过"内视角"和"外视角"等后现代技术处理，来构建叙事的主纲，而不同的章节又独立骨骼。当你从著作的开篇来到著作的结尾处，才意识到又篇篇血肉相连经络相通，在主纲的引领下形成了回环往复的网状结构，仿如巨大的风景。那是一个作家内心的风景，一个行走与言说者在场的汉语风景。

因此可以说，这部散文著作是作者对汉语叙事的思考和实验的延续。在作者敏锐的目光所到之处，触及的往往是被势利之人忽略的主张、姿态、情怀、纯粹和细节；在作者精辟的言说和激昂的文字里，到处蓬勃生长想象和幻想；在作者幽默且时有调侃的语调里，你能深刻地领悟到汉语的生动情趣；随着作者文字里的情绪和行踪，你会感受到汉字和语词在这里变得丰富多彩，显示出根植于汉语古典和当代双重语境选择里的叙事，充满了可能的无限妖娆与魅力。同时，在作者的文字里，你也能体察到作者在现实的困扰下所产生的疼痛和思考。对民族劣根性的批判、对历史的质疑、对人性的审视、对自我的质询、对当下中国文化和文学现状的忧虑与不安等等，这些都让我们既感受到一个作家来自民间的倾向和情绪，又感受到一个作家本质人文知识分子的良知和真诚。这是一种品质，并呈现为一本书的文字、语言、理解力、探索精神和叙事风格。

不可否认，由于峻峰借助书写主体的领域特别，他的这部自谓实现历史与现实的两个"在场"的文化散文著述，你也可以把它视作一部陈姓氏族史。不同的是，这是一部文学版本的氏族史志，或者说是陈姓氏族史的一个文学叙事文本志书。从中讲述了陈姓氏族的盛衰沉浮，陈氏家族的生离死别，陈氏宗族的艰辛迁徙。作者细心地从氏族的最小单元——一个家庭切入，进入一个氏族腹部，怀着景仰、虔诚和崇拜，还有深深的忧虑、惆怅，及其诸多复杂的纠结和意绪，来对陈氏家族的源起、流变，及其宗族组织、宗族社会、宗法制度，宗族内部律令、族规家法所形成的意识和观念，道德和伦理，原则和规律，恪守和遵循，等等，作出文学与哲学的深度生命体察、现实思考、文化批判和细致审慎的描述。因此，我们发现对这样一个庞大完整的在中国情境下的宗族文化所进行的梳理和思辨，实质就是上面说到的，在21世纪的背景下对一个氏族形成与繁衍追溯的价值所在：这何止是陈姓氏族的历史，这是中华民族大家庭中所有不同姓氏与氏族的缩影，是对整个中华民族的思想、文化、气质、品性、神态、梦想的血脉寻根和精神重述。在漫长的历史中，我们每个氏族拥有的典范光辉、不朽荣耀，以及我们所承受的无尽的屈辱与忍让都在其中了。

在这本书里，在它每一篇文章和每一个句子的骨缝里，都布满了作者对氏族文化的根脉和源头探寻的热情，布满了作者对人类文明的由来和向度的好奇心，充满了散布在历史长廊里的疑惑、玄思、神往和想象。这部关于中原族群史诗般浩荡向南迁徙的自强不息的血性文字和诗性叙事，是否可以由此定义：一部氏族史，就是一部民族史。

在21世纪的人文背景下，来回溯一个氏族发展史所产生的意义，这仅仅是一个方面，而作者最终要达到的目的，那就是通过对一个氏族历史的回溯，来完成每个人——所有人——对生命自我的身份审视、考问和认定：我是谁？我从哪里来？我到哪里去？这些由苏格拉底所提出的永恒的关于人类自身终极的哲学天问，是我们每一个来到这个世界上的有思想有血肉的生命都无法避开的。如果我们跟随作者通过对中原人历史南迁及至对氏族渊源的探寻，能得到对生命原色和血脉源头的文化认同；如果我们通过氏族情感的承接，能获得先祖的神谕；如果我们通过对现实的追问，能获得生命的尊严，从而获得最为诗意与广阔的生存信心和力量，那么，关于这本书的阅读，就算得上是一次既充满诗意又务实向上，既充满理想又脚踏实地的阅读了。

因此在这里，阅读不啻一次行走，我们来和这个快乐而又性情的旅者、行者、言说者共同结伴，一起预约和计划，一起出发和抵达，走过那些久远的天地和历史、云影和光芒，走过那些祖先、神位、谱牒、典籍、城镇、村庄、人群、山水、风景的灿烂布列；当然，在身体和精神上你必须有足够的准备和耐心，最终发现，我们走过的，原就是自己家族的历史，原就是自己的心路历程，原就是我们当下正无尽展开和进行着的日常生活。

2011 年 3 月 19 日，鸡公山北岗 18 栋

（《三炷香》，陈峻峰著，新华出版社 2011 年 10 月出版。）

《李国明书画集》 序

　　当代书法、绘画艺术家李国明先生，1959 年 7 月出生在豫东平原位于颖河中游的项城市。颖河在历史上是一条重要的河流。颖河流域不但土地肥沃，而且文化积淀十分丰厚，其中龙山文化等重要文化遗址是中华文明最重要的发祥地，遍布颖河两岸的众多历史上重要的史实，构成了灿烂的颖川文化，并使颖河与黄河、伊洛河一同成为中华文明之源。长期生活在颖河岸边的李国明先生，耳濡目染，血管里自然流淌的是传统文化的血脉。

　　作为一个当代书法家，李国明先生对行书、隶书、楷书等皆有涉足，尤其喜爱"二王"（王羲之、王献之）。书法艺术需要传承和弘扬，这种传承和弘扬就是依靠无数像李国明先生这样真心喜爱书法的艺术家、并按照书法自身具有的艺术规律不断作出实践的人来完成的。当然，学习传统，首先要学会如何面对传统。我们不难看出，李国明的书法艺术，深刻体会到了"二王"与帖系书法中的"抒情写意、笔法多变"艺术特点，并把帖系书法与在现实生活中的实用性，主动作为自己在书法艺术上的追求，并以这种艺术立场重新审视已有一千六百多年历史的"二王"与帖系书法的关系，探其渊源、析其流变，从中获得有益启示，使自己的书法艺术不断提高到一个新的水平。

　　对于书法和绘画艺术，李国明先生是个痴迷者，为此，他自比怀素。李国明自比怀素是看重他的勤奋。少时的怀素在经禅之暇，就爱好书法，贫穷无纸墨，他为练字种了一万多棵芭蕉，用蕉叶代纸。由于住处触目都是蕉林，因此他风趣地把住所称为"绿天庵"。又用漆盘、漆板代纸勤学精研，盘、板都写穿了，写坏了的笔头也很多，埋在一起，名为"笔冢"。从河南大学艺术学院毕业、现在项城市人大任职的李国明先生身兼数职，在繁忙的工作之余，回到家里就埋头习书，在进入艺术的天地之后，就忘记了放在自家厨房里炉灶上烧水的水壶。多年以来，被李国明烧坏的水壶就有十几把，堆放在一切，可谓现代版的"笔冢"。由此可见李国明先生对绘画和书法艺术的虔诚。

作为一个在传统绘画艺术中涉及营养的艺术家，李国明并不故步自封，他积极地从其他艺术门类里汲取新的思想和形式，他对刻字艺术的涉足就是一个好的例证。刻字艺术作为中国当代一个独立艺术门类已经有了二十多年的历史，成了国际刻字艺苑的中坚。刻字艺术之所以发展这么迅速，和像李国明先生这样热心的参与和推广者分不开。李国明先生的刻字作品，大多是在命题的状态下采取了义形创作的方式，以书法为素材，以文学之义为内容，以现代构成为形式进行创作的。他所创作的作品格调意境高雅，思想性与艺术性强烈，民族风格鲜明。这些，在李国明先生的书法刻字艺术作品中都得到了很好的验证。身为周口市刻字艺术委员会主任，李国明不但是一个创作者，而且为刻字艺术的组织发展和推广作出了积极的贡献。

李国明先生的绘画师承华南师范大学的罗镜泉先生，这样说来，我们还是同门，我在淮阳师范学习绘画时也师承罗镜泉先生。国明从事绘画艺术创作三十年来，在绘画和书法创作上取得了可喜的成绩，作品先后获过"中国当代精英书画家作品展铜奖"等众多奖项。其绘画书法作品被中国书画报社、河南博物院收藏。同时，李国明的个人传记及作品被载入《中国书画家作品精选》等书中。

    李国明的水墨艺术自然而然地继承了罗镜泉教授的绘画技巧，以及罗先生那种不拘成法、广纳博取的创新精神。在绘画创作的实践中，李国明像罗先生那样十分注重胸有成竹、自由自在的笔墨表现，非常注重运用传统的绘画艺术语言，在水墨绘画的探索和实践中，挖掘真正属于中国传统的审美情趣。李国明先生外貌随和、憨厚、朴实，可是，他正默默地积蓄艺术创作的内涵，酝酿着自己对水墨花鸟绘画艺术的新突破。我深信，以他的勤奋、好学和聪慧，以他的顽强、坚毅和努力，这一目标的实现并不遥远。

2011 年 9 月 9 日

《曙光》 序

　　两年前，王婕女士送我一本她的著作《紫色的房子》，我从中读到了一个母亲对女儿的无私的疼爱，读到了一个女人在经历了人生不幸之后的痛苦和坚强，读到了一个女性对家庭的责任，同时，我还读到了一个追求精神自由的作家对文学的虔诚。这是一个有梦想的女性，是一个不断把自己的梦想变成现实的女性。现在，放在我面前的这部《曙光》，就是她把梦变成现实的最好例证。而《曙光》让我意外的是，王婕完全抛开了她在《紫色的房子》所表达的个人情感，来到了正处在转型期的中国当下的乡村社会。

　　2011 年的夏季，英国《卫报》推出了一份荐书榜单，开列了有史以来 100 部"最伟大的非虚构图书"，这些图书包括《物种起源》《时间简史》《纯粹的理性批判》《东方学》《梦的解析》《古拉格群岛》《罗马帝国衰亡史》《忏悔录》《共产党宣言》，内容涉及文学、科学、哲学、文化、心理、社会、历史、政治等各个方面。在这 100 部伟大的非虚构图书中，上榜的有两部中国作品，一部是《孙子兵法》，另一部是曹锦清先生的《黄河边的中国》。至今，我仍然记得 10 多年前我从《黄河边的中国》里得到的启示。曹先生的著作入选，我想与他对 20 世纪末的中国乡村社会的调查和研究有关。我之所以在这里说起《黄河边的中国》，那是因为在《曙光》里，有着和曹先生关注的"三农"和乡村政治这些相同的话题。

中国的乡村社会历来是中国社会最主要的问题，改善中国农民的生存环境，一直是国人长期努力的方向。一个基层的镇党委书记，在经济大潮之下致力于乡村社会的民主进程，这本身就体现出了他的价值取向。中国社会结构的特点，不是以人为单元，而是以家庭为单元。家庭这个单元才是中国乡村政治生活的主体，而朱为民所实践的，就是"家庭联户代表"制度。"联户代表"不但符合中国乡村政治的特点，而且是建立在现有的法律条文下的法治管理制度上。"联户代表"的实践并没有局限在民主选举上，而是抓住了民主决策、民主管理和民主监督这三个环节，用建立村民小组委员会、联户代表会议、村民监督委员会的"三会"制度，通过村民的知情权、决策权、监督权，让我们看到了实实在在的民主，这确实让人看到了中国乡村社会民主的希望。

据我所知，《曙光》里的内容完全来自作者的乡村调查，应该说这是一部非虚构性的文学作品。如果说当年小岗村开始实行的联产承包制，改变了新中国成立以来的集权式乡村动员体制的话，那么，《曙光》里以村民自治为核心内容的"乡政村治"体制的建立和实践，则让我们看到了健全乡村法治和推行民主的曙光。这部书的意义在于，它所传达的是在中国乡村政治中民主进程的社会实践经验。当然，在对中国农村的政治、经济、文化等各个方面研究的深度和广度上，《曙光》和曹锦清先生的著作不在一个语境之下，问题的关键是，曹先生在《黄河岸边的中国》中讲述的中国乡村社会已经距离今天近 15 个年头，在当下的社会状况下，一部描写中国乡村政治进程的著作，起码为我们提供了一个可以借鉴的对民主进程有着实践经验的个案。在《曙光》里，那些乡村政治的主人们，开始意识到一个人追求话语权的重要，在我们这个民族里，这一点极其重要。

2011 年 9 月 29 日

（《曙光》，王婕著，河南文艺出版社 2011 年 12 月出版。）

《谁为情种——〈红楼梦〉精神生态论》 序

在中国，对《红楼梦》的研究，早已是一门"显学"。

不知有没有人统计过"红学"的研究成果。我想，如果有人立志建一个专门收藏刊登《红楼梦》研究文章的报刊与著作的博物馆，应该不会困难。起码，现在摆放在我案头的这部《谁为情种——〈红楼梦〉精神生态论》，是有资格入馆的。一个能写出《红楼梦》研究专著的学者，应该被称为红学家，而且让人顿生敬意。

我不止一次产生过到庆杰先生的课堂上，去目睹他向他的学生们讲授《红楼梦》时的神采的想法，这种想法是我和他在日常生活里的交往中产生的。我们每次谈起那个又奇又俗的贾宝玉时，他不讲他的"叛逆"；在谈起那个敏感而善良的林黛玉时，他也不说她的"凄美"；在说起那个生性尖酸刻薄的王熙凤时，他也不说她的"狠毒"，他总是避开那些被人谈过无数次的话题和观点，而是从生命的偶然与必然、生命的荒诞与现实入手，从对生命的认识与意识入手，从生命的自然属性与社会属性入手，从诗词、音乐、美酒、鲜花与沉沦、堕落、荒淫、颓废等等这些多姿多彩的生命形态入手，引申出一些新颖独到的见解来。这样，在这本关于《红楼梦》的论著里，庆杰先生既避开了曹学、版本学、探佚学、脂学这些被视为正宗的红学的研究模式，也避开了以胡适和俞平伯们为代表的"新红学派"们的观点，他倒有点像"旧红学派"里的王国维。王国维先生不是评点派，也不是索隐派或者题咏派，他是一位最早从哲学与美学的观点入手，来批评《红楼梦》的艺术价值的红学家。而庆杰先生的这部论著，则是从"生命美学"入手来研究《红楼梦》的——"从生命的视角看经典""把人生当成书来读""阅读最重要的是阅历。阅历就是人生经验的积累叠加，阅历也是生命充分体验的结晶""读书是向心灵、向灵魂一步步地靠近"等等，庆杰先生这些研究《红楼梦》的观点，确实是他阅读心得的结晶。

鲁迅曾经在《集外集拾遗补编·〈绛洞花主〉小引》一文里这样说起《红楼梦》的研究："经学家看见《易》，道学家看见淫，才子看见缠绵，革命家看见排满，流言家看见宫闱秘事……"这话倒概括了无论是"旧红学派"还是"新红学派"研究《红楼梦》的标准、观念等等纷杂的现象：毛泽东研究《红楼梦》用的是阶级斗争分析法，周汝昌研究《红楼梦》是用马列主义作指导，李辰冬用"人生只不过是一场梦"的观点来阐明《红楼梦》里绝不含任何阶级斗争现象，李希凡说《红楼梦》是封建社会的百科全书，等等。而到了庆杰先生这里，人生痛苦的生命历程，成了他这部论著的纲领。理性与感性、恋爱与婚姻、理解与误解、文明与野蛮、命与运、英雄气与儿女情、完美与缺憾、人性与兽性、精神与物质、群体与个体、俗性与诗性、生与死等等，"生命处处是矛盾的纠结，生命的觉醒就是认识到人生是矛盾的集合体，矛盾是人生痛苦与磨难的根源"。庆杰先生注重的是精神，是建立在生命哲学基础上，对人类存在于日常生活中的真、善、美，生命中的丑陋与邪恶等等现象的审视与观照。这种建立在对现实生活之上的"审视与观照"的"生命美学"，是"为我们提供了更宽阔更宏大勘破生命之美的背景与视野"，是为了"重新激起我们对生活及生命的热爱，对我们自身的热爱与尊重，也就是说生命美学向我们敞开的是生命里充满阳光的一面，即使审丑也是为了更好地呈现美，就如黑暗的后面就是光明"。可以说，庆杰这部"生命美学"论著的根须，是深深地、准确地扎进了《红楼梦》这部小说的核心里去了。

在现实生活中，我们往往会说某个人像贾宝玉、某个人像林黛玉、某个人像王熙凤，从这个角度来说，贾宝玉或者林黛玉、王熙凤或者贾政们，比创造他们的那个自幼享受"秦淮风月"繁华生活、到了晚年饱尝世态炎凉的旗人对于我们更现实。但我们同时又不能否认，比曹雪芹更现实的贾宝玉或者林黛玉们的身体里，流淌着的自然是曹雪芹的血液。一个名叫儒尔·戈尔蒂埃的法国评论家说："世人倾向于用想象的生活使自己的生活双重化，倾向于中止自己现实的人而成为自己所设想的人，所期望的人。"这话的意思是：曹雪芹"披阅十载，增删五次"《红楼梦》的目的，就是试图用小说的手段使自己成为他所设想的贾宝玉，使自己的父亲成为他所设想的贾母。那么庆杰先生呢？"我半生痴迷读书、写书、教书、藏书，酷爱写点自己所思所感的文字，不为官不为宦，不为名不为利，只为心中那持久不衰、绵绵不绝的热爱之情，生命中有了这种痴迷酷爱，此生不再枯寂、时光不再虚度"；"《红楼梦》是一部人生的大书，我写作的文字，也都是关乎人生的思考"，他自然也希望我们能从他的这些完全不同于别人的文字里，看到他的所思所想，他试图从"痛苦人生"的生命美学的角度入手，通过对曹雪芹在《红楼梦》里所表现的现实的社会、官场的黑暗、贵族的腐朽，以及对封建的科举、婚姻、奴婢、等级制度、社会统治思想等等的呈现，来表达他对当下现实生活里生命现象的阐释，并让我们感受到生命像四季轮回一样诞生、沉沦与升华，他希望我们从这里出发，一路看到生命是怎样在他的阐释里像春天里的树木一样生长与蓬勃，是怎样像秋天田野里的将要收获的庄稼一样泛出耀眼的金黄，是怎样像冬天里的冰雪一样结出晶洁的美丽来。

整部《红楼梦》，都被鲜活而痛苦的生命统领。这"痛苦人生"的生命美学，就是庆杰先生读《红楼梦》读出来的观点："美的生活观都是绝望的。"同时，也是庆杰先生对《红楼梦》的研究成果："绝望的背后是人生的定论""《红楼梦》提示了这种定论下面人生的苍白底色、苍凉情调"。对于一本研究著作，还有什么比这更重要的呢？有了自己的观点和发现，这部论著就立住了。然后，又把自己的观点和发现表述得明白透彻，那么，就不愧疚于自己与读者了。

2012 年 1 月 26 日

（《谁为情种——〈红楼梦〉精神生态论》，王庆杰著，中国书籍出版社 2013 年 1 月出版。）

游子心中的故乡

一

2011 年的春节刚过，我只身来到向往已久的喀什。

2 月 17 日 11 时 57 分，由乌鲁木齐开往喀什的 K9787 次列车正点到达，12 点 06 分，我走出了喀什火车站。尽管是冬季，在残雪融化的寒冷里，西域的阳光仍然让我感到眩晕。我站在车站广场上，一群身穿灰色、驼色、黑色长大衣蒙着深棕色头巾的维吾尔族姐妹相拥着从我面前走过。让我吃惊的是，她们提着的、胳膊上挎着的提包却都分外鲜艳，那些浮在她们腰间的色彩和从她们深色长大衣的下摆露出的花裙下摆构成了一种燃烧的旋律，我浑身的热血一下就被那旋律点燃了。哦，冬日的喀什，仍然是我幻想中的艳丽。这时候，一辆绿色出租车从我身边缓慢地驶过，我没有伸手。我不要，不要那么快，我要慢慢地接近你……看着那辆出租车慢慢地驶去，我这样想，慢慢地接近你，喀什，你这让我倾慕已久的城市。

我这样想着来到了公交车站，6 路、18 路、21 路、26 路……哦，在这里呢，艾提尕尔广场，28 路车的终点。公交车开动了，车外街道边青白的杨树枝条伸向蓝得让人发抖的天空，残雪仍然在阳光斑驳的建筑的阴影边缘融化。哦，热衣巷；哦，阿瓦提路——不是阿凡提，可是阿凡提仍然骑着他的小毛驴在我的脑海里晃了一下——哇,你看,路边真的有一辆毛驴车在晃悠悠地走着,赶车的是一个维吾尔族女孩,她那美丽的眼睛一晃就消失了;喀什国际大巴扎。哦,那路边是个馕坑吗?是呀是呀,你看,尽管在这冰雪消融的日子,那一摞一摞摆在红色桌布上的油灿灿的黄馕仍然给人一种热气腾腾的感觉。哦,这是哪儿呢?东湖公园,我的天,那不是著名的高台民居吗?现在我隔着车窗玻璃,隔着东湖水面映照的阳光,就看到了那由泥土建造出来的历史,那因天空中生长出了许多的电视天线而流动的历史。哦,人民广场,那著名的向无数过往的行人挥舞着手臂的雕像在哪儿?在那儿,你看,毛泽东雕像。就要到了,就要到了,接着就是艾提尔广场了。

我知道散布在这座城市空间里的各种气息因寒冷而悄悄地收起了翅膀,但那馕的气息、抓饭的气息、烤肉的气息、香料的气息、干果的气息、葡萄的气息、无花果的气息、开心果的气息——开心果?对,就是你,你的气息,阿月浑子,就因为你,因为你的《喀什诗稿》,仍然让我在这冰雪消融的日子里感受到了这些气息的存在。这些气息,甚至包括伏地的尘土都在我的感觉里变得格外强烈,因为,这些气息早已渗透了《喀什诗稿》的纸脊。我心里清楚,正是对《喀什诗稿》的阅读,我才开始逐渐地认识了喀什,了解了喀什。《喀什诗稿》,才是构成我向往这个神奇世界的动力源泉。

二

我对《喀什诗稿》的阅读,是从网络上开始的。在 2008 年初春的日子,我接触到一个名叫"江媛"的新浪博客;到了 2010 年的夏季，这个博客更名为"阿月浑子"；到了眼下，2012 年的 8 月，如果你留意，这个博客又更名为"喀什纪"。在我生命里缓慢流过的时光中，我通过这个博客开始逐渐了解到喀什和这座城市所处的周边世界：

> 河流擦亮昆仑诸峰的每一只眼睛/冰峰照彻人类头颅中的黑暗/喀什噶尔日夜为我在迷途上牵马/驮我重回到众神的怀中（《站在塔里木河的源头》）
> 帕米尔滑向高原，白云垂落王城/塔克拉玛干沙漠的天空，飘满黄金箭镞（《给我颜色的叶尔羌河》）

哦，昆仑山、帕米尔高原、塔克拉玛干沙漠、塔里木河，单看看这些出现在教科书上的地名，你的目光就再也无法从这些诗句里移开。紧接着，你还会产生好奇，写出这样胸怀诗句的该是怎样的一个人呢？"养育我的母亲河是叶尔羌河，她位于昆仑北麓隶属喀什管辖的莎车县，我家就在这条河流的西北岸，叶尔羌河的河水全部是昆仑的冰雪融水，每当夏天我们卷起裤腿下河摸鱼时，时常感到冰雪水的寒冷。我们自小就喝冰山水长大，每到春夏季节，昆仑的冰雪就会化成涓涓细流，这些溪流汇聚到一起就成为塔克拉玛干沙漠西部这条宽广的叶尔羌河，这条河流又和其他的许多河流一块流汇到塔里木河里。在我童年的记忆中，河流就是奔跑的马群，她们穿过荒凉的戈壁、越过广阔的牧场、奔流过无边的大漠，最终聚会在一起，构成气势磅礴的河流交响乐。她们并未因为长途跋涉而变得奄奄一息，她们一泻千里，毫无悔意地去拥抱每一寸土地，每一寸荒凉。站在这样的河流面前，我相信没有一个人不会流出感动和

敬仰的泪水。"（诗人 2009 年 2 月 13 日博文）

　　哦，给我颜色的叶尔羌河/这腰缠莽莽昆仑的养我血性的母亲（《给我颜色的叶尔羌河》）

　　鹰在天空独舞/白云和石头朝我飞来/冰河源头走着挑水的母亲/扛起大漠的盛大与荒芜（《湖的独语·3》）

　　母亲，母亲！这就是诗人与那辽阔而神奇的疆域的关系，人与自然，血与肉的融合，像流淌在塔克拉玛边缘的叶尔羌河一样无法剥离：

　　五千年以前/一只鹰栖落喀什噶尔城/昂首挺立在太阳王的剑座上/五千年以后/我从叶尔羌河畔走过/穿着一身时光的荆棘和花朵（《喀什女儿》）

　　这就是诗人生命里的西域。是的，如果你是男人，在刀的面前声音颤抖，就会遭到女人的不屑。尽管她们用阿德莱丝绸隔断你犹豫而迷茫的目光，但她们对远方的客人仍然不失热情，她们会给你讲起英吉沙刀子的成色。我们从《喀什诗稿》里看到的维吾尔族女性就是这样：

　　她们是刀王国的贵族/整日与刀朝夕相处/却头上插玫瑰满身奶香气（《刀光凛凛的英吉沙》）

　　或者：

等你的脚长满了硬茧/再跟我去喀什，我说/这不是玩笑/那儿的路常常布满蒺藜/你默默跟着我/走进曲折的深巷/那里，那里/你惊喜地喊——/站着一位头插玫瑰的古丽（《带你去喀什》）

在这充满浪漫而又使你暗生忧伤的诗行里，你感受到了什么？

孤独的山顶上生长着月光/雪莲踩过峭壁轻轻歌唱/荒漠上牵马的人/走向大雪洗蓝的天空/驮着身穿阿德莱丝绸的女人（《骑手的爱情》）

这些我们仿佛在电影里看到的情景，不正是你生命里渴望到达的境遇？可我们知道，在这冗散的世俗里，这情景只是我们可望而不可即的梦境。尽管如此，当我们与这样的诗句相遇的时候，我们渴望纯洁美好的心仍然会怦然而动：

你听，琼乃额姆/来自阿瓦台村的老人/俯身用爱情擦拭琴弦/编织阳光的一片片金羽（《泉水，她因断足而猩红》）

这从叶尔羌河畔传来的歌声，日日夜夜在诗人的文字里流淌：

马车、驴车从四面八方的村庄汇聚而来/人们赶到打麦场的空地上出售匕首、狐狸和马鞍/四处飘散的刺玫香、奶子香和抓饭香牵着人们的鼻子/女人们坐在长木凳上掰下窝窝馕蘸

着老酸奶吃/姑娘们甩动长裙在巴扎上五颜六色地开放/蝴蝶追逐姑娘插在鬓前的蔷薇花，男人们追逐蝴蝶（《驯鹰男人》）

"感谢昆仑神让我有幸喝她的水长大，感谢日月洪荒让我这小小的生命在此处降生，在此处经历风暴与甜美，并与她一同走过十九个春秋冬夏。"（诗人 2009 年 2 月 13 日博文）可让我感到迷惑的是，这样迷人的、热腾腾的现实生活，在当年，为什么就没有留住诗人的心？

三

"我出生那天，父亲在广阔的村庄里未找到汉族医生，情急之下抓来一个刚从喀什卫校毕业的维吾尔族姑娘阿依菇为母亲接生。从这个意义上来说，我不仅出生在新疆南部，更是被一双维吾尔族姑娘的手迎接到这世上的。我的命运即使如此，父母却从来不肯承认我是新疆人，他们从我记事起就让我牢牢记住自己的故乡沈阳、山东或者湘乡。那时候学校里要我们填简历的时候，老师也这样要求我们写。这样一来我们常常渴望早一点越过阳关去看看真正意义上的故乡的面目。"（诗人 2008 年 12 月 2 日博文）回走玉门，这就是你离开的原因吗？1993 年 6 月，年仅 19 岁的江嫒离开了莎车。当诗人在离开那片生她养她的土地时，当她回头的那一瞬间，她看到了什么？

荒野深处，艳阳高悬/囚徒站成一排/挥动坎土曼/剁软戈壁的骨头/捏碎土块，撞见网/跌入无边无际的荒//一万亩棉

田/张开大嘴喊渴/他们浇水，盖沙/敲击铁和砾石/从棉田尽头走到杨林尽头/突然想起玉门关内的家（《喀什的流放》）

在那挥动着坎土曼的被流放的囚徒里，就有诗人的外公。20 世纪 70 年代初诗人年轻的母亲跟随哥哥从沈阳来寻找父亲，领到的却是"可教子女"的身价。"一个人的一生也许只有短暂的瞬间是为自己纯粹地活着，其他的大部分光阴则是为了生存，这生存的精神意义却要靠那短暂的瞬间来支撑。"这是我看到的诗人写于 2009 年 1 月 26 日的博文，或许，这就是诗人母亲遭遇的真实写照。为了生存，母亲出嫁了，可是在诗人长到 1 岁时，她的这位祖籍湖南湘乡的父亲却因政治原因被捕入狱。

隐匿了，路/月光又一次爬过公路两旁的坟丘/拱出沉埋亡魂的沙尘暴和大雪/他们丢失了姓名和故乡/被人遗忘在流放地（《赶马人》）

年轻的母亲带着年幼的诗人走过安葬了外公的流放地。面对社会的现实，她瘦弱的身体却发出了呼号：

你无法忍受这种虚伪日复一日/你无法忍受蛋糕下的蛆虫成群结队/你无法忍受——/将苦难排挤在长篇累牍的颂歌之外/你无法忍受——/耻辱每天在你的肉体上签名（《你无法忍受，耻辱每天在你的肉体上签名》）

同样是为了生存，诗人生命中的养父出现了。在养父目光的看护下，诗人开始了她人生漫长的路途。"在新疆赤脚走路，能够跟大地更亲密地接触。其实大地内部的消息，吐露于一个人孤独成长的旅程。长久以来我养成了一个习惯，脱下鞋子，顺着小路朝家走。有时候路边会开着几朵野花，我会随手摘下来，戴在头上，对着路边的水渠，照见自己年轻的模样，内心的愉悦便像阳光那样明亮，溢满青草的味道。那条寂寞的长路我走了五年，夏天小路上阳光耀眼，偶尔遇见一个同伴，我们都默默地走路，并不说话，然而内心似乎都照应着相遇的愉悦，只是不可言说。我至今独自在路上行走的时候，脑海中总会想起这样一个沉默的同行者，我们彼此交换一个善意的眼神，然后默默走路。后来，当我慢慢长大，这条路便深刻地留在我的内心深处。"（诗人 2008 年 7 月 6 日博文）

这就是诗人离开故土的原因吗？不不，我们只能从她写给我们的文字里猜测，诗人在她 19 岁那年离开了故乡，四处漂泊，去过太多的地方，可是我从《喀什诗稿》里读到，却是诗人的内心和灵魂从来也没有离开过生她养她的那片土地，昔日的生命经历仍然像空气一样灌溉着她今日的呼吸。

四

"思念是吹过牧场的风吗？它吹得杏花白了，吹得桃花红了。她数着一朵一朵流云，在杨树下流白了头发，在夜露里打湿了衣襟。她是一只无枝可栖的鸟吧，她不知来处亦不知归地，她的故乡就在清冷的月光里端坐，她在清冷的月光下寻找着干净的草地。"（诗人 2009 年 1 月 17 日博文）是的，思念就像鲜花一样开满了《喀什诗稿》中关于故乡的篇章：

喀喇库里湖，我是你的一滴泪/日夜坐在你湛蓝的忧郁里/一遍遍洗浴（《湖的独语·6》）

是一些很轻的风/走过回忆/走过遥远的叶尔羌/听琴声流过（《是一些很轻的风》）

面朝戈壁，母亲长叩明月/敞开门扉/沙枣篱笆握紧小拳头/咬住坚硬的舌头/星星高悬睡眠/牧羊狗在冬夜垂首/一群爷爷的影子/穿过色力布亚镇的金胡杨/被铁鞭驱向墓地深处/走沙漠公路的父亲/身背囚笼/回家来了（《色力布亚镇往事》）

我可能是河流里/最后一条停止游泳的鱼/当最后一滴湖水变咸的时候/我行走在岸上/回望日渐消瘦的新疆（《故乡》）

七间房的女人/出门挑水的时候/月亮还挂在天上/七间房的女人/点燃炉火的时候/男人们已准备好行装//生活尽管艰辛，然而：她们坐在七间房的树下/为尚未出生的娃娃/缝制小衣（《七间房的女人》）

这太阳的情谊/绿洲的情谊/叫我如何偿还，所以：我愿意/一生只做一朵桃花/与喀喇昆仑的肋骨永不分离（《一生只做一朵桃花》）

如果你真的是个游子，我相信，上面的诗句你不用读完，眼泪就会盈满眼眶。你看你看，即便是死亡，在诗人的思念里也是这样美丽：

古丽热娜/你还穿着那条阿德莱丝绸的裙子吗/当年你可是兰干村跳舞最好的姑娘/古丽热娜/你躺在树下已经十年了/我

昨夜梦见你走过牧场/摘走远方的一朵罂粟花（《古丽热娜》）

还有那个流浪者：

> 戈壁，夜晚中的无数个夜晚/月亮中的无数个月亮/你在流浪者的路上/洒向大漠遍地银光/你让麦吉侬赶着驴车/挥动鞭儿奔波在路上（《流浪者之歌》）

这何止是诗人记忆里的流浪者？这不是诗人自身的心灵写照吗？这不就是现实中我们失去了心灵故乡的人的内心世界吗？

> 你披衣出门/戈壁滩铺开，皓月当空/远处，昆仑的雪光/冷冷侵入骨骼/你抱紧自己，向后退步（《往事》）

这就是我们的孤独，我们所有人的孤独，在夜深人静的时候产生。我们思念那个离开了我们的人，那个总是让我们的内心感到疼痛的人。所以诗人深有感触地说："我想记忆是一剂良药。它胜过爱情、胜过友谊甚至将年轻的时光无限拉长。青涩的记忆使我们越走越远，每当我们疲惫的时候，就会到叶尔羌河边坐一坐，看看那里的夕阳、树林，然后感觉彼此这些年内心的故事。那时候，风是清净的，河水四处流浪，记忆的小船总是向着远方划去。如果你是浪子，必定指向精神的自由，如果你不是，你还是河畔那个简单的男人。那个始终忘不了记忆的男人。"（诗人 2008 年 6 月 17 日博文）

五

还是在 2008 年 6 月 17 日的博文里，诗人这样写道："所谓浪子，你大概知道，就是遭遇了很多女人之后，又站在最初的地方，仍然一个人默默地在沙漠中走路的人。你是一个自由的人，我们曾经在喀什走过许多无拘无束的岁月，那些时光记忆了我们放肆的青春，也记忆了我们内心深处对于孤独和自由的渴望。我们来自一个野性的村庄，一同喝着那条充满野性河流的水成长，后来我们各自走开了，再度找到了对方。"如果你细心，在《喀什诗稿》里，你感受到的爱情，那青春期的纯洁的爱情，更加浓烈：

> 总会有男人找上门来，认走这把丢在苜蓿地里的斧子／想到这里，她又从头红到脚／现在还只是春天啊，蔷薇风却已爬过了门槛／挠她的皮肤和胸口（《春上绿洲》）
>
> 要分别的时刻／我比玫瑰笑得还美／你故作爽快地跳下马／"哎，你这有毒的花！"／"明年春天，我还要来找你。"（《湖的独语·10》）

一对热恋的青年男女，有着怎样的经历呢：你弹着都塔尔，站在杨树下／我踮起脚走进艾力西湖。可是这一切，都只能在荒野里展开：我不能让妈妈看见你／不能让爸爸撞上你／那些不知羞的苜蓿，非要染绿你的马蹄／还牵牵绊绊，弄湿我的裙子。到了最后：我用手指戳你的额头，戳了又戳／库尔班，我的傻库尔班／我要你的鹰，你难道还听不明白／我要你的鹰。（《库尔班，我要你的鹰》）

美好的爱情，如果你有所经历，你肯定知道那是一种怎样的灼痛。可是一个人爱的经历，我们无法去想象。如果你爱一个人，深深地爱一个人，当她给你讲述这美好的时候，你会寻找到你内心痛苦的根源：我早已栖息在你的伤口深处／开放成荒漠上最野性的玫瑰／等待暴雨的劈淋（《思念》）。

而更多让人产生痛苦的原因，是爱的遗憾：

> 弟弟／我已放出那只高贵的鹰／指明你回家的路／请你给姐姐带回／你所遇见的第一朵马兰／请你给姐姐写封长信／请你像十年前一样／趴在姐姐远嫁的马背上／执拗地喊出／姐姐，我不让你走（《弟弟》）

> 晚了，实在太晚了。／花朵启程的时候。／她选择了等。／连他坐过的树桩，她都不敢摸。／那里有他的心跳，一跳十年。／你还记得吗？／你还记得吗？／她为你口衔桃花，／为你绣过十年前的一个春日。／她为你深深地——／深深地埋进青春的井中。（《晚了，实在太晚了》）

这疼痛，只有经历，才这样刻骨：在你的泪光里／我死过无数遍／你说这一生我就是你的家／为了逃开你要命的凝视／我立即系上围裙／开始生火做饭（《湖的独语·11》）。可是，那些远离我们而去的遗憾，永远会像烈火一样深埋在我们的心中，随时烫痛我们的眼睛。诗人在 2009 年 5 月 26 日的博文里这样写道："今天读帕斯捷尔纳克、茨维塔耶娃和里尔克 1926 年的书简，我才明白他们之所以能高居于精神的高峰上，那是因为他们相互爱得坦诚、激情。很多人的枯萎不是文字，而是爱的枯竭。"是的，我们在诗人的诗句里，感受到的是她在痛苦之后仍然没有熄灭的激情：那一刻花朵的飘落/是你走的冷吗/那一炉默默的灰/是你烧尽的我吧（《问》）。

紫色窗帘垂下黄花朵，睡在你忧伤的黎明/我醒了，像一匹老马站在故乡的河岸/打捞湖中的水仙少年。（《橡树旅馆》）当爱的激情燃烧之后，在独自静思时诗人这样写道："道路总是要一个人行走，对于同行者不要有太多要求和奢望，对于婚姻和爱情也不能抱有一生一世的幻想。人和人彼此相遇、相爱、相互陪伴走上一段山路，这本已是上苍的厚爱，本已是很大的福缘。曾经坚持的一些东西，逐渐在道路上得到解释和答案。爱其实是一种自由，是一种内心期望对方幸福的感情。后来我逐渐习惯了一个人走路，只是在孤独的时候，会对同行的陌生人，报以善意的微笑。"（诗人2008年7月6日博文）

这，就是《喀什诗稿》的精神境界。

六

在《喀什诗稿》里，伴随着苦难生长的坚韧从来都不缺失：日渐衰败的乡村/以夕阳的速度滑向贫瘠/乡村的孩子啄食光地面上残留的麦粒/跟着离家出走的鸟群/一个接一个飞出故乡薄薄的身体/留下母亲独自挂在四面透风的墙壁上/冻得瑟瑟发抖（《贫血的乡村》）。

生活尽管艰辛，但是"这样的形象终究会离我而去，那时候我们将自己埋进泥土和大地融合在一起。那时候人人平等，月光透明，鬼魂和人类在大地上四处游荡。那时候绿洲上的人们仍然以墓地为婚床，以天空为棉被，以爱情为食粮。那时候流浪的人们，仍然会穿过一条条尘土飞扬的道路，钻出黑色的村庄，点起一堆堆篝火"（诗人2008年6月18日博文）。

　　黄昏时分，几个逃出鸟笼的人/举着布满绳索的天空，喝光了诅咒/银茶碗盛满离乡的谣曲，醉在雪上/少年骑着血中奔突的豹子，口吐盐粒/洒遍劫掠羊群的祖国（《喀什酒馆》）

　　你说那天死亡挤满了医院，万物哑然/你的汽车引擎戛然中断，就像我猛然被卡住的喉咙/石块从我们内部隆隆滚过，掀起天边的风雷（《泪洒二道桥》）

　　尽管灾难重重，但希望之火仍然在黑暗的时刻从她的内心燃起。诗人在2008年6月20日的博文里这样写道："在荒僻的戈壁滩上，再次看到了在沙丘上长着的金色的树林，那是胡杨。胡杨守护在绿洲的边缘，保证了绿洲不被沙土掩埋，胡杨守护在最干旱的地方，金黄成一片灿烂的笑容。很多人夸赞胡杨的生死，而我觉得胡杨就是一个亲人，一个在夜晚用树叶为我唱歌的情人，一个用阳光般火热的目光注视我的男人。那一刻我的仰望、我的颤抖、我跪地的双膝，无不充满感动和喜悦。我躺在胡杨金色的树荫里，仰望着浩瀚的天空。胡杨纷纷扬扬的金色树叶就在湛蓝的天空里飞翔、呼吸，它们亲吻我、抚摸我。那一刻，我变得通体透明；那一刻胡杨沉默、苍厚、壮美、热烈的爱激荡了我的肺腑。"

七

现在，2012 年 6 月，距离 1993 年 6 月诗人离开故乡之后，过去了整整 19 年。又一个 19 年，但我决不认为这是巧合。诗人流浪异乡 19 年的光阴在哪里？在我看来，那 19 年的光阴都已经深埋在出现在我电脑屏幕上的《喀什诗稿》里。诗人在电话里告诉我：这是从我所有诗歌里挑选出来的。挑选？我认可她所使用的这个动词。我知道，这个动词是以诗歌的叙事艺术来作为标准的。是的，诗歌的叙事艺术。在我所阅读过的《喀什诗稿》里，叙事艺术从来都被诗人视为衡量自己诗歌的标准：

> 你的小野兽解开梦的弹弓，松开捉鸟的手指／我埋进你的呼吸，拨开月亮的清辉／钻出湿漉漉的石榴花丛（《橡树旅馆》）
>
> 在忧伤的河岸／一条失去情人的鱼／第一次在大地上行走／第一次把血和鳞片像针那样／扎向大地／扎向她最仰望的爱情（《在忧伤的河岸》）
>
> 亲爱的，我的吻含盐／把和你的日子亲得又苦又咸／你曾一百次发誓离开我／却又一百零一次撬开我的门闩（《我的吻含盐》）

是隐喻还是象征？燃烧的肉体从热辣辣的呼吸中脱缰而出，内心情感的表达从来没有失去现实生活的依托：

你骑马越过月光的栅栏/看到牧场上睡满玫瑰花（《湖的独语·9》）

风在大地上四处挥舞着拳头/扇着太阳模糊的脸（《黑子戈壁》）

伤心从月光里抚摸你/从每一缕夜色的漆黑里舐吻你（《你一朵月季坐在雨水里哭》）

黄昏的河岸/坐满玫瑰色的妻子（《黄昏的河岸》）

从一句失散的鸟语中找回故乡/走进一封永不寄给你的信/写下我的一生/我是绿洲女人/始终面带沙漠的微笑/跟随启程的驼队/旋转起绣满玫瑰花的长裙/给你传递火焰的密语（《走沙漠的女子》）

是象征还是隐喻？血一样热烈的情绪从诗句里四处漫延，使你无法抵挡：

安静些，再安静些/别打扰我内心的牧场，我亲爱的马/孤独驮着我的诗，游向静静的湖水/影子擦亮马头，带我远去（《自然的证词》）

乌鸦时代，已经没有人做凤凰/只有以血相祭的人，呷动断舌号啕/风暴从他的骨骼深处抽出鞭子，死亡带来安慰/一群说话的血，从地下伸出手臂/不停地朝人间打手势（《乌鸦时代，已经没有人做凤凰》）

诗人已把自己的面容融化在《喀什诗稿》里，诗歌就是我与远方举杯的时刻/凋零的自己（《诗歌》）。阅读这些用生命写成的诗，我们还有言说技巧的必要吗？清晨，2011 年 2 月 18 日的清晨，我躺在其尼瓦克宾馆北楼 306 房的床上这样想。

阿訇召唤穆斯林早起做晨礼的声音从艾提尕尔清真寺那边隐隐地传来。是的，清晨的阳光逐一照亮了高檐、马车、人们和木雕回廊。随着阳光的转移，建筑的阴影慢慢地随之变换，并默然地迎合着这座城市生活的节奏。从馕坑里散出的热浪迎着从烤肉槽子里冒出的青烟，铁匠铺子里的击打声拉扯着从乐器店里传来的鼓声，从高台的巷子里飞起的白鸽子已经适应了木卡姆序曲的节奏。还有，那绚丽的在人群里飘动的阿德莱丝绸，我早已从江媛的诗歌里目睹过。我千里迢迢来这儿的目的，就是要寻找出现在《喀什诗稿》里的某种情景。

我起床；我洗漱；我穿上红色的羽绒服，快步走下楼梯；我和两个深眼窝、高鼻梁的白种人擦肩而过。这座由当年英国领事馆改建的酒店尽管有些陈旧，但它却散发着让你能感觉得到的温馨。我知道，在我，这温馨的源泉是《喀什诗稿》。现在，我要从这里走出去，走到色满路上去。然后，我的目标是艾提尕尔清真寺。在艾提尕尔清真寺的东边，有通向高台民居的胡同。似乎，在每一个胡同的入口处的上方，都挂着一个用维吾尔语、汉语和英语写成的牌子：喀什噶尔老城区。似乎，在每一个深巷的一边，都有一个卖乐器的铺子。那些你无法数清的挂在墙壁上或者悬浮在空中的弹拨尔、热瓦甫、都塔尔、卡龙琴、艾捷克、萨它尔或达甫，一起在我的感觉里奏出美妙的和声。

冬季清晨的色满路上，两边仍然堆积着等待融化的雪；在那些青白色的树枝的后面露出了金黄色的或者土红色的建筑的身影，其中流动的汽车与行人，分割着阳光下的街巷。这些，使我想起了西斯莱笔下的冬日雪景。当年，曾经在喀什卫校读书的诗人，就像现在的我这样，走过喀什冬日的街头吗？"一个人的成长其实缓慢而深入，只是我们不知道而已。我们来的时候，只认识自己的父亲、母亲和兄弟姐妹，但我们以后的人生往往会遭遇更多的人，这些人像烟花一样闪过，他们或者陪你一程，或者给你一个温暖的笑容，这难道不是一种缘分和相遇。一个人对他人抱有太多的期望，这其实是对他人的限制，虽然他有着爱的动机，但他并没有走上爱的道路。多年以后，当我再度赤脚走路的时候，对于大地生出万分亲近之情。我也突然明了，即使时光像烟花一样散去，有一些人将在你的记忆中陪伴你一生，无论你是否知道他的名姓，他都会温暖你的旅程。"（诗人 2008 年 7 月 6 日博文）

　　是的，这个写出《喀什诗稿》的人，就像那棵树。我要去看一看那棵树，这是我喀什之旅的行程的一部分。如果你愿意和我同行，那么我们就一起乘车穿过 315 国道，在英吉沙至莎车的途中经过在《喀什诗稿》里出现过的黑子戈壁，在那漫长的 70 公里的布满黑色石子的灰白戈壁上，只生长着一棵树。在传说中，有人说那是一棵榆树，也有人说那是一棵胡杨。无论是榆树还是胡杨，我都决心去看一看。在我的感觉里，那棵树就是《喀什诗稿》。一棵在戈壁上生长着的孤独的会行走的树。

　　　　　　　　　2012 年 8 月 16 日，鸡公山北岗 18 栋

　　（本文为《喀什诗稿》的序言。《喀什诗稿》，江媛著，光明日报出版社 2013 年 3 月出版。）

前景广阔的小说家

豫北乡下，而且是一个人的，可见文辉已经领悟到了文学地域对一个作家的重要性。《一个人的豫北乡下》，书名有几分霸气，但自信又自然，说出这名字的，不是走马观花的感叹，而是一股从腹腔里呼出的热气，是源于无法回避的生命历程。豫北，太行山（豫北山地）以南，黄河以北，文辉熟悉他脚下这片广袤的土地上每一粒沙石的长相，也熟悉这片土地上每一片树叶的轮廓。基于此，《一个人的豫北乡下》里所呈现出的各种气息使得这个小说家像一个技术娴熟的外科医生，每一篇小说里的经络走向、骨骼结构、血气颜色都是水到渠成：《大麦先熟》《刨树》《做针线活的女人》《玉兰的笑》《厚人》《红棉花》，这些小说写乡风的淳朴与人间的善良、写对未来生活的向往与现实的无奈、写生命的欲望与命运的偶然、写人性的自私与谋事的奸诈等等，这些底层生命场景的酸、甜、苦、辣，都被置放在中国式的乡村政治与乡土伦理的背景下，以此来展示我们所处社会的本质与人性的复杂。

《一个人的豫北乡下》里小说对场景的描述颇见功底：《刨树》里开篇写冬日里乡村生活的寂寞与一群人对一个人在麻将桌上的睥睨，《三人行》里对小酒店生活场景的再现，《在茄庄》里对喝酒过程的描写，等等，这些足见作者对现实主义小说技巧的运用已近成熟。而这些小说里最见功力的是作者对不同人物的刻画与塑造。单看《在茄庄》里的这一干人：嘴里声声带着"狗日的"动不动就要"杠"人的老姚、被老姚招呼过来陪着客人喝两碟酒一口菜不吃又一声不响去擀面的老姚媳妇、翘起兰花指劝酒的二弟、沾一身官气比村主任官职还小的片长、长得又瘦又低小辈分的来赶酒场的老汉，还有蹲在地上走路时而跃起拍一拍闪着雪花点电视的老姚的女儿，个个出彩。就连最后出场的那个用漆黑的手捏一只消毒棉球来给"我"打针的村医，三言两语也跃然纸上。一篇六千字左右的小短篇，就写活这一群人，实在让人惊喜。长久以来，中国的现实主义小说就有以刻画人物见长的优良传统，比如鲁迅笔下的祥林嫂、阿Q、闰土等等。在长期的写作训练过程中，文辉也悟到了要领，出现在他小说里的那些充满生活气息的小人物，使他笔下的豫北乡下渐渐丰富热闹起来。

文辉小说人物的丰富，没有局限在浓厚的泥土气息上，他往往通过这些小人物，来切入社会与我们民族精神的病灶，比如对权力的渴望与恐惧。由于权力与人的生存息息相关，权力意识几乎隐藏在我们每一个人的内心深处，《棉检组长》里的父亲，因为儿子一次次失去升迁的机会，绝望中竟然用石块自残了自己的手指。而一旦大权在握，就会极力地去维护它的独裁性，《杏仁面》里通过对黄晓东这个人物的塑造，把这种精神状态揭示得入木三分。另一方面，在掌管着自己生杀大权的主子面前，失去骨节的人又往往奴颜婢膝，有奶便是娘，像《棉检组长》里的抓钩、《杏仁面》里乡政府的厨师老姜，这些势利小人的行为已经切到我们民族的劣根性。我们能从文辉的小说里领悟到，在中国的现实社会里，自由之精神与独立之人格，仍然是我们这个国度的稀缺物质，同时，这也使文辉的小说呈现出一定的深度。

新乡是豫北的文学重镇，在年轻一茬的作家里，出现了两个好的小说家，一个是安庆，一个就是赵文辉。2002年，安庆和赵文辉同是河南省文学院首届作家班的学员，十年后两个人都以中、短篇小说成名，路子走得正。中、短篇小说，特别是短篇小说，是衡量一个作家水准最好的标尺，无论是叙事语言、虚构能力、认识社会还是把握世界的能力，都能从这里看出山水来。我并不满足文辉在这部《一个人的豫北乡下》所展示的文学成就，尽管他的小说也有对小说叙事文本的追求，但能看出他在许多地方还在徘徊。我在《东京文学》2012 年第 10 期上读到过他的小说《机井房》，其实，《机井房》就是收在这里的《张木匠》，换了题目的这篇小说的结尾也完全不同，而我本人更欣赏《机井房》里的结尾，到了《张木匠》里，就失去了生命在现实生活中的偶然性，冲淡了哲学的意味。就我的阅读感受，有一些问题文辉在今后的创作还要认真面对，比如怎样才能突破现实生活对创作的拘泥，走出在平面滑动的现实；比如叙事语言，怎样才能摆脱现实主义旧轨的约束，形成自己的风格；等等。

孙犁先生有一个观点，说是佳作产于盛年。1969 年出生的赵文辉，这个从豫北乡下朝我们走来的眼睛里闪现着难以抑制的野性光芒的汉子，眼下正处在孙犁先生所说的盛年。这个性格倔强做事认真的人，在我看来前景无限，就像他小说里桃花乡的汉子常常挂在嘴边的那句话：日他个哥！说不定啥时这汉子就会用他的小说狠狠地"杠"我们一家伙。这事我当真。熟悉文辉的人都知道，他总是让朋友充满期待。

2013 年 5 月 25 日

（本文为《一个人的豫北乡下》的序言。《一个人的豫北乡下》，赵文辉著，中国电影出版社 2013 年 10 月出版。）

《陈州笔记》 的价值与意义

2013 年 7 月 26 日 12 点 20 分，中国当代小说家孙方友先生因突发心脏病抢救无效，在郑州去世，享年 64 岁。在随后的日子里，国内外的众多网站、报刊对孙方友的逝世进行了大量报道，孙方友生前的好友和读者或发表纪念文章，或发来唁函，或编发纪念专版、专辑、专号来悼念孙方友先生[①]，各地喜爱孙方友作品的网友与读者也纷纷以不同的形式对其进行追忆。8 月 9 日，河南省作协、河南省文学院、河南文艺出版社在郑州共同举办了"《俗世达人》首发式暨孙方友先生追思会"。从孙方友逝世到追思会，在短短十几天内，青年评论家江媛编辑了一册题为《来自民间的悼念——纪念孙方友先生》的资料集，共收入来自全国各地文学界朋友、读者与网友撰写的纪念文章与资料 70 余篇，这些饱含情谊的文字，证明了孙方友的小说不仅来源于民间，又回到了民间，赢得了民众的喜爱。

文学艺术界的许多作家、评论家、诗人、学者、艺术家、编辑家和众多读者、网友在得知孙方友逝世的消息后，纷纷写下了纪念

---

① 据统计有：人民网、新华网、凤凰网、新浪网、北青网、中国作家网、大河网等网站，《文学报》《文艺报》《中华读书报》《北京青年报》《解放军报》《大河报》《郑州晚报》《山西文学》《时代文学》《朔方》《莽原》《小说月报》《雨花》《长城》《长江文艺》《收获》《十月》《南方文坛》等报刊。

诗词与挽联①，对其文学成就作出评价："孙方友先生的辞世是中国文学不可弥补的重大损失，他的新笔记小说具有不可替代的文学价值和精神意义，为世人留下了宝贵的文学遗产。"② 著名作家李洱说："孙方友是当代小说大师。"③ 著名作家李佩甫说："孙方友的文学成就是巨大的，他的新笔记小说是要传世的。"④

---

① 这里谨摘录部分纪念挽联：

陈州赤子陈州笔记陈州因君著华彩　颍河精灵颍河人物颍河为君唱风流（著名作家：田中禾）；

微小说折射方圆直曲大世界　古陈州演绎友诈善恶新故事（著名评论家：王守国）；

半生农耕半生笔耕开拓一片文学陈州　百部经典百色面孔铸就百变鬼才方友（著名画家、作家：侯钰鑫）；

虚幻构成传奇人生小小说之王　细处长眼亮处泼墨常常妙生花（著名作家：张宇）；

小说虽小映射万象　方友有方独树一帜（著名诗人、书法家：王绶青）；

忽地一声天塌下来了　仰脸上望他在云上笑（著名作家：老张斌）；

大作等身纵横捭阖颍河镇　令名及日发扬光大陈州城（资深编辑：程习武）；

小镇人物小镇人，陈州笔记陈州魂　独领风骚新笔记，敢言文历万古存（剧作家：李泓）；

六十四个春秋饱尝人生酸甜苦辣　六百万言巨著写尽世事千姿百态（历史学家：李乃庆）；

是良师是益友竹林忽寂幸有笔记俦聊斋　不愧天不怍人浩气长存留取锦心昭文苑（小说家：宋云龙）；

痛哉方友巨星陨落文坛失一大师　哀哉方友挚友鹤去乡友少一领袖（网友：田学杰）；

《陈州笔记》名扬天下　《小镇人物》永存人间（青年诗人、评论家：江媛。2013年8月6日的《郑州晚报》以此联为题，刊发了记者陈泽来撰写的《"小小说之王"孙方友魂归故里》的纪念文章）。

② 江媛整理：《来自民间的悼念——"〈俗世达人〉首发式暨孙方友先生追思会"综述》，《莽原》2013年第6期。

③ 罗皓菱：《"小小说大王"逝世　文坛泪别孙方友》，《北京青年报》2013年7月30日第B7版。

④ 江媛整理：《来自民间的悼念——"〈俗世达人〉首发式暨孙方友先生追思会"综述》，《莽原》2013年第6期。

编辑家杨晓敏说："除去新笔记小说《陈州笔记》《小镇人物》，孙方友生前创作了许多小小说作品，加在一起近千篇，这对中国文学来说，对小小说来讲，都是令人感到非常欣慰的。一种文体，总要有一些非常优秀的作家来支撑，孙方友就是支撑这种文体的伟大作家。"① 杨晓敏先生的评价是中肯的，孙方友生前荣获的"小小说金麻雀"奖、小小说终身成就奖都和小小说有关，但是，在孙方友的新笔记小说里，有许多篇幅在三千字以上的短篇小说，这显然是不能简单用小小说来概括的，《陈州笔记》里的小说用新笔记体这种文体更为适当，正如杨晓敏先生所说，"一种文体，总要有一些非常优秀的作家来支撑"，孙方友的小说创作既支撑了小小说这种文体，同时又支撑了新笔记小说这种文体。因此，南丁先生说："孙方友的新笔记小说要传世，他是当代伟大的小说家。"② 因此，李佩甫先生说："在写作的选择上，孙方友是正确的，他写新笔记小说，创造了一个新的文体。"③ 因此，评论家孙荪先生在他的文章里引用了在社会上广为流传的对孙方友小说创作成就的定论："古有《聊斋志异》，今有《陈州笔记》。"④

南丁、李佩甫和孙荪都把孙方友的小说创作定位于新笔记小说，这代表了文学界对孙方友小说文体价值的共识。孙方友终其一生，坚持新笔记小说创作，不仅获得了中国文学界和社会的广泛认

---

① 江媛整理：《来自民间的悼念——"〈俗世达人〉首发式暨孙方友先生追思会"综述》，《莽原》2013 年第 6 期。
② 江媛整理：《来自民间的悼念——"〈俗世达人〉首发式暨孙方友先生追思会"综述》，《莽原》2013 年第 6 期。
③ 江媛整理：《来自民间的悼念——"〈俗世达人〉首发式暨孙方友先生追思会"综述》，《莽原》2013 年第 6 期。
④ 孙荪：《卷帙浩繁的百姓列传——读孙方友〈小镇人物〉》，《文艺报》2009 年 11 月 10 日第 2 版。

可，也为新笔记小说这种文体奠定了坚实的基础。

新笔记小说，一个成熟的文体

新笔记小说在中国现、当代文学的进程中能形成一种文体，源于对中国古代笔记小说的继承、发展与创新，因此，只有将孙方友的新笔记小说放在中国文学史中考量，才能充分体现其价值与意义。中国古代笔记小说泛指用文言写就的随笔、传记、杂录、琐闻、志怪、传奇之类的文学作品，自魏晋、唐、宋以来至清末，著作不下三千种，可谓渊源深远。笔记小说的题材源自历史、社会与民间的奇谈笑话、琐闻逸事、天文地理、风俗民情、鱼虫草木、神仙鬼怪、艳情传奇、历史考证、朝章典制等，其代表作为《搜神记》《世说新语》《太平广记》《聊斋志异》《阅微草堂笔记》等。自20世纪开始的白话文运动至21世纪初，以白话文作为叙事手段的新笔记小说不但具有笔记小说广泛驳杂的社会内容，而且继承了表达人生哲思与价值观念的散文化倾向的创作形式，它以小说的虚构手段从宏观和整体上反映现实生活的本质，"小说"故事性与"笔记"叙述性的兼容，构成了新笔记小说的文体特征。近百年来，经过中国现、当代数代作家的尝试，到了20世纪80年代至21世纪以来，经过孙犁、汪曾祺、林斤澜、冯骥才、田中禾、何立伟、王蒙、贾平凹、谈歌、聂鑫森等众多作家的创作实践，特别是得到孙方友创作出《陈州笔记》系列的推动，最终促使新笔记小说成为一种独立的文体并修成正果。

古典笔记小说与新笔记小说在文体上是传承与创新的关系，蒲松龄和孙方友的创作分别代表着这两种文体的最高成就。清代的蒲松龄从 40 岁左右开始创作《聊斋志异》，历时 30 多年完成 491 篇，这部文言小说集不仅以内容丰富、题材广泛、故事情节曲折离奇而赢得口碑，还以简练的文笔塑造出众多性格鲜明的人物形象达到了中国古代笔记小说的高峰。

孙方友从 35 岁开始创作《陈州笔记》，目前收集整理到的共计 756 篇（不计残篇），创作历程近 30 年。孙方友的新笔记小说包括《陈州笔记》和《小镇人物》两个部分，写作时间同时起于 1985 年，止于 2013 年 7 月，其创作大致分为两个阶段：第一阶段是 1985 年至 1998 年。这一时期，孙方友的新笔记小说的艺术成主要体现在《陈州笔记》系列，比如《蚊刑》《女匪》《刺客》《泥兴荷花壶》《神偷》《雅盗》《官威》《猫王》等篇章都是足以传世的名篇。在 1993 年以前，孙方友除去偶尔参加一些与文学相关的社会活动外，其余近 43 年的时光都是在故乡的土地上度过的。1993 年，孙方友举家搬到周口市颍河北岸，在一套站在阳台上就能看到周口关帝庙的居室里完成了《陈州笔记》里的《狱卒》《旗袍》《当印》《刀笔》《天职》《神裱》《张少和》等著作，1998 年才调入河南省文化厅下属的《传奇故事》编辑部任职。孙方友创作的第二阶段是 1999 年至 2013 年。这一时期创作完成的《陈州笔记》168 篇，《小镇人物》288 篇，构成了孙方友新笔记小说创作总量的三分之二。孙方友这一时期的新笔记体小说的叙事风格日臻成熟，特别是到了后期，《陈州笔记》里的篇章不仅写得从容自然气韵畅通，还写得出神入化，形神浑然一体。这一时期国内众多文学期刊如《收获》《钟山》《十月》《当代》等发表了《小镇人物》系列里的《吕家渔行》《雷家炮铺》《花家布店》《汪家果铺》《吕家染房》《马家茶馆》《康记货栈》《朱氏鞋铺》《赵家酒馆》等作品，并陆续发表了创作于这一时期的《小镇人物》里的诸多名篇如《刘邦宪》《邵投递》《打手》《雷老昆》《大洋马》等。《陈州笔记》的创作不但汲取了中国古典文学特别是笔记小说、公案小说、明代白话小说的叙事精髓，而且将民间文学、评书、曲艺、戏剧等说唱艺术与西方现代文学的创作理念融入新笔记小说的叙事与故事结构，在清末民初和新中国远不止一个世纪广阔的社会背景下，"写出了民族历史的沧桑巨变"①。《陈州笔记》以陈州文学地理为中心，立足于民间的精神立场、运用鲜明的语言风格创造出集人文历史、人物传记、社会百科为一体的不可重复的审美领域，并以非凡的想象能力塑造了上千名小说人物形象，"是继蒲松龄之后中国文学笔记小说的又一座高峰"②。

《陈州笔记》无论在社会学上还是叙事学上，均完整地构成了自己特立独行的文学世界。在社会学方面，《陈州笔记》的创作成就与价值则体现在源于民间的人文历史、根植人性的百姓列传、中原文化的百科全书等诸多方面。

---

① 陈杰语："孙方友把民间传说和民族文化融入他的'新笔记小说'中，写出了民间社会的千姿百态，写出了民族历史的沧桑巨变。"见奚同发：《河南文学界追思孙方友》，《文艺报》2013 年 8 月 14 日第 1 版。

② 分别见罗皓菱：《"小小说大王"逝世 文坛泪别孙方友》，《北京青年报》2013 年 7 月 30 日第 B7 版；《访谈与对话》栏目编者按，《朔方》2013 年第 11 期；江媛整理：《来自民间的悼念——"〈俗世达人〉首发式暨孙方友先生追思会"综述》，《莽原》2013 年第 6 期；《"小小说之王"走了》，《郑州晚报》2013 年 7 月 27 日第 A16 版；等等。

源于民间的人文历史

1949 年 9 月 9 日（农历闰七月十七日），孙方友出生在河南省淮阳县新站镇，从此他的生命就和这个镇子里所发生的事件，和这片养育他的土地血肉相连无法分割：从 1950 年起陆续进行的土地改革、抗美援朝、"三反""五反"运动、对私营工商业进行的改造、成立初级农业生产合作社与高级农业合作社到 1957 年的"反右"运动；从 1958 年成立的人民公社以及"浮夸风"、"大炼钢铁"、建集体农庄到 1959 年的"反瞒产"运动、"反右倾机会主义"运动、人民公社实行的三级所有制和接下来的"四清"运动；从"文革"中的红卫兵大串联、武斗、知识青年上山下乡、五七干校到 1970 年的"一打三反"运动和接下来的林彪叛逃事件、"批林批孔"运动、1976 年的"天安门事件"等这些在中国大地上发生的事件和接下来的改革开放、农民从农村向城市的迁徙潮，一直到新旧世纪的交替，几乎共和国所有的经历，包括数次因水、旱、风、霜、雹、虫、暴雨、大雪、寒流等等自然灾害而引起的河道决口、房屋倒塌、农作物歉收以及黑热病、浮肿病、麻疹病、乙型脑膜炎的流行；还有向新疆的察布查尔、塔城、沙湾、乌苏、伊宁、绥定、巩留、新源，向甘肃的陇西县、会宁县，向青海门源县、宁夏贺兰山数次的支边移民等等这些，都成了他《小镇人物》里故事发生和人物活动的社会背景。自 1949 年到 21 世纪初叶，共和国几乎所有的历史事件都可以在《小镇人物》众多的人物命运里得到印证。

《陈州笔记》中故事发生的时代背景是从 1949 年逆行：在《奸

细》里写到的公元前 209 年在陈县建立张楚政权的陈胜，应该是
《陈州笔记》里最早的历史人物；在《符晟》里写到的后唐主庄宗
灭了后梁以后，封大将符存审为宣武军节度使，这符存审就是陈州
人；在《生脉散》里写到宋金时期著有《脾胃论》《内外伤辨惑
论》的著名医学家李东垣；在《曾公廉》里写到北宋时曾在陈州
做知府的曾明仲；在《宛丘先生》里写到因在实行青苗法上与王安
石意见不合被贬到陈州做府学的苏辙；在《陈州二杰》里写到北宋
画家阎士安；在《崔氏》里写了包拯的儿子包义和他的妻子崔氏；
在《空慧》里写到元朝的忽必烈与一代名医空慧；在《怪医》里
写到明朝的御医刘杏林；在《宋昭》里写到明永乐年间生于陈州的
巡抚宋昭；在《银杏酒楼》里写到天子朱棣在明永乐年间的某个元
宵佳节微服私访来陈州等，都是《陈州笔记》里涉及的较早的历史
人物。除上述小说的故事背景之外，《陈州笔记》里大量的小说历
史背景均是清朝末年到 1949 年。

　　清光绪十五年（1889 年），孙方友的祖父孙传智出生，这一年
的五月十五日，周家口颍河北岸的 6000 余间民房毁于一场大火，
孙家的产业也在其中。这一年夏季，又因颍河决堤引起瘟疫，导致
众多民众死亡。为此，孙家乘船沿颍河东迁 40 里，在后来出现在
孙方友笔下的颍河镇，也就是现实中的淮阳县新站镇居住下来，以
开烧饼铺为生。颍河地处黄河流域与淮河流域的中间地带，在夏、
商、周时期名为颍水，"颍水出颍川阳城县西北少室山"[1]，是淮河

---

　　① ［北魏］郦道元著，陈桥驿、叶光庭、叶扬译注：《水经全译》，贵州人
民出版社，1996，第 748 页。

的重要支流，一直处在华夏文明的中心地带①，因此，清末的许多重要历史事件都和这个地区有着关联：1851 年至 1868 年爆发于黄河、淮河流域，由捻党转化而来的农民起义军的反清战争；从 1898 年的戊戌变法到 1911 年的辛亥革命、1912 年的朝代更替，还有随后而来的恢复帝制运动、军阀统治时期、五四运动、国民革命、共产主义运动、抗日战争、解放战争等等，自然都成了《陈州笔记》里人物与故事生成的背景。2012 年冬季，我在广东梅州参观客家人纪念馆时，看到客家人第一次南迁范围的终端是淮阳②，而到了客家人第二次南迁时，淮阳却成了起端，这一终一起，使我突然弄清了《陈州笔记》里写到那么多外埠人自四面八方来到陈州的原因。从清朝末年到民国初年，从中华人民共和国成立至今，《陈州笔记》讲述了足足百年有余的历史。

从人类的精神主体出发，我们所看到的任何历史都具有主观性，并且残缺不全。在历史学家那里，充满血肉的细节都被忽视或遗漏，而作家的使命，就是对被遗忘的具有人性的历史与细节的打捞与重现。孙方友"面对中国民间社会的秘密、野史、风物、传说、人性等等，比一般史学家、人类学家、心理学家多了一把开启的钥匙，因为他不是田野作业，而就生活在田野之中"③。因此，《陈州笔记》里所呈现的历史，不是历史学家眼中的历史，不是政

---

① 见谭其骧主编：《中国历史地图集 第一册：原始社会、夏、商、西周、春秋、战国时期》，中国地图出版社，1982。

② 随着朝代更替，淮阳历史沿革繁复：夏属豫州境、殷封虞遂于陈、西周初武王封妫满为陈侯国、秦置陈县、西汉高祖十一年（前 196 年）置淮阳国、三国时为魏地，陈县属陈郡、明帝封曹植为陈王，遂改郡称国，后复作郡，隶豫州、唐置陈州淮阳郡、宋代升淮宁府、清雍正十二年（1734 年）置陈州府，辖项城等四县。

③ 王鸿生语。见江媛整理：《来自民间的悼念——"〈俗世达人〉首发式暨孙方友先生追思会"综述》，《莽原》2013 年第 6 期。

治学家眼中的历史，也不是哲学家眼中的历史，而是一个文学家眼中的历史。这是一部带有个人体温具有文学特质的被浓缩了的20世纪的中国民间史。这部民间史有着明确的历史观，那就是民间立场。在《陈州笔记》里，孙方友以民间的精神立场，用独立的文学家的目光，去观照被历史遗忘的人性的精魂，去观照被忽视的具有质感的脉络，去观照最隐秘的世风民情，以普通百姓的现实生活与精神世界为蓝本，用民间的奇事奇人、历史传说与民情风俗来结构出完整的故事，将历史的碎片通过一篇又一篇溶解了复杂人性、温热生活与情感充沛的故事，借助众多血肉丰满经历了悲欢离合的人物描绘出一幅具有民间精神的历史画卷。

根植人性的百姓列传

尽管同《史记》写帝王诸侯列传一样，《陈州笔记》在《枣泥藕》《墓谜》《蓍草》《墨庄》《弦歌书院》《赵翰林》《寿图》等小说里写到袁世凯①、在《刀笔》《买马》《花杀》《相士石梦达》里写到身为两江总督的曾国藩、在《泥兴荷花壶》写到官至国务总理的段祺瑞等等这些在中国现代史中声名显赫的人物，但他们多是以次要人物出现的，《陈州笔记》里众多的传记人物的主体则是底层的民众，"中国的二十四史有大量的篇幅是人物列传，但基本是帝王将相达官贵人的，没有老百姓的。孙方友写的是'民间版的史

---

① 袁世凯的故乡项城，清朝时隶属陈州府，而袁世凯本人年轻时也曾经有在陈州安居逗留的一段历史。

记'，是'老百姓的列传'"①。

在《陈州笔记》756篇新笔记小说塑造的上千个人物里，几乎涉及了人世间各个阶层、从事各种行业的人物，像来自民众生活中的修风箱补锅、修车打铁、打烧饼磨豆腐等等这些从事最基本生活行当的人物。在《陈州笔记》系列中，有的人物是以某种职务入传，像村主任、支书、乡长、镇长、县长、书记、主任、班长、团长、参谋等等；有的人物是以某种职业入传，像投递员、老师、阿訇、裁缝等等；有的人物是以绰号入传，像《打手》《小上海》《朱麻子》《洋人儿》《谭老二》《杨大眼儿》《胡罗锅》等等；更多的人物则是直接以名字入传，像《袁克文》《袁克定》《刘邦汉》《沈玉刚》《罗仰羲》《何玉灵》《罗维娜》《雷老昆》《关学亮》《毛西海》《曾庆年》《李明望》《曾老廉》《李怀素》《韩武兵》《刘邦宪》《傅全宝》等等。

在《陈州笔记》中，即使涉及相同的行当，也有不同的人物入传，比如写匪：有瘫匪、女匪、匪婆；有为恩人报仇的土匪、有开药店的匪医、有办学校的土匪、有爱好书法爱好收藏满腹经纶的儒匪，还有扬言等打走了日军、然后以武装夺取政权的土匪。

比如写画家：有《范宗翰》里画《百雁图》的范宗翰、有《画家姚昊》里被称为东方毕加索自成怪派的画家姚昊、有《张广臣》里教导徒弟到自然中画竹的张广臣、有《寿图》里用屁股绘出巨荷的吕老道、有《指画》里的指画名家于天成、有《滕派蝶画》里的"滕派蝶画"传人靳儒学；同是画虎，《虎痴》里以虎为

① 孙苏：《卷帙浩繁的百姓列传——读孙方友〈小镇人物〉》，《文艺报》2009年11月10日第2版。

题画了《十二金钗图》的画家甘剑秋和《蒋宏岩》里同甘剑秋一样也画虎的蒋宏岩却有着不同的命运。

比如写梨园世家：《刘大昌》里写能反串旦角的武生刘昌大；《赵宝庆》里写京剧武生赵宝庆；《王满囤》里写丑角王满囤；《杨乐》里写受毒品毒害的既善须生也善武戏的杨乐；《易连升》里写生、旦、净、末、丑样样齐全，戏路足宽的"花脸王"易连升；《余金亭》里写主攻武生的余金亭；《陈一侃》里写京剧票友陈一侃；《红绣女》里写越剧演员红绣女；《名优》里写豫剧名角好妮子；《祭台》里写梆子戏演员钱莹；《仙舟》里写唱京韵大鼓的盲妮儿；《青皮龙三》里写在戏园子里当管事的龙三；《霍大道》里写黑白须生的霍大道。

如在《瑞竹堂》一篇里写医生刘鸿川：

> 据《刘氏家谱》记载，瑞竹堂已有四百多年的历史，始于明朝万历年间。据传瑞竹堂刘氏原籍江西庐陵，明洪武三年迁来河南虞城，明万历初年四世祖刘华绅调任陈州府教谕训导时，携眷迁入陈州湖岸街。瑞竹堂刘氏虽从始祖氏四世祖都曾为官，但实可谓中医世家，热衷于习医济民。刘华绅迁来陈州后不久，便创办了瑞竹堂药铺。
>
> 民国初年，瑞竹堂的主理叫刘鸿川，也就是刘家的第十一世。刘鸿川，字浚石，七岁时便始读私塾及家传药书。十八岁时，曾去汴京学医四年，结业后回陈州主理瑞竹堂。他为人忠厚朴实，沉默寡言，颇具儒医风度，并深得祖传秘诀，擅长儿科，又通西医。每次应诊，必以望、闻、问、切四诊合参诊断病情……

这位擅长儿科的名医刘鸿川虽然与《袁世济》里的袁世济、《天职》里的何伏山、《媚药》里的欧阳果、《陈州名医》里的罗汝汉、《恒源祥药店》里的赵汇鑫、《冷若雪》里的冷怀谷、《神医》里的陈一堂、《丁济一》里的丁济一等诸位名医的身世与命运各不相同，但和《陈州笔记》里其他人物的命运一样，都与他们所处的时代息息相关：

> 年轻的掌柜叫康顺风，20 世纪 50 年代他才三十几岁，白净脸儿，瘦削，头上还留着 30 年代的那种一分两停的分发头，生发油涂得滑亮，阴丹士林布褂又阔又大，黑吹风呢裤子有点儿吊，白底儿圆口呢鞋，说话爱打哈哈，因为他口中有颗金牙。这种过时的打扮在当时已显得扎眼，有点儿汉奸相，又有点儿旧上海小老板的软里柔气，所以就很出众，使人见一面就忘不下。（《康记货栈》）

所有事件的展开，又都是为了塑造人物与人物情感的表达。《陈州笔记》在书写人物的内在情感时，沿用的是"以事载道"的传统技法，依赖的是故事和细节的"象外"，像《刘老克》《程老师》《黑婆婆》《张氏修车铺》《铁匠王直》这样的小说写人生的酸楚与无奈，就是通过"事之象外"和他人的世界来引领读者的。《陈州笔记》的文字里蕴含着对历史与生活的补充与完善，蕴含着对记忆的唤醒与复原，蕴含着对人间是非的判断，而所有这一切又都是在冷静的叙事里展开，在不动声色之中完成；还有对人性善恶的反思与审视、对渗透我们骨髓的权力意识的厌恶、对民族劣根性的批判等等这些对人类精神的深层挖掘，在《陈州笔记》里从未中断过。

《陈州笔记》"在向中国传统文化本源的回归中，对现代社会始终有着世界性的审慎与批判精神，那种多向度宽领域的省察，是一种披坚执锐的追问，更是一种深情款款的坚守。正是方友笔下的那些根植民间文化、在数千年的风云激荡里沉淀和再生的草芥般的人物，用他们卑微却丰富的生命，为中国的沉沦和崛起做证"①。在《陈州笔记》里，无论是引车卖浆者，还是士绅名流，甚至是生活中的无赖，一旦遭遇民族危亡之际，身上便呈现出中华民族威武不屈的血性和朴素的品质。《陈州笔记》里由众多身份低微、精神饱满的小人物所构成的审美视野，不仅体现了孙方友对传统精神初源的向往，也体现了潜藏民间的传统文明本源的价值与魅力。孙方友这种在小说中融入时代、命运、性格、情感的人物传记的写作，不仅获得了其社会学意义，而且形成了《陈州笔记》特色鲜明的叙事风格，这是孙方友对新笔记小说叙事学的重要贡献。

中原文化的百科全书

有评论家把《陈州笔记》和北宋张择端的《清明上河图》相比，这无疑是从表现内容的近似、复杂与丰富性上获得了对照，《陈州笔记》里所描述的和《清明上河图》这幅现实主义绘画里所描绘的男女老幼、士农工商、三教九流这些人物在百肆杂陈、店铺林立的街道里摩肩接踵、川流不息的情景相同，二者在诸如药房、

---

① 邵丽语。见江媛整理：《来自民间的悼念——"〈俗世达人〉首发式暨孙方友先生追思会"综述》，《莽原》2013年第6期。

酒肆、茶馆、肉铺、米店、庙宇这些建筑里所做的诸如望闻问切、看相算命、修面整容、聚谈闲逛、喝茶饮酒、买卖交易、推舟拉车等等生活内容也很接近；同样重要的是，《清明上河图》和《陈州笔记》都为我们提供了与他们各自所处时代有关的工业、农业、商业、民俗、建筑、交通等翔实的第一手资料，因此具有重要的历史文献价值。

《陈州笔记》里所涉及的金店、银号、会馆、当铺、装裱、花局、烟厂、烟火、炮铺、药房、药店、药铺、粮号、粮店、米店、商行、盐号、渔行、布店、鞋店、鞋铺、货栈、杂货店、烙花店、钟表店、白铁铺、弹花店、炕房、澡堂、浴池、染坊、剃头铺、修表铺、旧书铺、成衣店、影戏、唢呐、戏班、馍铺、酱菜店、菜行、烧饼铺、油坊、豆腐店、面铺、果铺、面条铺、茶馆、饭庄、酒馆、酒坊、酒楼等等，只要是我们所处社会存在或者存在过的营生与行当，《陈州笔记》和《小镇人物》里不仅都写到了，而且还在前面常常加上地名、姓氏与称谓，比如《陈州金店》《吕家渔行》《海氏豆腐店》《康记货栈》等，这一切我们不仅从小说的题目上就可管中窥豹，而且还能领会到孙方友将行业常识巧妙地融入小说叙事中的美妙，比如《龙氏装裱坊》里写的装裱：

> 龙家不但收藏名字画，也收藏名裱。龙家收藏大厅里，收藏了许多流派：如配色素净的苏裱，善于仿古的扬州裱，色彩艳丽的京裱，颜色典雅的杭裱，以及湘裱、赣裱、沪裱、岭南裱等。装裱格式也丰富多彩，如中堂、手卷、册页、画片、对联、条幅、横批、立轴、屏条、扇面各色不等。当然，裱法也各异，有纸裱、纸裱绫边、半绫全绫、三色绫、控空绫应有尽

有。走进龙家收藏厅，简直就如走进了中华书画的装裱史，所以，人人皆说，光龙氏装裱坊的珍藏，也顶半个陈州城——这还是保守的说法！

据传，陈州名盗胡老九曾费尽心机让人潜进龙家宅院，然后里应外合偷走了大厅内的展品。不想回去让内行一看，全是赝品。原来古时的人作画多用夹宣，龙家有本领将其揭开，面上一张装裱后珍藏，而下一张又据墨迹另加描摹，而且一描再描，裱起来，作为展品示众。因而，那胡老九盗走书画还未到家，这方龙岩已派人把展厅恢复了原样。

有的直接以某种行业为叙事主题，像妓女、玩猴、杂技、红案、厨师、脚行、车夫、装卸、轿夫、更夫、保镖、邮差、铁匠、油匠、刻章、师爷、私塾、兽医、算命、丐帮、盗墓、哭丧、抬棺等等，比如《大鸿酒坊》里写酿酒：

大鸿酒坊为泥池。酒坊也叫槽坊、甑房。大鸿酒坊能在陈州城占头名，主要是制作很讲究。首先是曲好，曲为酒骨，没好曲就没好酒。大鸿酒坊把选好的上等小麦、大麦、豌豆，用白石磨磨细，十多个男人身裹新白布，把料兑足，踩匀，然后放在温房内发酵，直到曲中间呈菊黄色，方可使用。所谓泥池，也叫发酵池，全是清初年间传下来的。池底由上而下泥色由青变灰，泥底已呈蜂窝状，香味扑鼻，据说其香能浸入地下丈余。除去曲，酿酒用水也极重要，业内人称水为酒之血，好酒离不开好水。大鸿酒坊用的是蔡河水。酿酒业称河水为第一好，尤其是河水中游得阳光最多的活水最佳。大鸿酒坊的程家酒以"太昊白酒"为主打，畅销方圆七州八县。据传"太昊白酒"倒在酒盅里，酒液高出盅面一线而不外溢，喝过之后"挂盅"；一般"挂盅"酒多为酒中上品。开坛之后倒酒时，酒香异常，酒花多多，酒香从酒花中飘溢而出，能香数里之遥。据说若人常闻此种酒香，能青春永驻，所以，程家的男女老少都比一般人显得年轻有精神。

有的常识因人物而引入，如《泥人王》里由王二写捏泥人、《女保镖》里由女保镖写镖局、《泥兴荷花壶》里由陈三关写烧陶器、《一笑了之》里由刽子手封丘写刑法、《赛酒》里由封家写酿制贡酒、《鬼像》里由贺七写照相、《陈州秀笔》里由书法家段象豹写书法、《尹文成》里由尹文成写书店、《麻祖师》里由麻德昌写制作毛笔、《集文斋》里由罗云长写报馆、《马石匠》里由马老大写雕塑等等，所有的常识都含在叙事里，为故事的发生和发展、为塑造人物、为人物树碑立传所用，如《冉氏剃头铺》写剃头的手艺：

冉师傅是祖传，自然是童子功，七八岁时就开始练手腕，行话叫腕子功。除此之外，还要练站功、架势功，双手要举过头顶，一站就是一两个小时。冉师傅的父亲叫冉老全，对儿子要求极严，一边做活一边盯着练功的儿子，稍有不对，就扔下剃头刀走过去打棍子。基本功过关后还要学会十六技，所谓十六技就是梳、编、剃、刮、捏、拿、捶、按、掏、剔、剪、染、接、活、舒、补。梳是梳发，编是编辫（论说这应该是清朝必备的手艺，民国后用不着了，但老冉师傅仍让小冉师傅照练不误，说手艺手艺，全靠一双手，多学几手艺不压身，说不准就用得着），剃是剃头，刮是刮脸，掏是掏耳，剔是清眼睛，剪是剪鼻孔内的鼻毛，染是染发，接是接骨，捏、拿、捶、按等，类似现今的按摩，活、舒、补是正骨。就是说，过去当一个剃头匠并不限于会用剃头刀，十六般技艺你都要掌握。据传有一次冉师傅家遭了贼，被冉师傅抓住，当即就将其胳膊卸了一条。那贼的胳膊脱臼后，疼得直跪地求情，发誓再不当贼。冉师傅等他疼了一阵之后，看他有悔改之意，才给他端上了卸下的胳膊。

不胜枚举。这些日常生活中普遍存在的常识，在《陈州笔记》里成了故事的切入点或者是事件的核心部分，这些常识极大地丰富了小说的叙事内容，能深入反映人生。孙方友使常识成为烘托和塑造人物的手段、把常识巧妙地融化为小说人物所处的时代背景、把生活常识有机地融入小说的叙事载体，这是他新笔记小说叙事的一个重要特征。

如今，很多遗失了的民间工艺、民俗、古物，都被孙方友珍藏在《陈州笔记》之中，如《商幌》里写招牌的制作：

商幌，又称望子，一种在商店门外表明所卖货物之招牌或标志物。商店悬望子，是古老的商业风格，最初特指酒店的布招，即酒旗，别称很多，又叫酒招、帜、酒幌、酒望、布帘、酒子等。以布缀于竿头，悬于店铺门首。有些大商号为显示其资金雄厚，特用金箔帖子的招牌或黄绸招牌，称之为"金子招牌"。

通过这段文字，不但再现了"商幌"这种即将消亡的民间工艺的起源、演变与发展，同时我们也看到孙方友在抢救那些将要消逝的民俗文化上所作出的努力。《陈州笔记》里不仅涉及了方方面面的人物，还囊括了人世间五行八作的生活常识，堪称一部纵横百年的民俗文化志。有评论家把《陈州笔记》喻为产生于日本江户时代的浮世绘不是没有道理，浮世绘所关注的社会时事、民间传说、历史掌故等等不但和《陈州笔记》里所关注的近似，而且孙方友和那些同是出身民间的浮世绘作者所汲取的来自佛意的"忧世"精神内涵也很接近。《陈州笔记》在满足读者阅读趣味的同时，既能做到把人文风物与民族文化有机结合，又能通过对文化景物的描述来展示人文精神，如在《泥兴荷花壶》里，把陈州特产泥兴荷花壶的神奇和匠人的品质有机地结合在一起；如通过《袁世钧》里的袁文玉、《霍大道》里的王丫丫、《易连升》里的宋一梅、《赵宝庆》里的程蓝蓝、《刘太昌》里的宋家小姐宋青霜等等这些新女性，来表现她们的价值观与道德观，表现她们为追求爱情、追求自由所作出的反抗与牺牲。孙方友是一位"最富有中原特色、最具广泛意义的作家"①，他"创造了属于他的一方文化地域，这一文化地域是博大精深的中原文化的一部分"。②《陈州笔记》运用人世间的百科常识来展示市井人生的民俗风情、士农工商的悲欢离合，通过人世间芸芸众生为我们展示了一个纷繁多姿的世界，成为一部集历史、民俗、民情、民风为一体的带有明显的人文情怀与地域文化的百科

---

① 何弘语。见《"小小说之王"走了》，《郑州晚报》2013 年 7 月 27 日第 A16 版。

② 段崇轩：《传统叙事的魅力——评孙方友的小说创作》，《小说评论》2006 年第 5 期。

全书。

《陈州笔记》对新笔记小说在叙事学上的贡献，体现在对传统叙事艺术的继承与发展，"一石三鸟"与比兴手法，故事情节与悬念的"翻三番"，故事与人物的奇、妙、绝等几个方面。

对传统叙事艺术的继承与发展

《搜神记》里的奇幻、《世说新语》里对人物与事件在内容上的提炼、《聊斋志异》里怪异的灵魂与异化的社会现实相融合，这些笔记体小说里的叙事风格我们在《陈州笔记》里都能领略到；从白话小说的传奇性到公案小说的悬念设置，从说书人的全知视角到传统戏剧人物的限知视角，从《史记》里借助人物的生平事迹来塑造人物，这些不同的叙事艺术在《陈州笔记》里都得到过借鉴。我们读《陈州笔记》里偏重写人物的《蒲黄》《刘老克》《方鉴堂》《丁文政》《炮兵白社》《安主任》、读偏重写故事的《泥兴荷花壶》《指画》《蚊刑》《花杀》《女票》《女匪》《奇药》《会文山房》等小说，处处都能感受到从《世说新语》《太平广记》到《阅微草堂笔记》《聊斋志异》这些笔记小说的叙事精髓。《陈州笔记》里所描述的人物与事件，都能在已逝的历史里寻找到相对的记载或者在民间寻找到相对的传说，这同《太平广记》里的志怪故事，《世说新语》里的僧侣、隐士或帝王将相的言行与逸事同样具有历史或野史的味道。《陈州笔记》与《太平广记》《聊斋志异》这些小说有所不同的是真正脱离了志怪，并经过作者的苦心构思将每一个故事都建立在现实生活之上，成为创造出来的纯文学作品。在叙事里，孙方友绝不仅仅是要"实录"故事和人物，他是以历史事件为背景来呈现社会的本质与最为细微的人性脉络，是为了通过所讲述的故事表达对处于社会底层民众悲惨的生活境遇的同情与悲悯。

在《聊斋志异》里，蒲松龄对他所处时代的黑暗与腐败进行了有力批判，用狐仙、鬼妖、人兽来隐喻概括了当时的社会关系，揭露了社会矛盾，表达了底层民众的愿望。《陈州笔记》在叙事内容上与《聊斋志异》有着很大的差异，《陈州笔记》深深地扎根于现实生活的文学土壤，在反映所处时代的社会矛盾和民众愿望的同时，融入了作者对社会与人生的认识和感受，寄托了作者在历史进程与现实生活中产生的凝思与情怀。具体到艺术形式上，我们拿《聊斋志异》第十卷中的前二十篇与"陈州笔记系列"之《雅盗·神偷》中的前二十篇作一番比较：

《聊斋志异》：《王货郎》《疲龙》《真生》《布商》《彭二挣》《何仙》《牛同人》《神女》《湘裙》《三生》《长亭》《席方平》《素秋》《贾奉雉》《胭脂》《阿纤》《瑞云》《仇大娘》《曹操冢》《龙飞相公》①

《陈州笔记》：《雅盗》《泥人王》《匪医》《瘫匪》《刺客》《猫王》《飞贼》《逃犯》《神偷》《刘枪》《赵翰林》《王子由》《水老鸹》《棋魂》《封国栋》《易连升》《黄算盘》《余金亭》《虎痴》《帝王星》②

从上面所列小说的题名可以看到前后两者在叙事艺术上的承接

---

① ［清］蒲松龄：《聊斋志异（图文本）》，上海古籍出版社，2004，第501页。
② 孙方友：《雅盗·神偷》，河南文艺出版社，2008。

关系，与《聊斋志异》里的狐仙、鬼妖不同的是，《陈州笔记》里的"传奇"是建立在现实生活之上，以现实生活为基础的"传奇性"，从对古典笔记小说的继承与创新的角度来考量，这是孙方友对新笔记小说在叙事艺术上的贡献。同《聊斋志异》里的狐仙、鬼妖一样，《陈州笔记》里的许多篇章也都有点睛之笔，这个点睛之笔就是"传奇性"。根植于伸手可触的真实情节与细节、根植于精心结构的传奇故事与人物中的传奇，构成了《陈州笔记》"传奇性"的魂，这个"魂"落实到具体内容上，就是对中国古典文学精神的继承，就是对世道人心的关注，也可以这么说，孙方友以传奇人物与传奇故事为载体，呈现的是紧贴世道人心的社会现实。

在小说的叙事伦理上，由于对世道人心的关注，《陈州笔记》与中国传统小说构成了继承与发展的关系。中国古代小说有文言和白话两个系统，文言小说起于魏晋南北朝时期，成熟于唐传奇，像《柳毅传》《李娃传》《霍小玉传》《莺莺传》《长恨歌传》这些作品；白话小说成熟的形式是宋元话本，特别是到了明代的"三言二拍"这样的话本小说；在我们现在看来所谓的国计民生的大问题，不是文言与话本小说的主题，唐传奇与明清话本小说关注更多的是人间传奇，是人的伦理与人的内心世界。由于 20 世纪中国社会的特殊历史环境，特别是到了 20 世纪上半叶，清朝与民国、民国与中华人民共和国的更替，外国列强的入侵以及军阀混战、民族精神的觉醒，等等，迫使生活在这个环境里的作家在文学题材的选择上，更多地倾向于民族精神的启蒙，或对国民精神的批判，更多地倾向于民族的生死存亡和民族的复兴。在这个过程中，小说本身的趣味性被作者忽视，特别是从"延安文艺座谈会"以来的中国文学，缺失了关注世道人心的文学传统。在《陈州笔记》里，像

《张少和》《墨庄》《贼船》《陈州饭庄》《鳖厨》《花杀》《吕娘》《尚仁枫》《王满囤》《程秋业》《陈州盐号》《宝珠》《越王剑》《金铸樵》《银杏酒楼》《赵林》《胡罗锅》《吕家渔行》《张氏修表铺》等众多的小说主题，都回溯到了中国古典文学的传统。在叙事学方面，"三言二拍"中的误会巧合法、利用贯穿始终的"道具"使故事波澜迭起、喜剧性与悲剧性的情节在小说里的相互穿插等等，孙方友在《陈州笔记》里都有所继承和发展，他在继承了古典笔记小说的叙事艺术的同时，在新笔记小说里融入了人性思维。孙方友以独立的民间立场根植于中国残酷的社会现实，运用传奇的叙事手法真切地再现了人性与世道，从而使《陈州笔记》承载了更深刻的社会内容。

由于孙方友出生并成长的颍河镇在历史上处于经济、文化相对发达的地区，因此《陈州笔记》对"公案小说"叙事艺术的汲取与发展绝非偶然。据清顺治十五年（1658年）《陈州志》记载，明朝末年这个镇子南边的颍河上架有三座桥梁①，这足以见证颍河镇当时作为水旱码头在商贸与交通上的发达。清朝后期统治阶级以整肃纪纲为由，实行文化专制，特别是嘉庆、道光年间达到了清代禁毁小说戏曲书刊的高潮时期。颇具戏剧意味的是，随着都市文化的繁荣，当时南北方评话评书与弹词鼓词的流行，还有地方戏的兴起，迅速促成了曲艺、戏剧、小说三者的互相融合，并风靡于市井坊间。颍河镇作为一个商贸与交通比较发达的集镇，便接受了这样的文化浸润。在民间，曲艺与戏剧对这个地区的影响一直延续到20世纪中叶，商船从京广线上的漯河顺水而下，能抵达远在天边的南

---

① 见［清］王士麟修，何润、罗广韵、刘灏、辛承和纂：《陈州志》（1658年刻本），淮阳县地方史志办公室2007年影印，第三卷《营造志》"津梁"条目。

京和上海。由于航运发达，那个生养孙方友的集镇不但是当地的物质集散地，而且是民间说唱艺人乐意光顾的场所。农闲的时候，身背简单乐器的民间艺人乘船而来，说上十天半月之后又乘船而去，他们走一拨来一拨，顺水而下或逆流而上，一个码头又一个码头地赶，不停地做着营生。在秋高气爽月光明媚的夜晚，如果碰巧了，镇里的街道上就有四五个艺人在说唱。从河南坠子到山东大鼓，从木板大鼓到山东琴书，甚至还有来自豫西和皖北的艺人，他们往往唱的是河洛大鼓和凤阳花鼓。这些艺人说唱的内容从《三国演义》《水浒传》《杨家将》《呼家将》到《岳飞传》，从《三全镇》《金锁镇》《大红袍》《响马传》《蓝桥会》到《包公案》，从《梁祝下山》到《白蛇传》，几乎无所不有。即使在"文革"时期，这种简单的说唱艺术在那里也没有绝迹，仍在地下流行。而生活其间的孙方友无疑是个受益者。评书故事的来源大多是公案小说，像《七侠五义》《彭公案》等等，"公案传奇"里所描写的政治腐败，生灵涂炭的社会现实，民间的铲霸诛恶、扶危济困、伸张正义的侠客精神等再现普遍民众心态的文学主题在《陈州笔记》里都有所体现。为了加强小说的故事性与可读性，孙方友在小说中不但融入了公案小说的悬念与明清小说中的惊奇手法，而且融入了说唱艺术与戏剧的叙事结构，这样不仅使《陈州笔记》里的小说情节纷繁曲折、条理清晰，而且增加了小说的思想深度。

《陈州笔记》里的小说题材，或出自不同典籍与史志，或来自民间传说与史料，而20世纪上半叶丰富多彩的历史与民众的社会现实生活则成了《陈州笔记》传奇故事最主要的素材来源。《陈州笔记》通过离奇曲折的故事从不同的角度反映社会现实，通过塑造个性鲜明的人物形象使社会生活变得混沌自然，并以此歌颂真挚的情感、感叹人生的无奈与命运的悲苦、讴歌行侠仗义、谴责忘恩负义或暴露时政的黑暗。与传统文学不同，《陈州笔记》里的小说并不是为传奇而传奇，而是将所有"传奇"的哲学根基建立在朴素的自然法则之上，这种朴素的自然法则让小说中所有的传奇都实现了不可置疑的艺术真实，形成了一种儒雅与世俗互摄互涵的审美形式。

与《陈州笔记》一脉相承，新中国成立以来各个不同历史时期的社会生活构成了《小镇人物》广阔的文学背景。新旧朝代的更替、不同价值观念的撞击、阶级矛盾与阶级斗争所产生的充满荒诞与苦难的社会现实、革命状态下的丧失人性的被谎言弥漫了的中国人的精神状态、城乡二元对立下的被扭曲了的精神现实、改革开放后的道德与价值观念的瓦解与颠覆等等，构成了《小镇人物》的骨骼与血肉，使《小镇人物》里的人物个性鲜明、生动丰满；孙方友匠心独运的情节设计，使小说的叙事更加紧凑巧妙，口语化与生活化相融合的文学语言，使得新笔记小说的叙事更加统一、完整，达到了与"三言二拍"难分伯仲、浑然天成的艺术境界。

《陈州笔记》不仅继承了中华民族人文精神的精髓，而且对中国传统叙事艺术的继承与发展也是全面的，比如在继承中国古典文学中的白描语言的基础上，融入传统文化的诗词韵律、戏剧中的说唱艺术、民间文学中的民间俚语与口语化的同时，又运用现代小说的理念切入历史、切入现实生活、切入人物命运。孙方友通过近30年的小说叙事实践，使自己的叙事语言既有深厚的韵味，又显得风趣幽默，继而形成了简洁准确、朴实意深、富有感染力并独具个性的语言风格，而最能体现这种风格特征的，就是语言的"一石三鸟"与叙事的比兴手法。

"一石三鸟"与比兴手法

对叙事语言"一石三鸟"的理解与运用，用孙方友自己的阐述更具有说服力："'一石三鸟'叙事手法是中国传统文化的精华。从语言学的角度来说，汉语的张力是其他语言所不能企及的。它字字可以卓然独立，句句可以含义无穷。如孔孟、老庄、周易，短者数千，长者两三万字，便可包罗万象，成为经典学说。这些传统经典不但是精神传承的基石，而且还留给我们一种'浓缩'的思维方式：寥寥数语，便有泰山压顶之险，雷霆万钧之势。但'浓缩'并不是'简化'！我不喜欢将精神内涵剥落残尽跌落故事行列的'小说'，笔减神增才是高手，就像熬了一锅鸡汤，肉没味了，但味道全溶化在了汤里，语言就像鸡汤。我写的虽是传统题材，但一直把现代派的观念运用到小说中，可叙事语言用的却是中国传统的'一石三鸟'，因为'一石三鸟'是文言文笔记体小说独特的叙事方式，我把'一石三鸟'运用到新笔记小说里来，这是我的新笔记小说篇幅越来越简短化的一个基础。"① 具体到《陈州笔记》里叙事语言的"一石三鸟"，是指句子的构成，指叙事语言的丰富性，既是塑造人物性格，推动情节的载体，又包含着深刻的喻义，其中的深刻奥义，大致可以归纳为两个意思相近又相互渗透的层面。

第一层面：A. 由叙事语言的精和短构成准确性；B. 由对民间与说唱艺术语言汲取而形成的趣味性；C. 由叙事语言对古汉语字、

---

① 孙青瑜：《尽力把家乡写成一片原始森林——孙方友访谈》，《西湖》2012年第 8 期。

词的运用所构成的韵律感。在古代，诗词不仅能诵读，还能歌吟，诗与乐是共生的，诗歌从古典诗歌发展到现代诗歌，其韵律也由严格的格律转变成隐含的韵律，如《杨纯斋》的开篇：

> 民国初年，杨先生罢官治学，徜徉山水，寓历城西关平信桥，著有《笔谏堂全集》《耄学问答》等。与原配李夫人，伉俪和睦，敬爱如宾，贵后，不娶偏房，不纳小妾，终生不二色。平时自奉俭约，唯酷爱古籍和各种文物，多方购置，不遗余力。

为加强节奏感，叙事多用四字短句。《陈州笔记》在语言的音乐性上采用了隐含的韵律，亦即借鉴了诗歌的韵律，在语言上追求语言的远阔及意蕴空灵，在节奏上讲究诵读的轻重缓急、悦耳动听。隐含的韵律在于表现情绪和句法的气韵优美，情绪的韵律运行于句与句之间，表现出情绪的轻重缓急，句式的韵律则表现为句与句的对仗、押韵等形式。

第二层面：A. 语言的丰富性写实能力；B. 对人文历史与世俗生活的穿透力；C. 小说的象征性与隐喻性。在《陈州笔记》里，小说的象征与隐喻表现在对比兴手法的运用上。如在《程老师》《张氏修车铺》《大洋马》这样的小说里借用"时镜"空间来做表达的中转站；如《雷老昆》中雷老昆的反常举动与整个大时代背景下国民的恐惧心理的呼应、《狱卒》中白娃人头落地后那双依然滚来滚去的眼珠子和求生欲望的对视、《宋散》中假宋散"革命"的目的性与历代农民起义目的性之间的遥望等等，都借用了中国诗学里的比兴手法。还有《蚁刑》与《雅盗》，都是运用比兴手法的典范之作。

《蚊刑》让读者通过阅读文字还原出一个"蚊子吸人血"的事象。"蚊子吸人血"就具有比兴艺术的功能，这种手法让我们深入整个人类的历史，类推出"官吸民血"的残酷现实，折射出文本与世界的联系。这篇看似简单的寓言小说，之所以内藏一定的所指意蕴，就是作者借用了一个具有比兴功能的特殊事象，建立起象中与象外的互体空间，从而完成了文本与世界、个体与历史、人性与政治、特殊与普遍间的深层联系。这正如《蚊刑》预言：贪官层出不穷是因官员的频繁调动。那个贪官深知其中的奥妙：

> 蚊子，懒虫也，吃饱喝足便是睡觉。吾一夜如眠，怕的就是惊动他们。这样一来，后边的蚊子过不来，趴在身上的已吃饱，是它们保全了我！

蚊子叮咬作为一种刑罚，寓意着哲学层面的思考，而在叙事手法的运用上，则与传统诗学有着极强的互通性。作者似乎在"讲古"，其实是用了与中国传统文学中比兴相近的象征手法，在一千五百字的篇幅内写出了黑暗的官场史，表达了对现实的观照，具有极强的现代寓意。

《雅盗》属于一个知域背景较强的小说，读懂它需要一定的知识积累。首先，您得能看懂《灞桥风雪图》这幅画；其次，您得知道中国古典文论提倡的"入"是何意。在小说中，为什么赵仲一次次从入神的欣赏中走出来？原因很简单，雅盗在面对《灞桥风雪图》进行审美活动时，想直入艺术虚象里，实际上却入不了，一次、两次、三次……古典文论家在审美时大多提倡"入"，而在实际的审美活动中，赵仲面对审美对象"入"不了的状态，刚好和在儒道两家文化的双重影响下的中国文人"入中有出，出中有入"的集体性格形成很强的比兴关系，正是因为这种比兴关系的存在，小说通过雅盗赵仲几"入"几"出"的审美过程，隐喻中国文人的悲凉命运。《陈州笔记》对"一石三鸟"与比兴手法的运用，不但展现了汉字特有的能量，而且体现了孙方友新笔记小说叙事语言的风格。

故事情节与悬念的"翻三番"

"翻三番"指的是在小说叙事里不断滚动的故事情节与悬念，是孙方友新笔记小说叙事的核心理论，《陈州笔记》里的《雅盗》《泥兴荷花壶》《玉镯》《泥人王》《名优》《皮袄》《陈州装裱坊》《陈州饭庄》《陈州药号》《马家茶馆》《赵家酒馆》《黄氏面条铺》等等，都是足以让人信服、呈现孙方友新笔记小说"翻三番"叙事理论的名篇。比如《花船》里，先写尤三偷扒嫖客的钱物，结果被方匣里藏的毒蛇咬伤；尤三就拿刀切下手指，从手指里挤出毒血逼着嫖客喝掉；接着尤三对嫖客说那风尘女子是他老婆；嫖客一惊脱口而出，说那咬你的并不是毒蛇。一篇千字小说，故事的悬念就翻了四番，前浪未落，后浪又起，从高峰推向极致，在惊愕之后又生惊叹。

在《陈州笔记》里，"翻三番"与现代派小说中的语言功能一样，是沟通叙事文本与现实世界的桥梁。现代派小说运用语言功能置换了现实主义小说中的故事这根联系文本与世界的纽带，文本里的时间、记忆、语言、梦境、幻想、现实、历史等等这些叙事元素在现实主义小说当中由故事的"统领"更替成用叙事语言来"统领",因此,小说所呈现的文本世界处在由叙事语言"正在构成着"的状态之中。而《陈州笔记》里"正在构成着"的状态是由建立在中国古典小说中的"以事载道"的故事为基础上,再用情节与悬念的"翻三番"来主宰,而"翻三番"的理论根须是深深地扎在中国传统文化之中的。中国传统文化看重的不是物质自然,也不是主体的人,而是人在物质自然中摩荡生发的时境,是一种正在生成着的动态文化,所以以极为讲究"变""几"和"域",而故事在小说中的作用,就是能够承担起生成它们的重任。"以事载道"的理论最早可追溯到庄子以寓言为主的方法论,庄子的理论为中国后来的现实主义小说的叙事定下了"以事载道"的基调,而《陈州笔记》里故事的情节与悬念的"翻三番",基础就是"以事载道"中的事。"凡是有创作经验的人都会知道,将单纯的故事和情节置之死地而后生很难,如果后生两次、三次自然更难,如果再将思想镶入其间去'翻三番'甚至'翻四番''翻五番'自然就是自己跟自己过不去。"[①] 孙方友在创作过程中比较喜欢给自己设卡子、设"死结",所以他的小说创作营造过程一般都很长,像只有一千五百字的《蚊刑》,在他的脑海里就酝酿了近二十年。《陈州笔记》里小说中所有的"番",都是建立在真实可信的细节上,利用细节这个可以看得见的"事",来承载形而上的"道",孙方友运用既有思想又有趣味的绝妙细节所承担的审美事件,促使《陈州笔记》里的小说实现了"文小而指大"的效果。运用细节与悬念不断升华思想是孙方友的新笔记小说"翻三番"叙事理论核心的核心,孙方

---

① 孙青瑜:《尽力把家乡写成一片原始森林——孙方友访谈》,《西湖》2012年第8期。

友"'翻三番'的创作方法和理论是对小说叙事学的重大贡献，具有文学史意义"①。

故事与人物的奇、妙、绝

《陈州笔记》里的"翻三番"叙事理论，是以故事中的"奇、妙、绝"来实践的，故事的"奇、妙、绝"则是以现实生活为基础的。如《泥兴荷花壶》里写陈三关制壶的过程，无论是从土质的挑选、壶的外观造型，还是陈三关用壶弹奏出《春江花月夜》的韵律，都充满了神奇，小说把陈三关制壶的弹奏法写得生动活脱，纤毫毕现；当陈三关得知要买宝壶的是段祺瑞时，就用激将法让段祺瑞本人持枪打穿了壶壁，小说又用子弹击穿壶壁只留下一个四周没有一点炸纹的圆眼儿的情节陡转来装载陈三关的人格魅力，读来实在让人感到神奇。

《陈州笔记》里故事的传奇并非空穴来风，而是体现了孙方友对中国古典文学中传奇元素的自觉继承。孙方友的故乡淮阳县古时为陈州，这里不仅有水波荡漾的万亩城湖，还有人祖伏羲的陵墓、伏羲画八卦的八卦台、神农尝五谷的五谷台、龙山文化的遗址平粮台、孔圣人困于陈蔡的弦歌台、三国曹植的衣冠冢、宋代包拯下陈州怒铡四国舅的金龙桥。不仅如此，陈州还是秦朝农民起义军陈胜、吴广的建都之地。孙方友从小就浸淫在由浓厚的传统文化熏陶的环境中，自然而然地吸取着传统文化积淀的精华，在历代的人文掌故、民俗、逸闻逸事成为《陈州笔记》里传奇故事的文化背景

---

① 杨晓敏语。见江媛整理：《来自民间的悼念——"〈俗世达人〉首发式暨孙方友先生追思会"综述》，《莽原》2013 年第 6 期。

下，孙方友运用民间传说的渲染与说唱艺术的铺排技法，委婉而紧凑地给我们讲述着一波三折、起伏变化的传奇故事，既出人意料，又让人深信不疑。比如《狱卒》中那个专看死囚的贺老二，为了让少年囚犯白娃生命里最后的日子得到快乐，他竟然冒充匪首给白娃写了一封密信，说到时候会劫法场救他。白娃接到"大哥"密信后，内心充满了求生的欲望，到了秋后问斩时，白娃精神昂扬地含笑跪在刑场中央，一双充满生存希望的眼睛仍然在人群中扫来扫去。这个极具荒诞传奇性的故事结尾，写出了心灵的真实。这故事和一般的现实不同，贺老二好心设置骗局，希望让白娃的余生过得快乐，但是当年轻的白娃在临死前依旧对未来充满希望时，我们看到那些散落在历史角落的碎片被文学家具有的现代意识照亮，这就是孙方友所呈现出的人性的真实所获得的神来之笔。

在《陈州笔记》里，哪怕是一个小人物，他的身上也散发着强烈的精神气场，如《陈州名医》里的罗先生拒绝为日本军人看病，却用刚宰杀的猪肚子的中医疗法为日本孩子焐毒治病，以此展现出人道主义的力量。在《陈州笔记》里，人物的命运都在环环相扣充满悬念的故事里展开，无论是《官威》里的李进士为了光宗耀祖让全家人练鹅步，还是《神裱》里的任振乾为了抢救国宝破坏祖规用活人的生命之体除去出土名画潜藏宣纸内的死亡气息；无论是《女老包》里的女包拯假戏真唱来激将县长为民除害，还是《陈州饭庄》里的众乞丐用计给金聚泰讨要外欠账，每一篇小说都用传奇故事作内核，每一个精彩的传奇故事都经过精心设计，将笔触潜入人物最为隐秘的灵魂深处，牵引出命运的必然因果，最终达到"象为义说，以象载义"的效果。

《陈州笔记》里的妙，体现在孙方友创造出的俗雅融合的审美视角上。雅俗融合的美学运用在《陈州笔记》中随处可见，比如将高尚与残暴相融合的《匪医》；将大义与大恶相融合的《神偷》；将动物的本能与人性情感相融合的《虎痴》《鬼像》；将强悍与卑弱融合的《女匪》《匪婆》《瘫匪》《女保镖》；将大美与大丑相融合的《水妓》《花船》，还有在《棋魂》《荒劫》里运用的虚实移换，在《脚行》《张大锤》《官抬》《红案》里运用表露心酸的自嘲，在《蚊刑》《媚药》里运用的以轻托重；基于这种美学趣味，《雅盗》里的强盗可以是高雅的、《神偷》里可以成为神人的小偷；《花杀》里的花是美丽的，但还有充满杀气的一面，《刀笔》里的笔可以像刀子一样锋利，等等，均将矛盾又对立、相克又相融的叙事美学发挥到极致的同时，还将苦难留在人世间的烙印运用调侃或自嘲的语调呈现出来。

《陈州笔记》里叙事的微妙还在于小说的结尾，孙方友擅用点到留白的技法，将"悟"的妙处留给读者，激发阅读兴趣，留下无穷的思考来启迪心智；在篇名的设计上，孙方友打破常规思维，像《雅盗》《神偷》等均是采用美丑对峙的方法来结构；在遣词造句方面，孙方友打破口语与文言文难以相融的常规，将矛盾对立的词语放在叙事里统一起来，营造出百姓哀而不伤、丑而不厌、烈而义存的可爱性情，形成了《陈州笔记》俗雅相融的精神内涵。

《小镇人物》中的《雷老昆》《打手》《刘老克》《方鉴堂》《雷家炮铺》《小上海》《大洋马》，《陈州笔记》中的《蚊刑》《狱卒》《壮丁》《雅盗》《匪婆》《匪医》《女匪》等众多篇章，我们都能从中读到一个"绝"字。具体到叙事元素上，这个"绝"体现在细节绝、故事绝、结构绝、人物绝上，由于这个"绝"，孙方友总能在短小的篇章里切入人性深层，留给世人说不尽的意味。在

《陈州笔记》里，孙方友处处不动声色地设置着细节的"绝"，如《打手》中处理"钉帽子"的细节、《雷老昆》中的雷老昆以自虐对抗恐惧的悲剧、《大洋马》中大洋马的丈夫自己戴着"绿帽子"游街等等，都根植于深厚的现实生活土壤，散发着人性的气息。故乡对孙方友来说，具有丰富而深刻的本源意义，在他的记忆里，关于故乡的一切，都渐渐转化成他的文学叙事经验，转化成他观照人性的素材。因此，孙方友在揭示常态生活背景下的历史真相的同时，又能准确而深刻地表达复杂的人性。

《陈州笔记》小说中的每一个重要细节，都倾注了孙方友的苦思冥想，像《红女》《雷老昆》《打手》《刘老克》这些小说中的细节，在他的脑海里酝酿了几十年，"细节如果没有理性爆发点，我是不会下笔的"[1]。在阅读过程中，读者对小说叙事总怀有一种期待，这期待不单是对故事本身，更重要的是要获得实现震撼思想的能量和形式。在《陈州笔记》里，小说的震撼力，就是以"绝"的故事、"绝"的结构为依托，由"绝"的细节来推动的，如《狱卒》中的贺老二为白娃设置的那场求生的故事，所依托的就是这个"绝"字，由于这个"绝"如同平坦之处突现的奇峰，从而在凄美之中构建了一个充满人性的真实世界。

独立的文学世界

《陈州笔记》的产生源于对社会生活的积淀与人生命运的思考，孙方友在故乡生活了将近半个世纪，不仅从事过挖河修路、脱坯烧

---

[1] 孙青瑜：《尽力把家乡写成一片原始森林——孙方友访谈》，《西湖》2012年第8期。

窑、帮槽铡草、夏收秋种、扬场放磙各种体力劳动，而且演过样板戏，跟侯宝林先生学过说相声，还到新疆当过盲流，可以说《陈州笔记》里像《壮丁》《瘫匪》《猫王》《绝响》等众多篇章里那些充满想象力的故事与结构，都源于他对生命的感悟，孙方友属于在生活中悟道的小说家，走的是"从生活到艺术"的创作道路，面对生活，他从来都不是旁观者，而是深刻的体验者，因此，形而下的生活一直是他的周遭环境。从哲学的起源和发展史论，真正推动哲学发展的哲学家都是从形而下入手，都是回归生活并从生活中悟道。小说创作也不例外，尽管小说的特征是虚构，但虚构的根源是充满血肉的生活。特别是到了晚后期，由于建立在扎实的生活经验之上，《陈州笔记》里的小说在结构故事上逐渐自然，读者甚至已经很难把虚构的小说人物与故事和真实发生在现实中的事件分割开来。

《陈州笔记》融汇了古典文学的精髓与现代小说叙事，以一贯的民间写作立场，记录了新笔记小说这种新的文体的完善与成熟轨迹，因此可以说，新笔记小说浓缩了小说家孙方友对文学的毕生追求。"当主流文坛浮漾着泡沫和垃圾，以强势力量带动着势利的潮流呼啸而过的时候，孙方友守持着沉静的心态，坚持着民间立场，沉醉在家乡的人物和故事里。他讲述的是个体生命对历史的观照，乡土文化对人性的诠释。若干年后，那些轰动一时的宏大叙述湮灭之后，《陈州笔记》将因它的民间性、因它的野史的价值而显现出一个时代的文化内涵。"[1] 孙方友以他超然的艺术想象力给大众的审美带来冲击和感动，并长久留存在阅读的愉悦中；孙方友不断创

① 田中禾：《颍河的精灵——漫说孙方友》，载孙方友《重逢》，河南文艺出版社，2009，《附录》第173页。

造着常态生活背景下的非常态世界，为新笔记小说开拓出一个他人无法重复的审美领域。《陈州笔记》使他成了"一代文豪"①，成了中国当代文学史中新笔记小说最重要的收获与成就。

陈州是孙方友的故乡，更是他的精神圣地和写作源头。《陈州笔记》不是封闭的，而是开放的；《小镇人物》也不是封闭的，而是开放的。2013年8月4日，孙方友先生的骨灰在家人和生前好友的护送下，同他在《陈州笔记》里塑造的成百上千的像野草一样鲜活的曾经在陈州或颍河镇生活过的人物，又回到他们熟悉的故乡，开始一起静静地聆听天空和河流的低语。在此后的日子里，孙方友将在他曾经耕种过的土地里长眠，而那些随他而归的文学人物，将在这片孙方友曾经播种过的土地上像植物一样继续生长。

当生命恍如过客，唯有大地带来安慰。按照佛学的阐释，谁在一个地方存在过、思想过，那么这个地方就是世界的中心。孙方友在《陈州笔记》中爱过千千万万的人，并让他们性性情情地活过，因此《陈州笔记》与现实中的陈州就成了我们感悟世界存在的中心。孙方友用文学的形式为我们保存了20世纪中国社会的世道人心，再现了众生灵魂的孤独与痛苦，成为我们民族20世纪前后历史的一个缩影，"使颍河小镇进而古陈州成为中原乃至中国的文化符号"②。这个独立的由《陈州笔记》构成的文学世界，这个典型的由"陈州""颍河镇"构成的文学地标，"已经成为文坛一个强

---

① 冯杰语："袁项城，孙淮阳。袁世凯是一代君王，孙方友是一代文豪。"见江媛整理：《来自民间的悼念——"〈俗世达人〉首发式暨孙方友先生追思会"综述》，《莽原》2013年第6期。

② 孙荪：《卷帙浩繁的百姓列传——读孙方友〈小镇人物〉》，《文艺报》2009年11月10日第2版。

大的存在，一座伟大的丰碑"①，并将永远被人们记忆和向往。

2014 年 2 月 10 日写完

［本文为《孙方友新笔记体小说全集·陈州笔记卷》（共四册）和《孙方友新笔记体小说全集·小镇人物卷》（共四册）的序言。《孙方友新笔记体小说全集·陈州笔记卷》《孙方友新笔记体小说全集·小镇人物卷》，孙方友著，河南文艺出版社 2014 年 12 月出版。］

---

① 李静宜语。见江嫒整理：《来自民间的悼念——"〈俗世达人〉首发式暨孙方友先生追思会"综述》，《莽原》2013 年第 6 期。

《梨园新曲》 序

　　我和称意是忘年交，如果没有特殊的情况，每次文友聚会，称意和我都会在场。我们常聚的文友中有评论家刘海燕、张延文、刘宏志、孔会侠、李勇、王庆杰、郑积梅和孙青瑜；有小说家鱼禾、尚伟民、孙瑜；还有诗人兼编辑家张晓雪，有既是诗人又是评论家的江媛。偶尔还请田中禾、刘恪先生做上首。大哥孙方友在世的时候，我们偶尔也会请他去聚一聚。每次文友聚会后，或者卡拉 OK 之后，我们会边走边聊，一起穿过被灯光切割的夜色回到我们共同居住的小区。

　　我们居住的小区从南到北沿经线横跨和纬度平行的三条街道——郑州的农业路、群英路与群办路，但我们的居室只隔两栋楼，直线距离 200 米。傍晚时分我常常遇见他骑车接读书的孩子回来，偶尔我也会见他手提刚从市场买回来的食品或蔬菜从春天的细雨中或者秋天飘落的黄叶中穿过。称意大学毕业后曾做过记者和编辑，现在省会一所高校任教，同时负责学报的编务工作。我曾经拜读过他送我的中篇小说集《绝唱》，还有报告文学集《郑风》。2014 年 2 月 28 日，在一年中最为短暂的这个月的最后一天的夜晚，我接到了他的一个电话，说是发到我信箱里一个邮件，邮件的内容是一本新编的书，希望我能给他写个序。

　　按照他的吩咐我打开电脑，在网易 163 的信箱里，当我看到他给我的是一本由他创作的戏剧集时，我当时的面部表情一定是惊愕。是惊愕，我没有夸张，因为我再次确信世间有无数的秘密就隐藏在我的四周，那秘密近在咫尺，或者就在我窗下茂密的竹林里，在我家走廊对过的房门里，可我就是不知道！你想，我和称意是什么关系？可是，他从2006年9月到2014年2月之间创作了九部新编历史剧和六部新编现代豫剧，我竟然一点都不知道，而且，最后完成的这部《大宋之魂》起笔写作的时间，是2014年2月6日，在那个让人难忘的被积雪覆盖的夜晚，我们还在风雪中迎面而过。这个潘公子，他真沉得住气！

十五部剧作，从电视里的《新闻联播》结束开始我一直看到第二天的凌晨五点。称意的剧作还真见功夫，使我一夜未眠。就说排在首篇的《乱世太白》，无论从对白、唱词的平面铺陈，到剖面的故事结构，还有立起的人物形象，可以说已经构成了一个具有三度空间的建筑，从这建筑里你能感受到重复变化的韵律层理。

可以看出，称意深知唱词与台词就是戏剧的一切的道理，单说《乱世太白》吧，剧中的台词都赋予人物以性格化，李白就是李白，高适就是高适，李亨就是李亨，李璘就是李璘；人物的身份、年龄、教养、社会地位都赋予语言特征；人物的塑造，都是依靠自身的语言来完成的。剧中所有人物的活动环境、故事情节的展开、心理的揭示、人物关系与事件原委的交代、人物性格的刻画也都是运用通俗易懂、简洁精炼的唱词，以及性格化、口语化来呈现的。称意对唱词的韵律也十分熟谙，在他剧作的唱词中，大多走像平声中的四支、十一真的宽韵，有时也走像五微、十二文的窄韵，偶尔也会用到如三江、十五咸这样选用很难的险韵，很见功力。在故事的结构上也特别上心，比如《乱世太白》一剧，一场一景，都是李白人生的重要关口，在最后一场《夜郎投书》中，当14岁少年太白、20岁青年太白、42岁中年太白依次出场和精神恍惚的老年李白对话的时候，让我心动。这使我想到了《永恒的一天》①里的场景，想到了《两个博尔赫斯的故事》②里那一老一少两个博尔赫斯相见的情景。剧中在用相对集中的时间、场景和人物来构成故事的同时，还通过剧本人物强烈的直观的内心动作性和外部动作性来完成故事的推进，呈现生命的意义。

在我看来，称意的剧作大都可以称为正剧，像《大宋之魂》一剧中写皇帝为平庸国丈加封而使包公与仁宗之间产生了强烈的矛盾，但最后的结果还是君臣共治。像《乱世太白》中写诗人李白传奇而悲凉的人生、《大宋公主》中写权力之下人性的悲剧、《靖康悲歌》中写朝代的更换、《珍珠衫》中写有情人终成眷属，这些都不能简单地用一个"悲"字或者一个"喜"字来概括，因为这些剧作的内容已经超越了悲剧和喜剧的范围，大多是悲喜交织。即使像《翰墨忠魂》里写了颜真卿以身殉国、《马嵬恨》里写了杨玉环的被赐死、《精忠报国》中写了因"莫须有"罪名而含冤屈死的岳飞等等，也不能简单地用一个"悲"字来概括，因为他们的精神世界大都是爱恨难解的。

称意写戏，没有功利，就像年轻的斯坦尼斯拉夫斯基③一样，是彻头彻尾地"喜欢台上那种神秘的美丽而富于诗意的生活"④。称意没有受过专门的戏剧教育，对戏剧的热爱来自少年时期民间戏剧艺术的影响，剧作所表达的思想情感，无论是《乱世太白》中的

---

① 《永恒的一天》，希腊电影之父安哲罗普洛斯1998年导演的作品。

② 《两个博尔赫斯的故事》，载《博尔赫斯文集·小说卷》，王永年、陈众议等译，海南国际新闻出版中心，1996，第622页。

③ 斯坦尼斯拉夫斯基（1863—1938），苏联演员，导演，戏剧教育家、理论家。

④ 《斯坦尼斯拉夫斯基全集（全6卷）》（第5卷），郑雪来等译，中央编译出版社，2012，第2页。

知识分子对国家与民族一厢情愿的文人情怀与社会担当、《大宋之魂》里包拯与君王之争所产生的现实意义、《大宋公主》中所讴歌的纯美坚贞的爱情，还是《靖康悲歌》《翰墨忠魂》《精忠报国》中所表达的忧患意识与爱国情怀、《春秋亭》中的知恩图报等等，都与他的精神世界、与他朴素的道德价值观相吻合。

当然，对他的价值观我保留自己的不同观点，但是有一点我相信，他在剧作中已经达到了他创作这些剧作的目的：以史为鉴。

2014 年 3 月 8 日

《伊畔听风》序

　　诗文集《伊畔听风》是我敬重的杨松喜先生推荐的。20 年前那个秋高气爽熏风染色的季节，我和杨老师曾经在黄河迎宾馆八号楼小居，他写剧本《风雨南庄》，我写剧本《船家现代情仇录》，从此结下友谊。因而，遍布山水的嵩县便成了我向往的地方。

　　因伏牛山及其支脉外方山和熊耳山的分解，伊河往北注入黄河、汝河往东注入淮河、白河往南注入长江。真是奇特，嵩县和中国版图上的三条重要的水系均有缘分，又因嵩山起脉而得名，所以，这里应为藏龙卧虎之境。所以，这地方出高人。比如程颢、程颐，创下理学。比如当代文坛的阎连科。连科我熟悉，他每次回嵩县，必找松喜先生聊天。能让阎连科常常找来聊天的人给我推荐的诗文，我怎敢怠慢？

　　可能是职务的原因，《伊畔听风》里诗、词、赋、颂、公文、评论、散文等文体均有涉及，可见作者兴趣广泛。单就"岁月萍踪"一辑中的散文而言，我认为作者是位生活中的悟道者：他由秋雨绵绵写忧伤与惆怅；由一封贺卡写生命历程中的相逢与离别，写爱情与思念，写人生的愁肠与无奈；由新年的钟声感悟生命在时光流逝过程中的瞬息与永恒，感悟人生的漂泊与轮回，感受生命的价值和意义；由日常生活中的一件小事来感悟生命旅程中的烦恼与遗憾、孤独与寂寞，并从中悟得人生境界。

　　在《种兰花，为了什么》一文中，作者这样写道："日常生活中，每时每刻，我们都可能遇见意想不到的事，甚至可能是我们不想、不愿、不乐意看到的事。人生在世，不如意事常十之八九。因为不能如愿，我们常常生气和抱怨。因为不能如愿，那些不满、委屈、牢骚、难受、嫉妒、怀疑便常常郁积于心，块垒不化。为此，我们错过了许多快乐和幸福。"由此，作者通过因自然而破碎的花盆里面相憔悴的兰花感悟日常生活中的得与失："我们要得失随缘，要有一颗平常心。不以物喜，不以己悲。即使心高志远，也不可急功近利，这是人生的境界。淡泊明志，宁静致远。欲速则不达，浮躁和成功无缘。"

在这样的文字里，自然山水的脉络已融化为作者内心的平和与坦然。

意外的是，在作者的文字里我遇到了熟知的人，比如从《两个人，一座山》里走来的李铁诚先生。铁诚先生为开发天池山所作的贡献都隐含在作者的文字里，这里就不多说，只说一说我和铁诚先生的熟悉。铁诚先生是我敬重的文学前辈，风骨铮铮，气质高贵，在我调到河南省文学院之前他已经退休，所以很少有机会和先生相见。2012年6月间，我到鸡公山参加复建的"抗战阵亡将士纪念碑"揭幕活动，见到了先生，因为先生是碑文的书写者，又因这年的夏季我和先生同在鸡公山避暑，所以得以有缘多次相聚。让我感到意外的是，第二年，也就是在他78岁高龄这一年，他前往西藏，不惧艰难的精神顿时让人心生敬意。作者在《两个人，一座山》里有一段这样描写先生的文字：

2002年10月，林场一位老职工因病倒在了岗位上。闻讯后，这位曾给华夏人文始祖炎帝、黄帝写过碑文的人，掂起笔，又为默默无闻的护林工人写了这样的碑铭："护林员老罗，貌清瘦，话不多，见人唯一笑而已。日修路，夜执勤，数十年如一日，兢兢业业，无怨无尤。2002 年 10 月 24 日因病去世，石西即生前所居之屋。"

读到这里，我仿佛看到铁诚先生有些微驼又略显清瘦的身影伫立在秋阳里，手握羊毫，稀疏的白发散落在额前，目光凝视碑文的情景。所以，作者的文字是有情感的。我们来读一读《陪护父亲》里的文字：

> 随后，我们就开始了陪护父亲的日子。坐在父亲身旁，看着弱弱的父亲，心里忽然就会生出一种莫名的感觉。有时，禁不住，眼里就湿湿的。
>
> 喊护士换药。给父亲喂饭。给父亲接尿，倒尿。帮父亲挪动身子。给父亲洗脸。望着静静地躺着的父亲，隔一段，我会把手伸进被里，为父亲揉揉腿、捏捏脚……

一路读下来，我的眼睛已经湿润。作者写父亲付出的一生，写他默默无闻的一生，作者在文字里寄托了儿女对父亲的款款深情。我私下认为，《陪护父亲》理应是这部诗文集里最为多情的篇章。

读过《伊畔听风》，我把作者和松喜先生一同视为嵩县的才子；读过诗文集中的《陪护父亲》，我视从未谋面的相正为兄弟。

文如其人，我想，这话在相正这里应该会得到应验。

2015 年 5 月 31 日

（《伊畔听风》，张相正著，中州古籍出版社 2016 年 3 月出版。）

根植现实的精神世界

1998 年年初，我从周口地区文联调到河南省文学院，结识省会新闻界的第一个朋友是奚同发。20 年来，我们多次一起出席学术会议，一起外出参加文学活动，一起参加朋友的饭局；在阳光穿过茶社窗口照在咖啡杯上的某个春日下午，或在热风摇动书房窗外树梢的某个夏日的夜晚，我们促膝而谈，论述对象像阳光下的旷野或夜色下的星空一样辽阔，其中有关文学的话题，是我们最热心讨论的。所以，同发的小说，我是时常关注的。可以这样说，这里所收的中短篇小说，基本呈现出他在文学创作上所走过的路程。奚同发的身份是新闻媒体记者，他在主持所在报纸文艺副刊的同时，还作为特邀记者受聘于《文艺报》和《文学报》，熟悉的朋友都知道，奚同发真正为其献身的是文学创作。

奚同发是个多面手，散文、评论、小说无不涉及。就小说创作而言，在他整个文学成就里是不可小觑的组成部分。集子里的《玫瑰杀手》，以第一人称的叙事手法写传说中的职业杀手与神枪吴一枪斗智的故事，小说在扣人心弦、剑悬马鬃的悬念里层层递进，写得一波三折，是名篇《刑警吴一枪》系列小说的延续。《天痛》写得寓意深刻、神采飞扬，在一篇不到两千字的小说里，奚同发把传统与现代、历史与现实、精忠与阴谋、真诚与谎言、生存与死亡、战争的残酷与女性的阴柔等众多的意象与主题密集地浑然糅为一体，飘逸大气，是和《玫瑰杀手》这类具有同样风格小说的上乘之作。

而《白纸黑字》是奚同发根植现实的用心之作：一个年幼的乡村女孩在她小学四年级时，在别人捐赠的棉衣里得到了一张愿意帮她完成学业的字条，这样一张留有姓名与地址的字条成了女孩一家人的精神支柱，后来弟弟和父亲不幸相继离开人世，和母亲相依为命的女孩最终考上了大学。由于家庭贫困无法支付学费，女孩终于动用了那张保存了八年的字条，而且几经周转得到了资助。又过四年，女孩大学毕业后拿到第一个月的工资，决定去实现埋藏在她内心多年的诺言，去寻找她的恩人。女孩经过多方打听终得如愿，然而出乎意料的是，资助她的恩人竟然是在几年前已经下岗同时失去丈夫的中年妇女，她靠捡破烂同时支付儿子和这个女孩的学费。女孩在恩人居住的低矮破旧的帐篷前长跪不起，但那个资助她的恩人却始终没有出现。

奚同发能写出《白纸黑字》这样充满侠义精神的小说绝非偶然。2013年的某个春日，同发读到了周大新的新作《安魂》，这部关于中年失子的泣血之作使同发泪湿衣襟，在读完《安魂》之后，他便给远在武汉上学的儿子打了电话，告诉他必须去买一本《安魂》。随后，同发给一些身在偏远农村的青年，或进城的民工，或医院的医生，或学校的教师等不同行业的不曾谋面的朋友，先后寄出了52本《安魂》。这行为真的很让人感动，所以，同发能写出《白纸黑字》绝非无根之木，这和他的日常行为有着密切的关系。应该说，这部集子里大多数中篇和短篇，都根植于同发熟悉的现实生活。

《你敢说你没做》写的是一个名叫王胜利的记者莫名其妙地被抓进公安局接受审讯的故事，小说中的"我"在灯光烘烤下的"熬鹰"过程中，在那个看不清面目的人发出的"你敢说你没做"

的审讯声里，不知道要交代什么，只好在自言自语意识的流动里，进入他幽深的内心世界，开始忏悔与反省。《给你一把水果刀》通过一个热线记者对一个女子跳楼的采访经历，揭示我们所处时代对人类痛苦的冷漠、对人类灾难的麻木，以及人类无限扩张的自私。

与《你敢说你没做》相同的是，《求离》与《那一夜，睡得香》两篇小说的主人公也都是报社记者。《求离》整篇通过一位在一家行业报纸供职的资深记者的内心独白，对职场生活进行深刻剖析的同时，再现了生命个体在现实生活中的生存困境与精神困惑。有意思的是，《求离》到了最后才涉及的家庭婚姻问题，在《那一夜，睡得香》里得到了承接。

乔晓静是某市晨报的一名新闻记者，如果值班，她每天都会工作到凌晨。这天，为一篇新闻稿她给同行打电话，可同行却说给她打了多次电话，最后是她老公接的，说稿子已经发给她了。听完，乔晓静的头"嗡"一下就炸了，手机就装在包里，怎么会接不到？她立刻意识到自己的手机可能被老公监听了。九年前因为一次采访，当年29岁的乔晓静在无奈之下嫁给了比自己大15岁的老公，又9年过去了，他们现在有了女儿。可是她和老公之间发生了什么？老公为什么要监控她？就像那次出门忘带手机，乔晓静感到莫名的恐慌。那一夜，乔晓静失眠了，她先检查自己手机里留下的各种信息："她的手机里没有什么不可告人的东西，她本来也不担心别人看了会怎么着。可是一旦被盯梢，则有一种光天化日下被剥得赤裸裸的感觉。有一双眼睛盯着你，无论做什么，在什么地方，在什么时间；有一双耳朵听着，无论你在白天，还是夜晚，是公事，还是私事，甚至跟同学、父母、亲朋……"这是多么地让人恐惧呀，她现在急需了解自己的电话被监听了多久，监听的目的是什么。她悄悄地来到办公室，打开网页，在搜索引擎空白栏输入关键词"复制电话卡"，没想到出现了上百万条相关链接目录：夫妻之间的监控、商业伙伴或对手的监控、部下对上级的监控、上级对下级的监控……乔晓静在反复思考后，购置了一款新手机，用新号办理复制丈夫的电话卡，用来反监听。然而，在办卡的过程中，她才明白"复制电话卡"本身就是一个骗局……

我们所处时代的人情冷漠，人与人之间的信任危机、信仰危机；人类自我的丧失，人类自身的孤独感、恐惧感、焦虑感；信息社会带来的谎言与骗局的泛滥；网络时代对人类的绑架与奴役等众多的主题，奚同发通过《那一夜，睡得香》里乔晓静的个人经历，表现得淋漓尽致。应该说，《那一夜，睡得香》是我目前读到的他的最有分量的一部小说，他凭借对生活深厚的积累、对人生与社会的思考，对现实主义叙事艺术熟稔的把握，使他的小说切入了人的精神世界。

奚同发是个性情中人。在生活中，他从来不失对生活的热情与为人的真诚。2013 年 7 月 28 日，在我大哥的追悼会上他与我相拥而泣，那天的晚上，我再次接到他打来的电话，一句话没说完，他声音里就浸融了哭泣的声音。在那个夏日闷热的夜晚，悲痛通过他的哭述再次潮水一样把我淹没，他兄弟般的情谊穿过辽阔的空间抵达我的内心深处。事后许久，我才在他纪念大哥的一篇文章里得知他那天夜晚的经历。那天他写完《文艺界送别作家孙方友》的新闻稿回到家里，把菜上酒，先敬三杯给大哥，然后独自喝下半斤"白云边"，把自己灌醉的同发拿起手机，就在那个让我终生难忘的夜晚，国内许多和同发熟悉的朋友大都接到了他的电话，他用哀伤的、哭泣的声音告知朋友方友去世的消息，一直到他的手机没电。

　　同发是个坦率的人。由于职业，他接触过中国当代文坛太多的大家，但在这些大家面前，他不卑不亢，从来不掩饰自己的好恶。作为记者，他"无名有品"，是一个具有独立人格的贤士；作为作家，他"无位有尊"，是一个具有独立精神的儒生。在日常生活中，同发视身边人为亲友，面对荣辱温不增华、寒不改叶，在这样的时代已经难得，值得每一个认识他的人引为推心置腹的朋友。

2015 年 6 月 15 日

　　（本文为《你敢说你没做》的序言。《你敢说你没做》，奚同发著，河南文艺出版社 2019 年 4 月出版。）

《鸡公山文化》 卷首语两则

写在抗日战争胜利 70 周年之际

自 1937 年 "七七事变" 后，中华民国政府发表《告抗战全体将士书》至 1945 年日本宣布投降结束，称八年全面抗战。其实，日本侵华战争是从 1931 年 9 月 18 日来算起的。从 1931 年 9 月 18 日到 1937 年的 7 月 7 日，除了局部抗战（比如 1932 年年初国民党第十九路军展开的第一次淞沪会战），我们国人在忙什么？内战。我们称这段历史为 "第二次国内革命战争"，或者叫土地革命（1927 年至 1937 年）。

抗战结束 70 年后的今天，我们举办各种纪念活动，目的很明确，那就是铭记历史、警示后人。历史是什么样的？为什么是日本侵略中国，而不是朝鲜或者越南？日本这样一个小国为什么就敢过来横行霸道，杀人越货？

明治维新后，日本迅速结束了幕府和列藩专制的封建割据，确立起了统一的中央集权，并逐渐演变为近代天皇制军事法西斯专政。在此前后，日本又先后公布法律与规则确立民众为天皇的 "臣民"，把民众的义务法律化，又通过确立军部大臣现役武官制来加强军部在日本政府的地位。在这样的政治体制下，当对外战争成为国家行为时，十分容易实现对军队和民众的动员和组织。日本明治元年（1868 年），为中国清朝同治七年，皇帝载淳仅 12 岁，后又经光绪、宣统两朝，在这几十年中，不仅中国人民因国家的衰朽承担着贫困、痛苦，中国也因落后多次遭到列强的侵略和宰割。1911年辛亥革命的成果很快落于北洋军阀集团手中，长期的战争、混战成为这一时期中国的特殊政治，此时中国的政治组织力明显弱于日本。幕府末年和明治初年，日本的社会经济、工业生产远落在西方资本主义国家之后。为了改变这一状况，明治政府提出和实施了大力发展资本主义经济的"殖产兴业"政策和产业革命，并取得了显著的成绩。反观中国，由于长期受封建主义压迫和帝国主义剥削，经济发展十分缓慢。明治维新后，日本即在"富国强兵"政策指导下，开始以西方资本主义国家的兵制为楷模，大力组建新式军队和改革军制，随着军事工业的发展，日本军队的军事装备日趋精良。自近代以来，各类大小口径的野炮、山炮、加浓炮、水雷、大型全钢舰、重炮、坦克、飞机、军舰及化学武器日本均能制造。由于军事工业落后，中国的武器制造能力低下，至抗日战争前夕，只能制造步枪、轻机枪等轻武器，所有重武器均依赖外购，这就造成中国军队军事装备简陋。

这就是历史。日本之所以敢于对外扩张，除日本在1927年东方会议上确定"征服满蒙"的武装侵略方针以及受1929年经济危机的影响，为了摆脱世界经济危机造成的深重困扰转移国内的注意力之外，那就是日本的国家政治组织力完善、经济实力和军事实力强盛的结果。我们今天纪念抗日战争胜利70周年，就是要从中总结经验，汲取教训，反省自己的不足。如果那时我们国力强大，没有内战，日本的侵华战争可能就不会发生。但问题是，历史从来就没有可能，所以我们今天还是要隆重地来纪念这次已经结束了70年的战争，所以，才有了我们这期"纪念抗战胜利70周年暨东北中学流亡鸡公山 80 周年专辑"。

抗日战争对于鸡公山来说，是一个无法避开的话题。1938 年 8 月至 10 月的武汉会战期间，蒋介石曾经来鸡公山指挥这次重大的战役，在历时 4 个多月的会战中，中国军队以伤亡 40 万人为代价，赢得了战争的战略相持阶段。觉醒了的中国人并没有被牺牲与流血吓倒，而是竭力奋战。许多先烈为了保卫祖国，赴汤蹈火，血战沙场，才塑造了我们这个伟大的民族，并为我们的子孙万代所永远铭记。

2015 年 8 月

克洛代尔与北洋政府的档案

1892 年，在完成雕塑作品《加莱市民》之后，卡米耶·克洛代尔和导师罗丹分手了。生活的日益贫困使她离群索居，随着对罗丹和世俗的敌视，她的行为越来越偏激。1913 年 3 月 2 日，深爱她的父亲去世，8 天后，这位追求人身与精神独立的雕塑家被家人送进埃维拉尔精神病院，第二年的 8 月，又转入蒙德维尔格精神病院。在接下来漫长的 30 年里，凄迷而孤独的克洛代尔与外部世界的联系就是偶尔的书信。据《卡米耶·克洛代尔书信》法文版序言所言，克洛代尔书信来源的一部分就是她住过的上述两家精神病院的医疗档案。当时医院按照她家人的意愿，保留了她在这个时期所写的但并没有寄发出去或者别人写来的却没有转交到她本人手上的书信。我们常言文明，但文明的程度则体现在对生命个体的尊重上。我不知道克洛代尔的家人和医院的行为是不是对个体生命的尊重，但从对一个病人病历和书信管理的这个细节上，他们的文明倒不光是在口头说说而已。所以，2016 年 7 月 28 日在信阳召开的鸡公山文化研究年会上，当考古学者杨峰先生展示了他从台湾近代史研究所查到的 189 笔与鸡公山有关的历史档案时，我感触良多。

这 189 笔近代史档案，时间大致在 1914 年 5 月至 1925 年 7 月间。档案中从第 5 笔至第 87 笔（1921 年至 1923 年间）与德、英、美、瑞士等国侨民因在鸡公山避暑房屋所产生的纠葛有关；第 92 笔至第 109 笔（1917 年至 1920 年间）与开放鸡公山避暑租地划区有关；第 110 笔至第 141 笔（1917 年至 1918 年 5 月间）与处置德、奥侨民有关。1917 年正处在第一次世界大战期间，作为协约国成员的北洋政府，自然要对同盟国主要成员的德国、奥匈帝国等在中国的侨民加以限制，其中第 111 笔的内容就是关于"中德断交处置德奥人民事项"，第 114 笔档案则显示"德国商民持旅行各照赴鸡公山休息者已达百余人"。在鸡公山德侨一览表中，我们看到德国人持有由当时的京师警察厅、上海交涉署、直隶交涉署、湖北交涉署、湖南交涉署等所办理的"移居照"和"旅行照"两种，从涉及的诸如邮政、铁路、银行、报馆等各种行业的职员以及不同工种的工人、建筑师、机械师、工程师、化学师、剃头师、矿师、画师、屠宰师、商人、教员、税员、译员、文案、教士等众多的行业人员来考察，当年鸡公山在西方人心中的位置便可窥一斑而知全豹。

因此，鸡公山在民国时期被列入四大避暑胜地并非徒有虚名。1925 年 5 月 30 日，英国巡捕在上海枪杀工人代表顾正红等人，引发了"五卅"血案。如果是今天，这样重大的事情会在十分钟之内传遍全世界，可在 90 年前，血案过去很久消息才传到鸡公山。当时鸡公山颐庐学校的教职员工及 70 多名学生义愤填膺：

> 恨少摧敌之力，难雪同胞之耻，谨为全体学生节出本年生活费二百元捐为上海失业同胞暨惨死各君家属六月份生活之助，此后仍按每月节省本校生活费十分之一约洋百元继续揭助。

这封档案中第 170 笔所存"沪案捐助"的书信，在相隔 90 年之后读来仍然让我为河南鸡公山颐庐学校师生的血诚而感动。

就像这批档案中所收的大部分原件一样，"沪案捐助"的书信都是用毛笔书写的，而且是小楷，看上去很养眼。因为清末的私塾教育所使用的书写工具是毛笔，不说那时专事书画的文人，就北洋政府各个时期的军阀们，按现在我们的眼界，个个也都能称得上书法家。比如袁世凯时期的黎元洪；比如皖系军阀中的段祺瑞、徐树铮，还有在鸡公山修建了颐庐的靳云鹗的大哥靳云鹏；比如直系军阀中的冯国璋、曹锟、吴佩孚、孙传芳；比如奉系军阀里的张作霖、张学良、张宗昌、郭松龄；等等。当然还有袁世凯，这些人个个都有童子功。

1915 年 12 月 25 日，袁世凯宣布第二年改"中华帝国"为"洪宪"。洪宪元年（1916 年）2 月 18 日，当朝的审计院院长使用毛笔签署了一件"洪"字为第 1773 号的审计书，审计书和所附的内容是由河南巡按使咨送的河南交涉署所管辖的鸡公山警察局暨工程局在 1915 年最后三个月的支出计算书据及对鸡公山豫界官房在 1913 年、1914 年的收入租捐暨支出建筑修理等费用的审计。这是我所看到的档案第 173 笔的内容，签署时间是 1916 年

2月8日。这一天，是袁世凯做皇帝的第49天，再过34天，83天的"洪宪"就完结了。

百年之后，这宗因审计而生成的档案，使我们这些后人看到了鸡公山和中国历史上一个较短的年号的关联。这就是历史。巴黎蒙德维尔格精神病院所收藏的卡米耶·克洛代尔的书信，或者是由北洋政府外交部所存藏的这189笔与鸡公山有关的档案。我们的现实能做得到吗？我们真实的20世纪50年代在哪里？我们真实的20世纪60年代在哪里？不知道。1988年，法国导演布鲁诺·努坦拍摄了一部名为《卡米耶·克洛代尔》的电影，可是到了我们这里，就被译成了《罗丹的情人》。这就是我们的行为方式，或者叫观念——根深蒂固的男权主义观念。

2016年3月

《飘逝的彩围巾》序

　　2012 年 10 月间，受小说家赵文辉的邀请，我和大哥孙方友一起来到了辉县，在游览当地历史名胜与自然景观的同时，另外一项重要活动就是和文友聚会。在数十名文友中，保银是留给我印象最为深刻的一位。

　　2015 年 8 月间，我在鸡公山写作，接到保银的电话，他说要出一本小说集，想让我在前面说几句话。挂断电话，我在别墅的回廊里坐下来，看着从东边山梁林海里涌起的雾团，内心久久不能静。真是世事多变，一晃三年过去，不说这期间的叙利亚内战、教皇继位、中国海洋争端、埃博拉病毒肆虐、马来西亚航班失踪、天津港爆炸等等这些重大的事件，只说我的家中就有几次刻骨铭心的经历：2013 年 7 月间，我大哥孙方友因心血管疾病去世；之后半年，我母亲去世；又之后一年零一个月，我父亲去世。每一位亲人逝去，都让我肝肠寸断。我之所以在这里说这些，是想引出下面两句话：一是我们只有对自己身边所发生的事有了刻骨的生命体验，才能对人世间发生的大事有所感悟；二是保银的写作正是从发生在自己身边细微事件的感悟出发，去看世界的。

　　在这部集子里，保银收入了近年创作的《飘逝的彩围巾》《娘》等 10 个短篇小说，《山中往事》《乡里人物》两组共 19 篇小小说。这些小说的时代背景除去《山中往事》中的几篇是民国时期，其余大多是 20 世纪的八九十年代，这和保银的生活经历十分吻合。这些小说里的人物都生活在保银的故乡：太行山南麓黄河北岸的豫北地区。保银的小说主要写人物，像《山中往事》《乡里人物》里的篇目，直接用人物来命名：《"环眼"老申》《丁干事》《李凤香》《老王和老梁》《大龙和二龙》《大炮老季》《刘跛子》《倒霉的山羊胡》《"花"队长》等等；保银写小说又多以人物命运为纲领，像《狗娃》《小瓜》《小犊》等篇。

《飘逝的彩围巾》是一篇关于记忆、关于饥饿、关于爱情启蒙的小说。小说中的"我"因为自尊忍受着身体里的青涩与饥饿，而精神成长与身体成长同样猛烈。小说中的青叶，一个为了给哥哥换亲而退学的少女，她把这种牺牲看成是一种担当，为了这个担当，少女可以毁掉自己的爱情与幸福，毁掉自己的一生而又麻木无知。当我们同保银一起站在纷纷扬扬的鹅毛大雪里，看着那个围着鲜艳的彩色围巾的身影渐渐消失在雪原尽头的时候，我们的胸中会同样发出一声沉闷的叹息，我们的眼眶也会盈满热泪。

在这部小说集中，《娘》是最具感染力的一篇。小说中的"我"一岁半时患小儿麻痹症，落下左下肢终身残疾；两岁上，父亲因一场病又失了性命；然而这并不是人生悲剧的开始，人生悲剧的真正开端是娘迫于生计在"我"五岁时又另嫁他门。从此，在奶奶和母亲之间展开的道义与人性、仇恨与博爱、憎恶和忏悔等等这些旷日持久的厮杀，使苦难不只局限在日常生活，而更多的是精神的折磨，无辜少年茫然的心灵里浸透了无边的酸涩与苦愁，生活里的一幕又一幕，看似平常却惊心动魄。

在我看来，这些小说里的人物命运，是和保银饱含泪痕的人生经历与满目沧桑的精神阅世血肉关联的，他的写作就是他命运的再现，是源自他灵魂深处的呐喊，除去他命运里独有的幽默方式与那块土地才能生长出来的狡黠，这部小说集里少有矫情与水分，是一车干货。我们从这些文字里看到，固执而真诚的保银，从来都没有丧失过对生活的信念。至于这些作品能在什么样的刊物上发表，对于保银来说已经不重要，至于这些作品是否能获得文坛的认可，对于保银来说也已经不重要，仿佛所有关于小说的形式与技巧在他这里都失去了意义，重要的是保银已经把他的灵魂安放在了这些文字里，他已经把埋在内心深处的那些无法开口对人言说的秘密，那些日夜折磨他的痛苦与不安、尴尬与缺憾、爱情与思念，以自己的坦诚和勇气安放在了他的文字里，让我们来感受，并使我们产生共鸣。或许，这就是保银写作的全部意义。

2015 年 9 月，鸡公山北岗 18 栋

（《飘逝的彩围巾》，王保银著，团结出版社 2017 年 7 月出版。）

2015 年河南中篇小说创作综述

2015 年 11 月 23 日下午，郑州阴霾多日的天空中飘落的细雨终于改变了形态。雪，从这天傍晚一直飘洒到第二天中午，最初看上去悄无声息的雪，在第二天清晨等我走出家门时突然变成了一只雪豹迎面朝我扑来，我惊叫着从地上跳起来。那一刻我热血沸腾，像个孩子扑向雪的怀抱。接下来我先后做了两件事：先清理楼前的积雪，带着孙子在楼道门口堆了一个老大的雪人，你知道，那是我童年遗失的梦境，我已无法回到曾经的乡村，无法重现在乡村曾经拥有过的关于雪的经历，那个长了长长的胡萝卜鼻子和黑黑的煤球眼睛的雪人与我今年堆起的已经有了本质的不同；然后，我在电脑前坐下来，开始系统地阅读河南作家在本年度发表的我所能见到的中篇小说。

阅读就像积雪的过程，文字悄无声息地在我的视野里慢慢展开，而有一刻，内心确实感受到了那只雪中之豹猛地朝我扑过来的感受。在申剑的《白衣胜雪》（《山花》第 3 期）里，肉体的医治与灵魂的救赎同时展开；同样是写医生，李清源在《二十年》（《芒种》第 7 期）里展现的则是社会这个大染缸对自然人肉体的腐蚀与灵魂的阉割；安庆在《穿过雨季的前方》（《边疆文学》第 1 期）里以饱满的情感对在动荡中的中国农村伦理道德的霉变与欲望觉醒进行考量；陈铁军的《轰炸》（《民族文学》第 8 期）则把民族主义与人性置放在战争中来考问；尉然的《向左转　向右转》（《西部》第 1 期）关注的是现实生活中人的精神异化；张运涛的

《小警察》（《啄木鸟》第 11 期）和陈宏伟的《远方那么远》（《江南》第 6 期）均以生活中的常态来映射大的社会现实问题；奚同发在《那一夜，睡得香》（《时代文学》第 12 期）里展示的是信息社会带来的谎言与骗局的泛滥和网络对人类的绑架与奴隶；尚攀的《同路人》（《莽原》第 6 期）以漂泊在路上的"同路人"是否能携手走到终点来思考人生。这些根植现实生活具有唤醒阅读者沉睡的内心世界力量的小说，确实如同那些扑面而来的雪景给我的感受。除此之外，本年度申剑还在《山花》上发表了《太平天下》；李清源在《当代》《青年文学》等刊分别发表了《苏让的救赎》《相见欢》与《晚节》；赵瑜在《长江文艺》上发表了《实习期》；陈铁军在《青春》上发表了《谁也别想走》；张运涛在《清明》上发表了《梁柱》；陈宏伟在《雨花》上发表了《斜塔》。应该说，上述诸位小说家的创作集中体现了本年度河南中篇小说创作的整体水平。

当然，体现本年度中篇小说创作水平的还有《库尔喀拉之恋》，田中禾先生这部小说是他正在创作的长篇小说里的一个章节，写的是在特定的政治环境中人性的割裂和人与人之间信任的丧失；还有赵大河以历史对现实进行戏仿与隐喻的《马戏团》。这两部佳作均发表在《大观》（东京文学）杂志上。此外，《大观》（东京文学）还先后发表了老张斌的《蓝色音影》、乔叶的《卡格博峰上的雪》、傅爱毛的《非常疯子》、尉然的《焚书机发明始末》、八月天的《永远的村庄》、李建森的《一堵墙》、尚攀的《再见如初见》等力作。由于这些作品的加盟，使《大观》（东京文学）杂志成为展示本年度河南小说创作的一个重要平台。本年度中篇小说的收获还有宫林发表在《山花》上的《深秋雾烟》，丁晨发表在《红岩》上的

《九霄环佩》，尹顺国发表在《石油文学》上的《阿奴之殇》，田君发表在《清明》上的《李毅的"V"生活》，梁深义、沈靖分别在《莽原》上发表的《唱戏》《铜壶》，等等。

入选《2015年河南文学作品选·中篇小说卷》的标准大致如下：小说的叙事结构，小说叙事语言的个性化与内在张力，叙事文本中小说家对时间、记忆与现实生活关系的理解和呈现，小说的艺术真实，对人物所处时代社会本质的提示，等等。当然，还有小说对人物的塑造，比如《库尔喀拉之恋》里的宋丽英、《白衣胜雪》里的外科大夫何无疆与民工梁小糖、《二十年》里的刘佩瑶、《穿过雨季的前方》里的玉露与户小阳、《马戏团》里的小丑、《轰炸》里卖焦丸子的日本人吉田、《向左转 向右转》里的植物学家、《小警察》里的厨师老贺、《远方那么远》里的农民高平义、《同路人》里凌晓珂等等，这些给阅读者留下印象的人物都是收入年选的必要标准。

其实，在2015年11月24日的早晨我做的第一件事是在微信群里发了三组共27张关于雪的图片，我在图片前分别写下了如下三组文字：一、人类梦境的重现。我们在这梦境里获取快乐，但我们无法把握这短暂情境的到来与离去。二、一万年前的使者，手持洁白的旌节来到我们的视野里，然后，朝着未来，马蹄无声，悄然而去。三、童话的母亲。丹麦，安徒生。这些渐渐远离我们的世界，以冰雪的形态，刺进我们的脖颈。

后来我发现，上面这些文字与接下来我的阅读密切相关，仿佛这些文字就是对我阅读感受的一种暗示。应该说，2015年冬天的第一场雪，改变了我的心情，而2015年的河南中篇小说创作，则改变了我以往对河南文学前途渺茫的看法。我从上述小说家那里看到了他们所蕴藏的创作潜力。当然，具有潜力的小说家还包括在本年度没有中篇小说问世的邵丽、鱼禾、南飞雁、王安琪、韩向阳、张晓林、柳岸、赵文辉、盛丹隽、李乃庆、钱良营、张运祥、张艳庭、孙青瑜、段舒航、孙瑜等等，他们将会共同构成河南小说创作的瑰丽风景。

由于视野有限，会有创作成果被遗漏。事情就是这样，现实总有一些我们无法解开的梦境，我们为此深表遗憾，并希望谅解。

2015 年 12 月 31 日

（本文为《2015 年河南文学作品选·中篇小说卷》的序言。《2015 年河南文学作品选·中篇小说卷》，何弘主编、墨白编，大象出版社 2017 年 10 月出版。）

《驴皮记》序

　　冯杰是位高人。他的高明之处是不动声色地以诗、书、画示人。

　　最初，冯杰以诗鸣世。1994 年我在《颍水》杂志供职的时候，曾举办过一次全国性的诗歌大赛，冯杰的组诗《乡土年代》获得一等奖，至今还能记着其中的诗句："在每一颗熟透的桑椹内部／一夜间，都让谁悄悄地／燃上一盏袖珍型的红烛。"炽热的情感从平缓的诗句里流淌出来，以隐含着象征的文字把我们带回乡间那些曾经的情感生活。

　　欣赏冯杰的书法，常常让我想到西湖岸边随风舞动的垂柳。因为冯杰，有一阵我把苏轼的《归安丘园帖》展放在案头，久久地揣摩，然后叹服说："得了真传！"

　　冯杰的画是老少皆宜，尤其是被已经拥有了一些阅世经验的女性钟爱。有一次我和诗人江媛谈起冯杰的画，她说，他从不直接表现尖锐，采取的是婉转迂回，你只有细细品味，才越来越深地感觉到神经隐隐的刺痛，有洞悉人性的力量。一语点到穴位上。的确。观他让一群红鱼游在纸上，观他在《向妖怪致敬》里为钟馗的一系列造像，观他那永远眇一只眼闭一只眼弯曲着利爪的猫头鹰，这些充满隐喻的能洞悉人性的绘画，的确不是那些庸俗的画匠所能为的。观他的《北中原冯氏标准食游图》，观他在《野狐禅》里把人们废弃的贴着邮票盖了日戳的旧信封、旧明信片、旧发票、景点参观券，甚至是飞机上的垃圾袋都变成了艺术品，我会从内心里感到自愧不如。

现在，我要说的是冯杰的文章，而且不是让众人喝彩的散文，是小说。

2016年1月12日中午，一群作家离开某个似乎与文学有关的会场来到户外，因了突然出现的阳光使我们长久被雾霾压迫的心情得到了舒展，于是便鱼贯着前往某个饭店的自助餐厅。八月天、安庆、陈宏伟，当然还有冯杰，我们一干人围坐在铺了白色餐布的圆桌前，在四周无数如同蜜蜂颤动翅膀的噪声里，八月天聊起了一套丛书的话题，滑县的地方官员要把他们四周的文人墨客"一网打尽"。冯杰说这里面有他的一本小说集。那一刻我怀疑自己听错了，再问，确实是一部小说集。这就是我说冯杰是位高人的证据之一。过去，我从来没听他说起过自己的小说，而且集子里所收的篇目大多发表在《世界日报》《联合报》这些报纸的副刊上。

像长垣出烹饪大师一样，长垣也出冯杰这样的散文大家。如果上台擂，那些所谓的散文大师们都会因冯杰的出场纷纷落马。读冯杰的散文一是享受，二是长见识，他饱含浓重泥土气息的文字里充满了智慧和想象，干净的语言却绵里藏针，布满对世事的讽喻。他以生动的细节表达自己的哲思，读来有着只可意会不可言传的妙趣。

那天中午，在布满蜜蜂颤动翅膀声的自助餐厅里，我之所以答应冯杰为他的小说集写一篇序言，那是因为我很早就想给冯杰写篇文字，却一直未能如愿。随后，我把冯杰通过电子邮箱发来的小说打印成册，踏踏实实地在家坐了两天，从头到尾一字不落地读完了。应该说，冯杰的小说和散文有着共通的品质：幽默、智慧，诗性的叙事语言里充满了象征与隐喻，有关乡村，不，有关北中原的乡村记忆仿佛夏季悠长的黄河水一样漫过来，心怀野心却不动声色。读他的《一张驴皮》，让我想起了鲁迅；读他的《事件叙述》《多梦时代》和《屠手少年》，让我想起了哈金；读他的《暗幽的灯草花》，让我想起了孙方友；读他的《听狐狸在天上唱歌》，让我想起了蒲松龄。这足以说明冯杰小说的丰富性。我从冯杰的小说里感受到他一方面深受中国传统文学的滋养，另一方面又已触摸到了文学最本质的那一部分。而冯杰的小说最让人感动的是文中所蕴藏的大爱，在《剪纸的月亮》里的哑女身上，在《风把荞麦吹响》里的傻女身上，在《那天早晨，路上穿过一束迟到的蔷薇》里的盲女小慈身上，冯杰都释放了他深沉的人道主义情怀。

接下来要说的是北中原，这个只在冯杰的散文和小说里出现的地名，是冯杰在文学的疆域里跑马圈下的一片土地。在这片土地上，冯杰精心种满了属于自己的庄稼。而在这片广阔的文学的土地上，就像我们在说到北京时会想到长城或者天安门一样，在北中原，似乎还缺少一座具有地标意义的建筑，让前来观光的人们登高望远，让冯杰自己来看护那些长势很好的庄稼。如果是散文，他的成就是公认的，比如周作人，也没有鸿篇巨制。这里，我指的是小说，是我的期待。因为我相信，冯杰有这样的能力。

总之，冯杰才高八斗。一次，偶尔和朋友谈起这个话题，朋友说，冯杰的确是个才子，但不风流。我疑问，何以见得？朋友说，他完全可以不出席一些与他无关的平庸会议，也可以拒绝一些庸俗的人占用他的时间。我只淡淡地一笑。朋友是只知其表，不知其里。作为才子的冯杰，在这个物欲横流的实用主义时代，他的不拘常规、恃才傲物是深藏在骨子里的。

2016 年 1 月 20 日

（《驴皮记》，冯杰著，河南人民出版社 2016 年 9 月出版。）

《鸡公山史海钩沉》 序

　　2008 年 7 月下旬的某个细雨蒙蒙的上午，我走出北岗 18 栋的回廊，逐步走下 68 级台阶，穿过鸡公山公安分局前那两扇很少被人关注的铁栅门，然后路过 1938 年 8 月间蒋介石来鸡公山主持"武汉会战"前的"中原会议"时和宋美龄做过礼拜的小教堂，到鸡公山教会的美文学校旧址去听姜传高先生讲课。脚下往上延展的公路中那条 1981 年间在胡耀邦亲自过问下画定的黄线的色彩已经有些陈旧，熟悉鸡公山的人们都知道，黄线右边西南的山林隶属鸡公山风景管理区，黄线左边的山林属原广州军区疗养院管辖。在更早的 19 世纪 20 年代，我脚下的这条路叫中央大道。那时的中央大道铺着乳白色的花岗岩条石，在蒙蒙的细雨中我就是沿着这样一条古老的路，前往美文学校旧址和一群年轻的女导游听姜先生述说鸡公山的历史。其实，在这之前的两天，我每天上午都要到位于小教堂往上一点的疗养院小停车场右手车库上面的房子里，单独听姜先生的历史课。姜先生的历史课很特别，他以编年史的方法讲述鸡公山，历史长河里的每个环节都由国际、国内、鸡公山三条线构成。比如在讲到 1903 年时姜先生说：在国际上，12 月 17 日，莱特兄弟制造的第一架飞机在美国北卡莱罗纳州试飞成功；在国内，这年的 10 月，英军少将麦克唐纳率领 3000 士兵侵入西藏；也就是在这一年的夏季，传教士李立生开始在鸡公山购地建房。

　　1903 年是鸡公山近代史的开端，但姜先生的历史课是从 1890 年讲起。为什么从 1890 年开始？因为那一年李立生从美国来到中国开始传教，这位出生在挪威和鸡公山有着不解之缘的传教士直到1926 年在信阳南关教堂被一粒北伐的子弹击中，断断续续在中国生活了 36 年。他身在异国他乡，度过了漫长而孤独的时光。这让我想起了探险家洛克。美籍奥地利人约瑟夫·洛克 1922 年来到中国西南地区，直到 1949 年离开，在 27 年间，洛克对中国西南地区的地理、植物进行了大量的调查，特别是对纳西族文化的研究有着重要的贡献。李立生同时让我想起了被称为"唐人故里，闽台祖地"的固始人。从整个人类文化的角度来看，那些因历史原因而逐渐迁至东南亚和欧美各地的固始人后裔，和来中国求生的李立生与洛克们又有什么区别呢？现在有人写出了洛克的传记并进行研究，我想，从近代中西文化交流的角度来看，特别是从鸡公山的发展史来看，李立生在中国 36 年的经历，也是应该研究的。从目前的研究成果来看，姜传高先生无疑就是这方面的专家。

我第一次读到姜传高先生主编的《鸡公山志》是在 1992 年的秋季，那一年我来鸡公山参加一个笔会，这部志书就是我创作以鸡公山为背景的中篇小说《俄式别墅》的缘起。没有想到，2006 年的夏季我同田中禾先生来鸡公山度假时，竟然有幸结识了姜传高先生，在后来的日子里我们成了忘年交。从此，我成了姜先生的忠实读者。从《鸡公山近代建筑》到《鸡公山诗词集》再到《鸡公山年史要记》；从 2010 年编印的《鸡公山史海拾贝》到 2012 年《鸡公山史海拾珠》，我都存有姜先生的签名本。《鸡公山志》1987 年 8月由河南人民出版社出版，如果从这部志书的编辑工作算起，至今30 年来，姜先生对鸡公山文化的收集、编译、整理工作从来没有停止过。今天，在姜先生 81 岁高龄之际，又有这部《鸡公山史海钩沉》出版，先生的精神令人敬佩。

今年 4 月 22 日，我同鸡公山文化研究会两位副会长何军与吴俊、作家张锐强应邀出席潢川"现代作家、翻译家王实味诞辰 110 周年纪念会"后，特意回到鸡公山看望姜先生，也就是在这天傍晚，在北岗 19 栋的鸡公山文化研究会，我有幸成为眼前这部《鸡公山史海钩沉》书稿的最早读者。

在之后的"五一"假期里，我净手拜读《鸡公山史海钩沉》，感触良多。在这部书稿里，姜先生从不同的角度切入鸡公山的历史，不光是资料的搜集、翻译和整理，像《鸡公山教会区探源》《鸡公山近代建筑屋面用瓦》都是有价值的学术论文；像《鸡公山井泉调查》《鸡公山教育机构》都是通过田野调查获得的有价值的文献资料；在"译文天地"两章和"百年追踪"一章里，我们从姜先生翻译的一些与鸡公山有关的不同国籍的人物生平里，看到了不同的人生经历：出任鸡公山美文学校首任校长的阿格尼斯·玛格丽特·基特尔斯比，这位 1880 年出生在美国艾奥瓦州的未婚女子在鸡公山任教 11 年，于 1925 年长眠在鸡公山。你很难想象那位第一次出现在我们视野里的女传教士玛丽·安得逊小姐，在 1902 年和 1903 年曾随同李立生和施道格两次勘察鸡公山。从 1897 年来到中国汉口之后，这位 1870 年出生在挪威也是终身未婚的基督教信徒除去公休过一次长假外，竟然在中国生活了 41 年，最终长眠在汉口国际公墓。这些第一次结集的翻译资料，不但开阔了我们的视野，而且给我们带来了有关生命的思考，拓展了想象的空间。毫无疑问，《鸡公山史海钩沉》一书的出版，对鸡公山文化的建设与研究有着不可或缺的作用。

每年，姜先生都会接待来自国内、海外到鸡公山寻根的人们。在阳光高照或者雨雾弥漫的日子里，姜先生常常陪同客人游走在鸡公山的别墅群里，用他独特的有些沙哑的声音给人们讲述鸡公山的历史，在讲到高兴时他会不时地带出一句让人感到无比亲切的方言，他的讲述里偶尔也会出现一些英语单词，对那些和鸡公山有关的西方人的名字他了如指掌。

那个细雨蒙蒙的上午，在雨水不停地击打我头顶雨伞的声音里，我沿着那条色彩有些陈旧的黄线到教会美文学校的旧址去。在2008年的夏季，那里还是鸡公山风景管理区办公的地方。我沿着咯吱作响的木楼梯往上走，在二楼的楼道里，我停下脚步抬头寻望，我企图从那古老的墙壁里感受李立生或者阿格尼斯·玛格丽特·基特尔斯比校长曾经留下过的目光，可是，我听到的却是从某个房间传来的那个十分熟悉的有几分沙哑的声音——那是姜先生。姜先生讲述鸡公山历史的声音从来都发自肺腑，即使楼外沙沙作响的雨水也无法改变他声音的本质。在我的感受里，鸡公山的每一处土地，都留下过姜先生的足迹；鸡公山的每一处空间，都飘传过姜先生的声音。是的，姜先生的讲述，就像那一刻我置身的美文学校外那无边无际的细雨，遍布了整个山林。在充满阳光的日子里，那些声音又来到现在我手上的《鸡公山史海钩沉》的书稿里，汇聚成洋洋洒洒的文字，供我们分享。

2016年5月2日，鸡公山北岗18栋

（《鸡公山史海钩沉》，姜传高著，中州古籍出版社2017年5月出版。）

《孙方友小说艺术研究》 序

　　《孙方友小说艺术研究》是杨文臣博士最新的学术成果。文臣师从担任过山东大学校长、当代中国生态美学的奠基人曾繁仁先生，并在其指导下进行西方环境美学研究，相关研究成果获得了国家社会科学基金项目的资助。在研究西方环境美学的同时，文臣还从事中国当代作家的研究资料编选与作品研究，目前除已经出版的《张宇研究》《墨白研究》和评论专著《墨白小说关键词》外，还有即将付梓的《孙方友研究》与放在我们面前的这部《孙方友小说艺术研究》。

　　孙方友于 1949 年出生在河南省淮阳县新站镇，即其新笔记小说《小镇人物》中的颍河镇。孙方友 2013 年 7 月 26 日因心肌梗死在郑州不幸辞世，他的《陈州笔记》和《小镇人物》成为我们这个时代新笔记体小说的绝响。说绝响实不为过，世人言"古有《聊斋志异》，今有《陈州笔记》"，言之不谬也。孙方友所创造的独立的文学世界，除去天资，使其成为绝响的还有我们所处的时代。20 世纪从清末到民国，再到中华人民共和国，像这样的历史，在今后恐怕很难再现。即便天有不测风云，但 20 世纪我们所经历的从农耕文明到工业文明，从信息革命到网络时代这样大幅度的在思想和认知观念上的转换与更替恐怕在人类历史的进程中再也不会重叠。而这些，我们都能从孙方友的《陈州笔记》里得到印证。所谓时代造英雄，即此说。在中国文学的进程中，从唐诗到宋词、从元曲到明清小说，形成的文体屈指可数。以白话文为主体的新笔记体小说从五四以来在经过百年的历练之后，到了孙方友的《陈州笔记》这里，终于筑成丰碑，成为一座高峰。说孙方友是新笔记体小说的奠基人，这绝不是一句空话。从叙事语言的"一石三鸟"，到故事结构的"翻三番"，再到故事情节的"奇、妙、绝"，孙方友确实为新笔记小说注入了太多的诗学元素，使以白话文为主体的新笔记体小说最终形成一个成熟的文体。孙方友作为新笔记体小说的奠基人，他对中国当代文学的贡献还远远没有被认识。所以，对孙方友小说价值的认识与研究应该说才刚开始。

感谢杨文臣博士在这部学术著作中，以中、西方哲学和文学批评标准为依据，对孙方友以中国传统文化与民间文化的精髓、以中华民族 20 世纪风云变幻的历程为基础创造的独立的文学世界所作的考察；感谢他对孙方友的小说与中国传统文化与民间文化关系的梳理，并让我们认识到孙方友以艺术的真实、历史的真实、人性的真实为标准构建的文学世界所传达的天人合一的世界观与生生不息的生命信仰。感谢他使我们厘清了孙方友在小说中所表达的对中国传统德行文化与民间酒神精神的弘扬，对"左"倾错误的谴责和对国民性的批判，对"左"倾思想根源和土壤的深入思考以及他对人世间生命的尊重，从而使我们更清楚地认识到孙方友文学世界的价值之所在。

应该说，杨文臣博士的《孙方友小说艺术研究》是一部开先之作，对孙方友文学遗产的整理与研究，有着不同寻常的价值与意义。

2017 年 1 月 10 日

（《孙方友小说艺术研究》，杨文臣著，武汉大学出版社 2017 年6 月出版。）

充满迷茫的风景

——赵渝长篇小说《宋潜的问题》序

《宋潜的问题》是一部关于成长的小说。

中学生宋潜在生活中感受到了苦闷。这苦闷来自一个他无法厘清的问题，那个貌似情感的问题像终日不散的雾霾把他围困在里面，无边的迷茫使他感到了压抑。于是，他鼓起勇气向班主任发问，希望能从这个他暗恋的女性身上找到答案。然而生活的路径总是南辕北辙，要么对方不明白问题的核心所在，要么被对方粗暴地中断。中学生宋潜的心灵因此受到了挫伤，终日为这道无法解答的人生课题而烦恼。

宋潜不想置身于冷漠的世界，但生活的现实使他无法理解，身边的许多事情并不是按照他的愿望来展开，现实与他的理想是相反的、决裂的。宋潜的天真受到了伤害，无法排解的孤独与所处的环境是截然对立的，拒绝因不被理解而产生。

为克服隔离感而产生的痛苦，宋潜和同龄的问题同学艾小溪成了朋友，当这种自然而生的情感受到伤害的时候，宋潜的情感与生活又延伸到成人的世界。在宋潜的眼中，成人的世界充满了"假模假式"的虚伪，于是，他希望能做一个"生活的纠正者"，他在自己的潜意识中顽强地守护他理想中的世界不受世俗的污染。宋潜在爸爸的老友会上做梦，梦见自己和爸爸是同学，努力使爸爸"改邪归正"，考上大学，娶了妈妈。

少年的宋潜开始了对成人世界的好奇与探视，并在探视里获得了具体的经验，奇怪的梦境坚定了他对未来的信心，也让他逐渐成长和成熟起来。当宋潜约艾小溪来到一座建筑的顶层俯瞰城市、仰望明月的时候，他的内心得到了安慰，他在渐渐地认识自己，并希望自己与这个世界和解，希望今后能在世俗的世界中找到一个落脚之处，成为自己曾经鄙视过的那个世界的一部分。

阅读《宋潜的问题》，我想到了歌德的《威廉·迈斯特的学习时代》。从少年向青年过渡的群体往往是成长小说的主人公。在少年前往青年的人生路途上，主人公在处理生活中所遇到的事件时往往是非常情绪化的，既充满激情又焦躁不安，在渴望生活的同时内心又充满了迷茫。少年的怯懦与善良、单纯与稚拙在他们的言行里无不呈现得淋漓尽致。

认识赵渝是在位于郑州市宋寨南街的"书是生活"书店的一次诗歌朗诵会上，时间是 2015 年的 1 月 24 日。两位年仅 20 岁的青年诗人——张树铭和朱赫，一边朗诵自己创作的诗歌，一边和与会者分享他们的人生经验。年轻的诗人以自己的亲身经历谈论目前中国教育所存在的问题，他们说目前的教育总是要告诉我们什么是对的什么是错的，比如说唯物主义是对的，而唯心主义是错的。他们发问，为什么不教我们进行思辨型思维？为什么不告诉我们事情的本源？年轻的诗人谈论他们被融入城市的痛苦过程，现在的乡村为什么显得这样凄凉？而我们自己就是制造这凄凉的参与者，是我们把自己的故乡抛弃了。我们抛弃了故乡，而故乡也抛弃了我们。

年轻的诗人用诗歌来表达自己对生活的不可知，表达对未来人生的不可知。当这两位与有着不同的社会背景和生活背景的年轻诗人在谈论收割是一种仪式的时候，有一位面容瘦削的先生，正静静地坐在一张土黄色的书桌前侧身聆听，他就是我后来认识的赵渝。

赵渝是当代小说家李洱在郑州师范学院任教时的学生。据说，他的阅读量很大，而且时常对一些经典的文本进行分析研究。凭借我有限的视野，在郑州某中学任教的赵渝在 2016 年的下半年就分别在郑州的中原图书大厦和郑州大摩·纸的时代书店做过有关马尔克斯的《霍乱时期的爱情》、莎士比亚的《麦克白》、川端康成的《雪国》、海明威的《永别了，武器》、布尔加科夫的《大师和玛格丽特》、劳伦斯的短篇小说《菊花的幽香》六场品读会。这使我对赵渝的叙事能力产生了信任感。《宋潜的问题》虽然采用了第三人称的叙事手段，但叙事视角是现代的。赵渝懂得尊重自己的小说人物，所以多处表现宋潜心理活动或感觉的文字就显得十分出彩。当我们合上这部小说时，一个对周围世界缺少判断能力、价值观念尚未完全形成的少年形象正从一片混乱的理性世界里向我们走来。

在《宋潜的问题》里，熟悉中国教育现状的赵渝力图通过宋潜的成长来对发生在现实社会的种种事情做一次深入的研究。一个人的成长历程无法从他周围的环境剥离出来，而我们人类最美好的品德往往在这个过程中被世俗匡正，生活的复杂性与多面性因此得以表现并给我们以警示，使我们对人生获得更深切的体验。

2017 年 2 月 22 日

（《宋潜的问题》，赵渝著，河南文艺出版社 2017 年 5 月出版。）

《陪父》序

　　2017 年 1 月 5 日，是农历丙申年的腊月初八。民谚说，吃了腊八饭，就把年来办。这应该是个有喜鹊飞临的日子。果然，这天的早晨，我接到一个喊我大哥的陌生丫头的电话，她说她叫李艳春，是李建国的妹妹。李建国是我在师范读书时的同学，当艳春说到她哥时，李建国说话特有的语气与声调就从我的记忆里飞出来，在我的耳边回绕。有了这层关系，那个来自我故乡颍河岸边充满水气的声音自然使我亲近起来。

　　那天艳春在电话里说到了她的父亲，说到她在陪伴父亲度过最后的岁月里写下的几十篇文字。艳春说的那些文字，就是现在我们看到的这册《陪父》。在我看完《陪父》之后，我就给艳春回了一个电话，表达了我的敬意。后来我接到了建国打来的电话，建国说是准备把这些文字结集，并吩咐我在前面写一些话。我当时答应下来，但由于一些杂事缠身，加上过春节和 2017 年 3 月我应邀去云南体验生活，事情一直推到今天，才有时间坐下来。

　　《陪父》里的文字最明显的特点就是从日常生活中的小事入手，来感悟人生、感悟亲情、感悟世事。这些文字以晚辈的视角，对父女之间、父子之间的情感在中国传统道德文化的背景下作出了与世理、与人情、与世故的分析与思考，并以人的生存状态与现象切入人的精神活动，充满了朴素的世俗常理。

　　让我们来看看艳春笔下的文字：

看着八十多的母亲，偎依着父亲，一点点喂他吃东西，我的眼泪忍不住落下来。什么是爱？爱就是生死的尽头，你陪着我，我陪着你，不离不弃。如果真的死神降临，那么，我们一起走。如果有爱作伴，一切都无所畏惧。

这些文字赋予了日常生活爱的理解与表达，让我们感悟到在生命的过程中，相伴是那样的温暖和重要。

当我们为老人一句问话不耐烦的时候，可曾想过，小时候，我们问过父母多少遍，父母都是不厌其烦地为我们讲解；当我们为老人走路迟缓而嫌麻烦的时候，可曾想过，小时候，是父母扶着我们迈开人生第一步；当我们抱怨老人絮叨的时候，可曾想到，那一遍遍的叮咛里包含着老人深深的爱。

在生命的过程中，我们会有疲惫，会有短暂的脱逃，并通过这些显现出人性的脆弱与卑微，但这些同时又承载着人性的崇高与生命延续的美好。

何谓生？何谓死？这些生死大问题，应该交给哲学家们思考，而我所感受的生死就是，父亲尽管躺着，气若游丝，但是还可以睁着眼睛，看着他的儿女，还可以感受我们的眷恋与呵护，还可以呼吸新鲜的空气，感受世界的生机勃勃。是存在，是和我们在一起。而死亡是什么？就是这一切都与之无关。

对生与死的感悟可谓透彻：活着，就是存在，存在就是一切。

是的，我和姐姐其实都已把老人当作自己的孩子。这个说法，不中听，但我想说，母性是最高的爱。尽管父亲养育了我们，给我们生命。但是，我们是女性，女性的得天独厚的优势就是母性，我们天生具备温柔、和善、包容和体贴。年迈苍苍的老人，回归婴儿状态，吃喝拉撒，全靠别人照应，在这里，没有性别之分，没有老少之分，只有爱与被爱。如果你放不下这些区别，你就无法真正做到无微不至。当老人撒尿、大便的时候，我们都是要帮忙的，这不是什么道德大义。这是生活。

当艳春唤醒身上的母性时，她改变了我们看待世界的目光。对接近生命本源的理解使我们的目光更开阔，我们内心温柔的那一部分被唤醒，这使我们更加轻柔地去对待世间的万物，因此有了人间的慈悲与怜爱。

艳春通过养育儿子，来体会父母的养育之恩；通过世事的艰辛，来感悟平凡人生的幸福与亲情的重要性；通过对往事的回忆，感悟人生信念的重要性；在对自己灵魂的质问里，感悟人生获得生命尊严的重要性；等等。重新阅读艳春在陪伴父亲度过生命最后的时光时记下的这些紧贴生命体温的文字，使我感触良多。通过《陪父》里的文字，我仿佛看到了叙述者时有的哀愁，而更多的时候，我感受到的是她充满爱意的朗朗的笑声。

感谢艳春！感谢父母给予我们生命！

2017 年 7 月 7 日

《逍遥镇》 序

　　1985 年春节刚过，大哥家来了几个客人——孙新华、王富业、娄自力，当然，还有今天要说的我的兄长王长林。在那个阳光明媚的上午，这群文学青年骑着单车从商水县城出发，先往北行走 5 公里，然后右拐，沿着与颍河并行的周口至项城的 329 国道一路向东，再行走 20 公里之后，下路左拐向北穿过一个名叫小集的村庄，最终登上颍河大堤。在宽阔的颍河对岸，就是他们要到达的目的地——淮阳县新站镇，也就是后来出现在我大哥孙方友和我小说里的颍河镇。

　　30 年前的那次因文学而起的美好聚会，长时间地存留在我的记忆里，直到 30 年后也就是 2015 年的春天，在我突然接到长林兄打来的电话时，当年我们在大哥家聚会的场景还从脑海里一闪而过。人生天地之间，若白驹之过隙，忽然而已。30 年后，当我们兄弟重新坐在一起的时候，我大哥已经作古，而长林兄也已过了耳顺之年。30 年来，长林兄从商水县文化局创作室调到了漯河文化局，虽仍从事专业创作，但让我感到意外的是，他退休之后竟在他居住的街道里开了一家门诊部，成了让人尊敬的中医大夫。然而，我整天忙于坐诊的兄长，这次送给我的竟然——又一个"竟然"，你看，长林兄的行为总是出人意料——是一部章回体长篇小说《逍遥镇》，厚厚三大本、前后六十回、洋洋洒洒共计 120 万字。真让我从内心里感到惊叹。

　　《逍遥镇》里的故事发生在豫东颍河与沙河之间一个名叫逍遥

镇的地方，小说从清末的 1899 年一直写到 1949 年 6 月，整整半个世纪。《逍遥镇》里的人物众多，人物之间的关系虽然十分复杂，但细究起来是由武、冯两个大家族所贯穿起来的。

先说武家这条线。武家是以武书敬兄弟为代表，武书敬兄弟五人：大哥武金斗，此人先被国民党抓壮丁，后当了八路军，再后来是中共西华县党部地下交通员，以"修鞋匠"的身份落脚逍遥镇，解放后任逍遥镇镇公所军代表；二哥武银斗、三哥武铜斗、四哥武铁斗。接着是兄弟五人的后代：武银斗之子武希明、武铜斗之子武希合、武铜斗之女武希贵、武书敬之女武最。武书敬在武家排行老五，小名武三有，自幼父母双亡，从小跟着姐姐武麦苗放羊，八岁时随姐出嫁冯府——上面我们说到的冯家——十八岁被冯府误解而拒之门外，靠逍遥镇警察分局局长伍旱水的帮助在逍遥镇开了一家鞋店，从此改名武书敬，人称五爷，加入"老儿会"之后逐渐将"老儿会"壮大改为"众抬会"，并以此起家。

接着是五兄弟的妻室与娘家人，比如武书敬的前后两个妻子及其娘家人：武书敬的前妻李心知，逍遥镇南街李记粮店的老板就是武书敬的岳父李龙头；还有李龙头的侄子李发户，他是镇上"李记酒馆"的老板，也是共产党的地下党员；还有李龙头的妻子、李龙头的儿子李智、李龙头八叔老学究李文浩。接着是武书敬续妻——李心知的姨表妹杜明、岳父财主杜德功、被杜德功收养的孤儿老白毛。

以上是血缘连襟，还有社会关系：比如逍遥镇"老儿会"发起人、逍遥镇地下党支部书记豆腐张，"众抬会"录事韦牛膝（解放后任逍遥镇镇公所秘书），"众抬会"勤务长"华清池"老板卿堂水，武书敬和这几个人都是从"众抬会"起家的。比如武书敬的

"三叔"疙瘩叔,他与武书敬的父亲武公、镇里的私塾先生伍济善是在奶奶庙里插过香的拜把子兄弟,因在"三兄弟"中年龄最小,所以武书敬喊他三叔。这三兄弟中,伍济善的儿子伍旱水与武书敬的姐姐武麦苗青梅竹马,后随母逃荒至登封,他后来不但成了冯敬文外甥水清秀的丈夫,而且还成了冯府的少管家;而水清秀的父亲水拖车是冯敬文的妹夫——再次说到了冯家——后来做了日伪的维持会情报队班长;还有水拖车的续妻巫婆俏膏药;还有伍旱水与水清秀的儿子伍刚;还有水清秀的姑姑,那个外号"水凉粉"的水良芬;还有人称"傻锡"的伍旱水的亲二叔伍济民。再比如柳文,他不但是私塾先生伍济善的得意门生,还是武书敬的忘年之交。又比如柳文的二弟柳武,他是武书敬之父亲武公的拳脚徒弟。

好了,够热闹的了,咱现在再回头说伍旱水。这伍旱水后来不但成了镇长柳一虎的贴身保镖,而且还做了镇警察分局局长,让人不可思议的是他竟然是中共的地下党,而且还是冯敬文的二儿子冯国栋的启蒙老师。到了这里,我们已经多次说到了第二条线——冯家,其实和冯家有关联的还有武书敬的"三叔"疙瘩叔,他不但是冯府的管家,而且还是冯敬文的儿子冯春和冯国栋的拳脚师傅。

在武、冯两家的关系中,武书敬的姐姐武麦苗是个非同小可的人物,武麦苗的丈夫是冯春,她一共生了四个儿子:长子冯忠,八路军某营的营长,在解放西藏时牺牲;次子冯星,患有先天性痴呆;三子冯群,村农会的民兵;四子冯才,解放后参加中国人民解放军。冯敬文本来是镇里的地主,但因和儿子分家时均分了土地,冯敬文和他老婆"百灵鸟"才在土地改革时因祸得福,变成了"下中农"。

冯敬文的二儿子冯国栋外号"冯二扁",当年在日本留学时娶了一个名叫绿茵美子的日本女子，她是后来侵华日军驻逍遥镇的大佐粪川一郎的二妹；粪川一郎当年是日本松下陆军学校的资深教官，他还把自己的大妹妹绿茵松子嫁给了柳一虎。柳一虎何许人也？这个人是逍遥镇大地主"维持会"会长柳一龙的二弟，当年也留学日本，后来做了逍遥镇的镇长。接下来是柳一龙的大姨太吴乃荷、二姨太水扬花、三姨太安然，柳一龙的姘头"聚贤楼"客栈的老板娘席梦娇，还有安然的娘家哥安老歪、"柳氏第一宅"的看家队队长侯山……

看看，一爹、二娘、三爷、四奶、五姥爷、六姥娘、七伯、八叔、九姨、十舅，大哥、二姐、三堂兄、四堂妹、五表哥、六表妹、七侄女、八侄子、九外甥女、十外甥，妻子、儿女、亲朋、好友，没一个人能脱了干系。这个因血缘而起的复杂的人物关系网，就构成了我们中华民族有赖生存的社会形态：文人墨客、乡绅豪杰生于此，汉奸走狗、土匪恶霸也生于此；权势财富生于此，卑微贫穷也生于此；朋友生于此，敌人也生于此；亲情生于此，仇恨也生于此；生生于此，死也死于此。真是你中有我，我中有你，这就是《逍遥镇》为我们所构造的丰富的社会图景。

长林兄在30年前我们第一次见面时就说这部小说，30年后，《逍遥镇》终将出世。30年来，长林兄从来没有停止过他在《逍遥镇》的故事里阐释与讲述着诸如哀鸿遍野、饿殍满目、焦头烂额、一败涂地、命该如此、有苦难言、寻死觅活、落井下石、恶意中伤、嫁祸于人、杀人灭口、以柔克刚、甜言蜜语、将计就计、棒打鸳鸯、邀功求赏、金蝉脱壳、调虎离山、诚信为本、机智果敢、忍痛割爱、青梅竹马、两小无猜、绵绵旧情、海誓山盟、桃园结义、共渡难关、美满姻缘等等这些渗透了他对生命体验与人生思考的词语。一部《逍遥镇》写了 30 年，凝聚了长林兄一生的心血。

　　我向来认为：文学与生命是统一体，一个作家的著作和他的生命历程密不可分，是精神与肉体的结合。我的这种观点源于中国古代哲学"天人合一"的基本精神。《逍遥镇》就是长林兄已逝生命与时光的再现。对于长林兄来说，因有了这部《逍遥镇》，其余的一切对于他来说，都应该清淡如云。

2017 年 11 月 21 日

《鸡公山那些事儿》 序

在构成人类历史的经济、社会、政治、文化、宗教、技术等众多的元素中，建筑历来是最为突出的一种载体。中国自古以来的建筑精华自不必说，就世界范围内，从古希腊到古罗马的古代建筑，从早期基督教与中古伊斯兰教到拜占庭与哥特式的中世纪建筑，从意大利文艺复兴与巴洛克到法国古典主义的欧洲绝对君权时期的建筑，无不佐证了这一论点。我们研究中国近代史，研究中国近代史进程中中西文化的交融，自然是要把建筑作为切入点与展示平台。

中国近代史进程中出现的西方风格的建筑大致可以分为三类：由宗教影响而起的建筑，由国家机器左右、民间资本参与而起的建筑，由以私人别墅为主体的民居建筑。

近代西方的宗教建筑在中国分布较广，比如哈尔滨的圣·索菲亚教堂（始建于 1907 年，坐落于黑龙江省哈尔滨市道里区索菲亚广场，是一座拜占庭风格的东正教教堂），北京的圣若瑟堂（王府井天主教堂，始建于清顺治十二年也就是公元 1655 年，现存建筑为 1905 年重建）、东交民巷天主堂（由法国传教士高司铎创建于 1904 年）、亚斯立堂（北京基督教会崇文门堂，始建于 1870 年），天津的圣母得胜堂（望海楼教堂，位于天津市河北区狮子林大街西端北侧，始建于 1869 年，具有欧洲哥特式建筑风格，是天主教传入天津后建造的第一座教堂，1870 年曾发生震惊中外的"天津教案"。现存教堂系 1904 年法国教会利用庚子赔款在原址重建）、西开教堂（始建于 1916 年，为华北地区最大的罗马风教堂建筑），上海的圣三一堂（始建于 1847 年，位于上海市黄浦区，为英国侨民中的圣公会教徒服务的教堂）、董家渡天主堂（始建于 1853 年，位于董家渡路 185 号），等等。国家机器与民间资本旗下的建筑多以铁路、桥梁、商贸、公共设施等为主：比如邬达克①洋行从 1918 年到 1947 年在上海参与的建筑，比如中东铁路②沿线的建筑，等等。

就宗教、国家机器与民间资本旗下的建筑，这里以武汉近代历史中的宗教、领事馆与金融机构建筑为例：1858 年，《天津条约》的签署使闭关锁国的清政府被迫给予外国传教士入中国传教的自由，自 1861 年夏英国基督教对外布道组织伦敦教会传教士杨格非和威尔逊由上海来汉口始，至 1891 年的 30 年间，来汉口的意大利和西班牙的天主教会、基督教伦敦会、美圣公会、美以美会、苏福音等都是较有影响力的教会，1949 年以前，武汉市内共有教堂约90 所，教会除建立宣道圣经学院、协同神学院、华中大学神学院等培养传教士的学校外，还创建了普通的教会学校和教会医院；1861年 4 月，英国政府委任金执尔为驻汉口第一任部领事，至 1911 年共有包括英、法、美、俄、日、德在内的 14 个国家的领事进驻汉

---

① 拉斯洛·邬达克（1893—1958），匈牙利人，国际著名建筑设计师。1914 年邬达克作为炮兵军官加入了奥匈帝国的军队，两年后当选为匈牙利皇家建筑学会会员，却不幸被俄罗斯军队抓获，送到西伯利亚的战俘集中营。1918 年，25 岁的邬达克从战俘集中营流亡到上海，没有人认识他，他也不认识任何人，为了谋生，只能在一家美国建筑事务所当助手。7 年后，32 岁的邬达克在上海拥有了自己的建筑设计事务所——邬达克洋行，从 1918 年到 1947 年，邬达克在上海接手并建成的项目不下 50 个（单体建筑超过 100 幢），其中像慕尔堂、国际饭店、大光明电影院、德国新福音教堂、吴同文住宅等 25 个项目被列为上海市优秀历史建筑。见华霞虹等：《上海邬达克建筑地图》，同济大学出版社，2013。

② 1896 年 6 月 3 日，中俄签订了《御敌互相援助条约》，即《中俄密约》，沙俄攫取了在中国东北修筑中东铁路的特权。中东铁路始建于 1897 年，1903 年全线建成通车，并在沿线建成了众多的桥梁、车站、办公设施、教堂、学校等建筑。见武国庆编著：《建筑艺术长廊——中东铁路老建筑寻踪》，黑龙江人民出版社，2008。

口，民国时期，又有葡萄牙、丹麦、瑞典、荷兰、西班牙、奥地利等12国在汉口和武昌开设领事馆；1861年汉口开埠后，英国麦加利银行在1863年率先开业，随后，德国、美国、法国、日本、俄国等8国先后设立银行，至1920年，西方银行多达18家。

时至1902年，湖广总督张之洞1889年开始主持修筑卢汉铁路（1906年4月更名为京汉铁路）的第13个年头，蒸汽机的汽笛终于唤醒了沉睡的鸡公山。从1903年到1936年抗日战争前夕，鸡公山多达500幢的别墅建筑，无疑和卢汉铁路的开通与上述西方宗教与资本进入武汉有着密切的关联。应该说，鼓浪屿、庐山、莫干山、北戴河、鸡公山、青岛等地以居住为主的别墅群在中国近代史中久负盛名，湖北美术出版社在2001年始策划出版的"老别墅丛书"就是佐证。

上述几个地方，建筑别墅最早的是鼓浪屿。1844年11月，英国第二任驻厦门领事亚利国到任后，在鼓浪屿上建造了第一幢别墅。北戴河、莫干山、庐山出现别墅建筑的时间很接近：1897年，瑞士驻天津领事馆领事乔和为送女儿8岁生日礼物所建的瑞士小姐楼应该是北戴河最早的别墅；1898年，英国传教士洪慈恩在莫干山首建别墅，至1903年李立生等在鸡公山首建别墅时到莫干山避暑者已近400人，山上网球场、游泳池、警察署、邮局、教堂、商店、集市、幼儿园等众多配套设施一应俱全。1891年，庐山北麓莲花洞出现第一幢别墅。11年后，也就是1902年李立生才涉足鸡公山。这和"老别墅丛书"里《到庐山看老别墅》和《到鸡公山看老别墅》的出版有着惊人的相似：2001年，《到庐山看老别墅》出版，而到了2008年，何军先生才在庐山第一次看到这部书并开始着手准备撰写《到鸡公山看老别墅》，等到2012年《到鸡公山看老别墅》一书出版时，相距恰好 11 年。

从 2010 年开始，何军先生用一年多的时间撰写了《到鸡公山看老别墅》一书，但他为撰写这部著作的资料准备早在 20 前就开始了。1991 年 7 月，何军先生从郑州大学历史系毕业后分配到鸡公山风景管理局工作时开始接触鸡公山近代发展史，到 2000 年开始协助鸡公山文史专家姜传高先生进行鸡公山文史研究时已积累了丰厚的文史资料，并通过参与《鸡公山近代建筑》一书的编辑，对鸡公山近代建筑群作了更为深入细致的研究，这就是何军先生为什么会在短短的一年多时间里就拟就《到鸡公山看老别墅》一书的原因。

建筑作为人类社会的大型物质产品，不仅仅是一种技术手段或者生成方式的表达，更重要的是与所处时代气息的交融与人文思想的体现。比如以帝王崇拜、人文主义、宗教神学和世俗精神等为代表的思想就是主导埃及、古希腊、古罗马、中世纪以及文艺复兴等不同时代和地区建筑发展的关键性因素。鸡公山近代建筑群的形成，自然也体现了中国近代史的特征，并融入了所处时代的气息与人文思想。《到鸡公山看老别墅》里所收十五篇文章，着重论述了鸡公山近代建筑群中最具有代表性的建筑。这部著作出版后，我为其写过一篇题为《凝固的历史》的评价文章：

1903 年 8 月 4 日，一台蒸汽机拉着一列客货混杂的火车吐着白烟咣咣哧哧地从信阳出发，以时速 15 公里的速度开往汉口。30 公里，这在有着高铁运行的今天，只需短短的几分钟，然而，这列从 20 世纪初开往我们的列车将要运行两个小时，才能到达鸡公山下后来十分著名的新店火车站。这就使乘坐那次列车来自美国的传教士李立生，还有另外一个名叫施道格的牧师有着充足的时间来想象他们将要到达的那座山脉未来的景象。这是第二次，他们第一次对鸡公山的探访是 1902 年秋天。也就是这年夏天，卢汉铁路孝感至信阳段刚刚建成通车。列车时速尽管只有 15 公里，但这已大大缩短了汉口前往信阳的时间。要知道，1901 年李立生带着他的家当先乘火车后乘牛车从汉口到信阳走了整整五天。对于一个异国的基督教徒来说，道路真是遥远而迷茫。

至今，所有资料均显示，如果没有张之洞主政修建的京汉铁路，就没有避暑胜地鸡公山的今天；同样，所有的资料也都显示，如果没有基督教在中国的传播，也不可能有鸡公山的今天。1842 年第一次鸦片战争过后，清朝政府与英国签订了《南京条约》，开放了广州、厦门、上海等五处通商港口，为基督教进入中国打开了方便之门；1858 年第二次鸦片战争中清政府与俄、英、法、美签订的《天津条约》中，通商口岸由沿海扩大到长江沿岸，并明确规定外籍传教士可以入内地自由传教；1861 年汉口正式开埠，当时教堂林立的汉口成了基督教深入中国内陆的基地；而京汉铁路的修建，使西方传教士的足迹得以遍布豫、鄂两省。乘坐 1903 年 8 月 4 日信阳前往汉口列车的这两位就是众多传教士中的成员，他们一是从英国传教士李德立 19 世纪末期在庐山开发避暑之地的事件中得到启示，二是出生在挪威的李立生难挡中国夏季的酷热，要给自己和家人找一处栖身之地，这才有了他们第二次对鸡公山的寻访。传教士的那次寻访不仅发现夏季鸡公山清晨的温度不足 25 摄氏度，而且在一个农舍旁还发现了山泉。不错，是山泉。在鸡公山上，我曾经寻访过多处由山泉构成的水井，至今我也没有见过一条从山下通往山上的输水管道，这也就是说，鸡公山水源充足。我自认为，交通的便利、宗教的传播与丰足的水源，构成了鸡公山之所以能成为民国时期四大避暑胜地的三个不可缺少的最基本的要素。

丰足的水源给鸡公山后来的发展提供了最根本的生存保障。1903 年秋季，也就是两位传教士在第二次寻访鸡公山，在做好土地购买等方面的工作之后，伙同一个名叫马丁逊的同伴，开始到鸡公山上采石建房，这就是鸡公山避暑胜地形成的开端。李立生他们通过美国驻汉口使馆，然后在西方媒体上大肆宣传，鸡公山开始吸引传教士们。而李立生他们把购得的土地划成若干份出卖的行为，引起了当时清政府的注意，就发生了后来的中国赎回出租事件，并签订了《收回鸡公山山地另议租屋避暑章程》。赎回事件加速了鸡公山的开发，豫、鄂两地的传教士、洋商、买办蜂拥而至，包括本土的达官贵人，纷纷投建别墅。那个时期有多达 20 多个国家的传教士和商人在鸡公山上留下了 500 多幢哥特式、罗马式、拜占庭式、合掌式等等不同风格的建筑；山上还汇集了英、法、德、美、日等发达国家的 30 多家银行与商号。鸡公山被划分为教会区、避暑官地、豫森林地、鄂森林地四区，就山势构成的石板街道纵横交错，十分繁华。清政府又先后设立了警察局、邮局、电报局，成立了工程局、租地局；1935 年张学良将军将鸡公山升为特区，成立鸡公山管理局，成了国民政府 7 个（包括庐山、莫干山、北戴河等）直属管理局之一。但是鸡公山整体格局的营建到了 1926 年的北伐战争时就已大体形成。我们现在所看到的鸡公山现存的别墅，大多在 1926 年之前都已建成。现在，我手上的这本《到鸡公山看老别墅》用翔实的史料、客观公正的目光把鸡公山上每一座重要建筑的来龙去脉都为我们娓娓道来，并逐一进行甄别、考证。在何军先生的笔下，鸡公山上的别墅为我们构筑了一道凝固的历史，一座鲜活的文化山城。我们从这些老别墅前的石板路出发，寻找到了 20 世纪上半叶鸡公山与中国近代历史的关联——洋务运动、北伐战争、土地革命战争、抗日战争、解放战争等等，我们看到，一些在中国近代史中地位显赫的人物像吴佩孚、蒋介石、张学良、冯玉祥、罗章龙等等也都在鸡公山上留下了行踪。

在《到鸡公山看老别墅》里，作者同时为我们讲述了 20 世纪上半叶基督教在中国的传播。应该说，20 世纪初期到 30 年代是鸡公山发展史上的鼎盛时期，3000 多居民中有 2000 多与中国人有着不同的肤色，他们在不同时期建造了大、小两座教堂，当时有多种教派在山上共存：信义会、长老会、浸礼会、美国圣公会、美以美会、安息日会等等。有许多不同国籍的教徒聚集在这里，教会从早到晚用英语、瑞典语、挪威语和中文为教徒进行各种服务；教会还创建了著名的美文学校，学校主要课程包括德语、挪威语、拉丁语、英语、汉语、科学、几何、代数、历史、地理、公民学、宗教和家政，学校十分关注中国历史和地理的学习。在当时，这确实是一种存在于我们之外的精神与文化现象。如果用唯物主义的辩证法来看，基督教带来的思想、文化、艺术、教育等等各种理念，确实给古老的中国文化注入了新鲜血液，同时也给我们带来了医学、农业、林业、建筑等等各方面新的科技与信息，这就是中西文化的碰撞、交流与融合。

现在，距离1903年8月4日那两个身背行囊的西方传教士走出新店车站已经过了110年，在通读《到鸡公山看老别墅》这本著作之后，我们会突然对那两个在鸡公山山脉上渐行渐远的身影产生一种别样的目光。是的，那个时候鸡公山上的植被还不像现在这样茂盛，还光光的，没有一间房屋。现在，我们不能不承认，在强烈的阳光下，由于那些从山地里生出的晃动着的水汽，使那两个行走的传教士的身影在我们的视线里变得既陌生又真切。

毫无疑问，《到鸡公山看老别墅》体现了何军先生作为一位研究鸡公山近代史的文史专家的治学理念，而现在放在我面前的这部即将出版的《鸡公山那些事儿》，又一次佐证了我的这个观点。2018年3月3日早晨，我看到何军先生3月2日深夜发来的微信，他在微信里告诉我：

……《鸡公山那些事儿》书稿基本成型，基本上是将《到鸡公山看老别墅》未收的，加上近几年写的文字，以"事儿"为主线穿起来，完整地反映鸡公山发展历史，分为开发往事、军阀旧影、红色记忆、抗战风云、解放号角、名人故事、碑刻逸事等7个版块，以另一个视角告诉读者，他所不知道的那些事儿，凸显鸡公山乃近代中国缩影这一主题。书中增加很多新发现史料，如蒋介石上山、抗战伤兵医院、柏尔恩斡旋南北停战、鸡公山破袭战、萧劲光坐镇鸡公山指挥解放武汉、江东才子杨云史与鸡公山等等，图文并茂……

同《到鸡公山看老别墅》一样，在《鸡公山那些事儿》里，何军先生把鸡公山近代建筑再次视为陈述历史的载体、视为人类表演的舞台，而与其有关的来自不同国度的达官贵人、三教九流、各色人等逐次在这里粉墨登场，上演了内容斑驳复杂的人间悲喜戏：从湖广总督张之洞到张爱玲的叔父晚清名臣张人骏、晚清名臣民国时做过江苏省省长的韩国均，从武昌起义时的老同盟会会员苏成章到北洋政府时期的军阀靳云鹗、萧耀南、岳维峻，从买办刘子敬到实业家刘象曦、沈祝三，从做过流亡东北中学校长的王化一、地质学家马廷英到解放后参与二弹研制工作的刘柏罗、成为中央电视台副台长的戴临风，从戏剧家田汉到电影艺术家万籁天，从创办鸡公山伤兵医院的孙连仲夫人罗毓凤到中国近代妇幼卫生事业的创始人杨崇瑞，等等，无一不是以鸡公山近代史为背景或切入点，来讲述这些人物的生命轨迹的。当然，作为一座以宗教为背景而形成的避暑胜地，《鸡公山那些事儿》里自然少不了与鸡公山近代史密切关联的传教士们——李立生、施道格、施更生等等，特别是 1919 年 10 月出生于鸡公山后来被誉为"台湾的南丁格尔"的白宝珠的传奇人生，读来确实让人感叹不已！

　　尽管《鸡公山那些事儿》一书所收部分文章与《到鸡公山看老别墅》里重叠，但两部著作全面展现了何军先生关于鸡公山近代史研究的成果，使其成为继姜传高先生之后又一位成绩斐然的鸡公山近代史的文史专家，为鸡公山的文化研究与景区发展作出了重要贡献。

2018 年 3 月 7 日

《鸡公山百景图》 序

在我看来，厚积薄发、大器晚成这两个词尤其适合易嘉勋先生，而《鸡公山百景图》正是对此的最好注释。

2017 年 7 月间，年过花甲的易嘉勋先生从南宁邕江岸边回到故乡信阳，再次来到鸡公山，像当年李可染、白雪石先后行走漓江一样，开始他的《鸡公山百景图》的写生与创作。这年的夏季，在穿过高大的枫杨、银杏与云杉之后的阳光下，或在长满苔藓的石阶上，在被雾雨迷漫了身影变得神秘有着不同风格的老别墅前，或在被我们的目光忽视但具有最佳构图角度的山崖边，易嘉勋先生都留下了他痴迷专注的身影。从 20 世纪 70 年代开始，易嘉勋使用水彩、水粉、油画、水墨等不同艺术形式多次来到鸡公山写生，直至2018 年七八月间，在长达 40 多年积累的创作素材的基础上，经过提炼与升华，易先生终于创作出了使人心清气爽的《鸡公山百景图》。

1952 年出生的易嘉勋自 6 岁起开始习画，60 年来从未间断。易嘉勋的水彩、水粉、油画受毕业于广州美院的谢敏适先生启蒙，后师承靳尚宜先生，但我最初看到他对色彩在绘画里的感悟与运用却是和水墨联系在一起的，我的眼睛被他在《牡丹蕴·意象水墨研究》一书里使蓝色与橙色画出的水墨牡丹刺痛，他用色的大胆以至于颠覆了我以往对国画牡丹的阅读经验。

易嘉勋的工笔人物早年受李中文先生启蒙，随后喜欢上了方增先国画人物的清新与写实风格。1974 年，易嘉勋有幸到方增先先生身边学习，此时，方先生正在北京修改《艳阳天》水墨插图，方先生对每一幅画逐一讲授，有时兴起又示范，易嘉勋聆听教诲，用心感悟；1990 年他到浙江美术学院师承刘国辉、吴山明、冯远、唐勇力等学习国画人物（我这里说到的方增先老一代与刘国辉几位新浙江画派第二代人物画家都是浙江画派的翘楚），在随后的一年里，易嘉勋在完成学业的同时，利用课余时间阅遍浙江美院图书馆的藏书，同时还临摹了诸如《韩熙载夜宴图》《唐宫仕女图》《汉宫春晓图》等一批经典中国古典人物画，那时候的他像一头饥饿的牛突然闯进草木旺盛的草原，不停地咀嚼、消化有史以来人类不同国度、不同门类的文学与艺术。国画人物在绘画过程中注重技巧与基本功的训练，无论是在造型、构图、线条、色彩等方面的综合性经验积累，还是在刻画建筑物的准确与描绘草木的灵动等方面，后来都被易嘉勋先生在《鸡公山百景图》里得到了探索性的运用与发展。

2004 年，易嘉勋休创作假回到信阳，他寻找古银杏树的足迹遍布鸡公山、李家寨、灵山、新县等地，从他后来创作的"银杏树系列"里，我们能寻出早年王鸿、张步对他国画山水的影响，而易嘉勋在山水花鸟画方面取得的成就则集中体现在他的"爬山虎系列"作品里。"爬山虎系列"在赋予爬山虎"向上攀登的精神"面貌的同时，把"人体永恒的美"创造性地融进了构图。爬山虎的藤蔓本属花鸟，但在山崖上攀缘时就成了山水，把山水花鸟与国画人物的绘画技法巧妙地融为一体，易嘉勋先生成功地把爬山虎的藤蔓拟人化，这对中国山水画史而言是个创举。

我很晚才看到易嘉勋的水墨荷花，他让我又一次感到了意外。在中国千百年的绘画史上，荷花因寓意着坚贞与纯洁的品格，一直受画家们的喜爱，许多大家都会画上几笔荷花来直抒胸臆；徐渭画荷水墨淋漓、泼辣豪放，八大山人画残叶败荷、寂寞凄凉，石涛画荷情出意外、灵活善变，张大千画荷纯美素净、亭亭玉立；在我看来，易嘉勋画荷的风格一准是受到了吴昌硕醉墨与潘天寿指墨的启示，并得其神韵；所以，你才能从众多的荷花绘画里，一眼就能辨别出他的荷来。同吴湖帆以没骨法画荷花相反，易嘉勋则看重荷的筋骨。我想，易嘉勋准是在某日的中午把一叶夏荷举过头顶，在强烈的太阳光下，透过荷花的表层，仔细地研究过荷叶内部血脉与经络的构成，从而完成了他对水墨荷花的认知与表达，并从意象、意境到构图，从笔墨、线条到色彩形成了一整套的荷之绘画理论系统及水墨技法实践。

易嘉勋对绘画基础的训练从水彩、水粉、油画等西画技法入手，接着通过人物白描体悟中国画的奥妙，继而再入花鸟山水画的创作传神，这路一道走下来，虽然接受的程序是人生命运的使然，但他扎实的绘画功底与艺术修养全然展现在《鸡公山百景图》里，显得处处得心应手，最终水到渠成。《鸡公山百景图》的成功虽然得益于新浙江画派与漓江画派的影响，但经深入观察发现，却是易嘉勋采李可染、白雪石、陆俨少、黄格胜等众家之长，最终形成了自己独特绘画风格的一个艰辛的过程。

虽然没人把李可染和白雪石归入漓江画派别，但两人皆是因画桂林山水而蜚声画坛的艺术家。李可染从50多岁起数次赴桂林漓江写生，并创作出《漓江胜境图》等大量作品，最好地阐释了他"采一炼十"的艺术主张。易嘉勋认同李可染的"从单纯到丰富，再由丰富归之于单纯"的绘画理论，并在《鸡公山百景图》里实践了以线性笔墨为主、以渲染笔墨为辅的绘画技法（尽管易嘉勋在他的《牡丹蕴·意象水墨研究》里已经将渲染水墨运用得出神入化），使得他的绘画结构合理而意境深邃。白雪石先生年逾60开始赴桂林并在其后的20多年间多次沿漓江徒步旅行写生，创作出了多幅令人心旷神怡的漓江山水画。从白雪石这里，易嘉勋感悟到，国画山水对继承传统绘画笔墨的造型虽然重要，但不能因此而受到拘泥，要在中西绘画融合中寻求突破。

在绘画习惯上，易嘉勋与新浙江画派第一代的陆俨少先生极为相似，他的许多作品像陆俨少一样也不打小稿，多是直接从写生得来，在写生之中自得章法。章法，在《鸡公山百景图》里体现在对建筑与树木关系的处理上，有的作品是以建筑为主树木为辅，有的是以树木为主建筑为辅，但在这些作品里绘画内容从来没有被分离过。在以建筑为主时，虽然树木依附建筑，但树木是动态的，是作品的灵魂；在以树木为主时，建筑则成了纵深的人文意象。同一座建筑，或者同一棵树，因笔墨不同呈现出不同的面貌。这看似简单，但真正要把建筑或树木的形体面貌画出神韵来，却实非易事，它要求既要纯而不杂，又求笔墨具有撑持骨骼的力度。从陆俨少先生那里，易嘉勋真正领悟到了章法为骨架与笔墨为皮肤之间的关系。《鸡公山百景图》虽然以写实为主，但写实又不拘泥于现实的构图，因了结构，树木和建筑都是可以移动的，章法不变而笔墨变，也就是章法从简而笔墨从繁；也可反过来使笔墨从简而章法从繁，一张一弛，一实一虚，一静一动，从而在一幅作品里呈现出整体的气势与神韵。

虽然易嘉勋的山水画师承漓江画派的代表人物黄格胜，但相比黄先生的《漓江百里图》长卷和《漓江百景图》，易嘉勋作品的写实性更强，生活气息也更浓厚，因而切入现实生活的力量也更热烈，因此，在其作品中，建筑与自然、历史与现实、中西技法融合等元素都在《鸡公山百景图》里得到了高度体现。中国山水画虽然不同于西方绘画追求"物境"的视觉真实，但"写实"在《鸡公山百景图》里仍是易先生追求的第一境界，在特定的自然景观里，无论建筑与自然中的山石、云雾、松、杉、杨、柏、竹、棕榈、花草等等，都在他的笔下展现出自然的灵性与活力。

对易嘉勋而言，使用斗方描绘鸡公山，确实是一个挑战，尤其在构图上，容易产生雷同感，但易嘉勋在《鸡公山百景图》里较好地解决了这个难题，也充分体现出了他对绘画艺术的追求，在斗方里结构出了一番新天地。

斗方的艺术形式只是易嘉勋先生以鸡公山为题绘画的一部分，未来，他还要创作立轴与手卷山水画，这些都是他创作《鸡公山百米长卷图》的序曲，为了完成《鸡公山百米长卷图》，易嘉勋已经作了多年的准备，这体现在他已经完成的广西昭平县的黄姚古镇、广西三江县程阳风雨桥、丽江束河古镇、湖南凤凰古城等钢笔线描山水长卷上，因此，我们期待易嘉勋先生《鸡公山百米长卷图》早日创作完成。

《鸡公山百景图》以其娴熟的构图与笔墨功夫，恰到好处地表现了鸡公山的中西建筑与自然之间迷离的微妙变化，又根植于对现实生活的真切体验与感受，营造出了特有的绘画情境。易嘉勋初中毕业后作为知青到农场一待就是 5 年，在繁重的体力劳动之余他并没有放下手中的画笔，在后来长达 40 余年漫长的教学生涯中，他持之以恒，绘画从不间断。在现实生活中，易先生淡泊名利，以前辈冯超然的"学画不可名利心太重，要有殉道精神"之训鞭策自己。与此同时，易嘉勋广结陈天然、李自强、李伯安、罗镜泉、袁运生、潘公凯等这样的当代艺术名家，并潜心学习古代大师的作品，提高自我之文化修养，我们从《鸡公山百景图》里能充分感受易嘉勋先生的绘画特有的文化品格，他善于融合文化传统与现代文明之精髓，并在生活的偶然与画家的追求中获得佳境。

易先生虽然远在广西民族大学任教，但作为信阳人，他对故乡充满了情感，所以才有了《鸡公山百景图》这样一个里程碑式的系列作品。在鸡公山的文化发展史上，从来没有谁像他这样用绘画来全面反映鸡公山的自然风貌、人文景观与历史变迁。即便是放在中国山水画的历史中来考察，《鸡公山百景图》对建筑与自然环境的艺术化处理，也具有超越以往作品的进步，这种艺术成就的获得，自然源自易嘉勋先生的厚积薄发，源于他对中国绘画艺术的痴迷与热爱。《鸡公山百景图》的问世，标志着易嘉勋对中国山水画的探索取得了不可低估的艺术成就，同时也成为鸡公山文化发展史上一个重要的文化事件，这对鸡公山今后的建设与发展将会产生深远的影响。

2018 年 8 月，鸡公山北岗 18 栋

《腊月里的一场河洛大鼓》 序

　　2014 年 4 月间，我和小说家原非先生、评论家江媛女士受邀一起到巩义去参加一次文学活动。事先，主办方发来了一组当地作者创作的中、短篇小说，其中尚培元的中篇小说《白庄的夜晚》给我留下了深刻的印象。

　　《白庄的夜晚》写了一个六岁的孩子在病危时灵魂出窍的故事，作者以第一人称的口吻讲述了"我"的灵魂跟着村里的兽医王先儿去寻找父亲的经历："我"跟随王先儿来到父亲任教的小学，可父亲却进城给学校买手风琴去了，这样一路找来，直到最后"我"游荡的灵魂受父亲手风琴乐曲的召唤，在回家的路上遇到了一辆载人的马车。马车上挂着一盏灯笼，灯笼昏暗的光线里坐着十一名身穿白色衣服年龄同"我"相仿的女孩，赶车的是一位看不见相貌和年龄身穿一身黑袍的人，"我"受邀乘车同他们前往白庄。马车进了村子，父亲的琴声更加清晰地传来，"我"想请女孩们一起去听父亲演奏，可那群女孩却嘻嘻哈哈说要到王先儿家去。"我"一听见王先儿的名字，以往对王先儿因母亲而起的仇恨涌在心头，就一个鱼跃，翻身跳下了灯光昏暗的马车。等"我"的灵魂回到家，王先儿的女人跑来喊王先儿，告诉他家里的老母猪刚刚下了一窝小猪，一共十二头，十一头小草猪都是白色的，只有一头小牙猪是黑色的，可惜的是，那头黑色的小牙猪一落地就死了……

　　这是一个关于生与死的故事，一个生命在天、人、阿修罗、地狱、恶鬼、畜生中六道轮回的故事。小说写得灵动，充满了荒诞与想象力，但小说里的人物又建立在扎实的现实生活之上——父亲先前是城里文工团的手风琴演奏员，母亲是文工团的歌唱演员，因为父亲被打成"右派"，全家下放到偏僻的白庄来。"我"的灵魂在离开肉体之后快乐地飞翔，在飞翔与寻找的过程中展开父亲和母亲的故事，"我"贪玩又顽皮，对世间的一切充满了孩童的好奇，这包括降落在父亲和母亲身上的痛苦……

在巩义的那次文学讲座中，我着重分析了尚培元的这部小说。那次是我和尚培元第一次见面，后来我们偶尔会在某个笔会上坐到一起，偶尔在某个新书分享会上见面，有时他也会从巩义乘长途客车大老远地跑到郑州来看我，同时送来他新近完成的小说。就这样，我们熟稔起来，我对他的生活和创作也逐渐地有了了解。

20世纪90年代初，年轻的尚培元就开始在《百花园》《莽原》上发表短篇小说，后来他娶妻生子，出于生活压力，开始作为一个耐火材料推销员四处奔波，去过许多地方，而他的文学创作一停就是20年。20年来，虽然写作停顿下来，但尚培元对文学的阅读与思考却从来没有停止过，对文学的热爱从来没有停息过。所以，当他2013年重新提笔写作时，出手就有些不同凡响，这我们从《白庄的夜晚》里就能看出来。尚培元中止写作的这20年，应该说是他对社会、对人生、对文学的思考过程，是他文学创作的准备过程，这符合文学的创作规律。

同我一样，尚培元不善言辞。有时坐在我的书房里，我们各自沏上一杯信阳毛尖，有一句没一句地聊天。等到中午饭时，我们就到南阳路与农业路交叉口的老张汤馆去。这家的羊肉煮得好，羊汤也新鲜，特别是他家的下酒菜，尖椒泡萝卜、小葱拌豆腐、洋葱拌木耳，很对口味。举杯共饮之后，我们仍然有一句没一句地聊天。

尚培元讲他父亲，讲他母亲，讲他的两个女儿，讲他做推销员时四处漂泊，也讲他不写作的日子里对文学的向往。我逐渐发现，原来他小说里所写的大多是他的家庭与自己的生活经历。

我们从收在这部集子里的五部中篇小说来看，尚培元的写作是有根的，这个根就是他深厚的生活积累与他对生命的感悟，比如《白庄的夜晚》《父亲的手艺》《黑色的蝴蝶》这样的小说，素材源自他的家庭，他的父亲和母亲。当然，更多的时候他是在写自己。同时，在尚培元的小说创作中，对社会问题的关注与思考也是持续的，像《最后一头牛》里对耕地逐渐被侵蚀的关注，像《腊月里的一场河洛大鼓》里对正在消失的民间说唱艺术的关注，这些都体现出尚培元的情怀与性情，体现出一个写作者的意义和价值。

收在《腊月里的一场河洛大鼓》这部集子里的五部中篇小说，分别在小说家张晓林主编的《大观》（东京文学）、评论家王小朋主编的《牡丹》文学期刊上发表过，这些作品的结集出版，是尚培元对自己写作历程的一个小结，同时，也是郑州地区文学创作的一个收获。

从这部小说集出发，基于生活的准备、思想的准备、文学的准备，我们有理由期待在接下来的日子里，尚培元能写出更好的作品。

2019 年 3 月 9 日

《未卜之夜》序

己亥与庚子交替间的这个春节，终将使我们难忘。

己亥年腊月二十九，从江城武汉传来了因新型冠状病毒——事过 20 天，也就是 2020 年 2 月 11 日，世界卫生组织在日内瓦宣布将其命名为"COVID-19"——而封城的消息；腊月三十，我举家从郑州往嵩山脚下，本想为着因禁烟花爆竹而寡味的节日增添一些户外的趣味，但最终因新型冠状病毒引起的肺炎而足不出户。

在闭门而居的日子，每天醒来第一件事就是在手机里查看各种与"COVID-19"有关的消息，随手转发一些引起我情绪波动的不同形式的信息，常常为一个又一个生死离别的故事而泪目。是，泪目，一个刚从网络学到的词。等海量的信息潮水一样过后立在窗前，看着近在眼前不能亲近的嵩山常常沉默无语；随后，打发时光的方式是看电影，或者是阅读。

在投影的荧幕上，我重温一些曾经看过的电影：《英国病人》《青木瓜之味》《楢山节考》《呼喊与细语》《永恒的一日》《云上的日子》《八个梦》《烈日灼人》等等。为了消解内心的压抑与不安，也陪着孙子看一些像《王中王》《虎口脱险》这样的喜剧片，《魔戒》这样的魔幻片，《玩具总动员》《千与千寻》《圣诞夜惊魂》这样的动画片以及卓别林、秀兰·邓波儿之类；因为"COVID-19"，我还看了一些诸如《卡桑德拉大桥》《传染病》这样与疫情有关的电影，余下的时间，就是阅读。

书籍是行前就准备好的，卡达莱的《梦幻宫殿》《破碎的四月》《亡军的将领》以及《谁带回了杜伦迪娜》；其中，还有王东岳这册这会儿放在我案头装订成册的《未卜之夜》。计划中，是要在这些日子里阅读《未卜之夜》，并写下一些关于这书稿的文字，用来作为本书的序言；这些，都是事先的承诺。

2017 年 12 月上旬的某一天，王东岳和小说家赵渝一起来家中，自此就有了后来的多次交往；有时，还有另外的一些朋友，我们常常聚集在我居住的社区对面的一个名叫"悦食小馆"的餐馆里；那里有几个相对比较合口味的小菜，可供我们喝酒聊天，谈论文学。渐渐地，我知道了东岳的一些情况：这个 1986 年出生在北方的青年在南方的岳麓山下读完大学后，去到澳大利亚攻读教育学学位，回国后曾任志愿者于立人乡村图书馆，到第九馆所在地重庆的忠县编辑阅读课读本——《未卜之夜》中，在临州三中任教并与钟亚雯相爱的姚灿，就和现实中的王东岳有着相同的生活经历——也知道他已完成了一部以这段生活为背景的长篇小说。2019 年 6 月下旬的某日，我收到了东岳发来的这部小说的修改稿，并希望我能为此写下一些文字。因为当时我手头正在创作一部电视剧本，所以和他商量：如果不着急，就等我空闲下来——这就是前面我说的承诺。而巧合的是，《未卜之夜》中故事的发生地，同现在我们所处因"COVID-19"而引起疾病的武汉，同在长江边上。

《未卜之夜》的时间背景是 2010 年左右，地点就是上面我说过的一个名叫临州的县城——忠县周时为巴国地，汉武帝元鼎五年（前 112 年），置临江县，属巴郡——的中学里，各种出身背景下的学生聚集在这里，这些十七八岁的孩子逃离校园去寻求绝对自由——逃课、嫖妓、纵欲、未婚先孕、吸毒、沉沦、参与黑社会、凶杀等等，以此向体面的传统价值标准进行挑战。虽然我不知道王东岳是否读过库尔特·冯内古特、约瑟夫·海勒或者托马斯·品钦的作品，但由于王东岳在澳大利亚留学的背景，使他在作品里所讲述的比如姚灿在钟亚雯死后所作出的病态的、荒诞的，从残忍中寻求人生价值的恋尸行为，确实有些"黑色幽默"的意味；他试图促使人们对现存的社会道德准则和价值观念产生怀疑。

从王东岳笔下这群高中生所经历的生活中，我们确实能感受到作者在文本中类似威廉·巴勒斯、杰克·凯鲁亚克这些"垮掉的一代"作家的作品里所传达出的气息。我说的是"垮掉的一代"，而不是"迷惘的一代"：一个女生被继父强奸，一个老师把自己学生的不幸当成新闻传播，结果在黑夜里被人割下了耳朵；一对超越了家庭关系的老师在自己学生的起哄中当面喝交杯酒……一个纷乱的世界从我们所处时代的一所普通学校的高中二年级折射出来，传统的价值观和道德观开始崩溃。面对已经糜烂的社会，这些高中生虽然也有迷茫和彷徨，但他们选择的不是沉默，而是行动；像小说中任芳这样的女生，她已经毫无羞耻地在众目睽睽之下挽着干爹的胳膊离开学校，在这群孩子的身上，遍布着这个时代所展现出来的人性的丑陋。

我就在想，在 20 世纪 70 年代，我的那个狂热的、没有自我、丧失了灵魂的高中时代，能比他们好多少呢？在这段时间，我恰好在温习隋唐历史：开皇八年（588 年）冬天，隋朝兴兵平南朝的陈时，刚刚 20 岁的杨广已经是领衔的统帅；李世民随军前往雁门关营救被突厥人围困的隋炀帝杨广、鼓动父亲李渊在晋阳起兵反隋时，也正是《未卜之夜》中这群高中生们十八九岁的这般年龄；这真的就像李世民在贞观八年（634 年）赐名临州为忠州一样，随着时间的推移，社会时刻都在发生着我们无法掌控的变化。

但遗憾的是，《未卜之夜》这部小说写得过于分散。我们从《城堡》里看到，卡夫卡的叙述从来没有离开过测量员的视野；我们从《我弥留之际》里看到，福克纳始终关注的是一个事件的进展；我们在马尔克斯的《百年孤独》里看到，无论哪个人物出现，都跟一个家族有关。这一点，是《未卜之夜》的作者所没有意识到的，也从而丧失了小说能塑造一个丰满的艺术形象的机会。比如这部小说里最后一章写的那场婚礼，显露出了作者缺少对现实生活的理解与对小说结构的掌控能力。但无论如何，作者还是用他认为比较满意的叙事语言完成了他的这部长篇处女作：

> 滨江路两侧不断有新楼盘冒出，又高又瘦又薄，像墓地的碑林，楼上的窗户远看是一个个的黑点，如墓碑上的文字。
> 他们在一个街口停下，冷不丁像见到一条白亮的小河，小街陡峭，石板亮亮地映着月光。

这部小说的写作经验，对作者今后的创作来说，是十分珍贵的；对于一个立志写作的作家来说，更值得珍惜。无论如何，我们从《未卜之夜》里已经看到作者所拥有的观察生活与理解世事的能力，他作品里的有些文字，确实已经像锋利的刀刃一样刺痛了我们，就像我们常常说的那样：后生可畏。

2020 年 2 月 16 日

《厚土》序

    万功是位以生活取胜的作家，这有收在《厚土》里的小小说为证。

    1962 年，万功出生在豫北安阳农村，在那里一直生活到 19 岁。这样细算下来，他离开农村时恰好是 20 世纪 80 年代改革开放之初。所以，当读到他的《南沟底的地》《卖猪》时，我感到特别的亲切，因为我同他有着那个特殊时期相同的农村生活经历。

    万功离开农村后，先去了豫西的杨村、新安、铁生沟等煤矿，而后又去了豫东的永城煤矿；还是因为煤炭事业，后来又去过内蒙古、贵州等地。他的矿工生活经历我们可以从《脱轨》《福相》《孩子长大了》《樱桃沟》等小说里得到印证。万功先农村后煤矿的生活，和刘庆邦先生有些相像；只是，刘庆邦因文学创作上的成就后来去京城做了报人，而万功与朋友一起成立了爆破公司，一边做起实业，一边业余从事文学创作；他企业老板和工程师的生活，我们也能在他的《种树经验》《机密》《嚷筋》等小说里找出痕迹。

    万功写作的导师是国内小小说界的名家司玉笙；后来，万功还接触过孙方友、王奎山、杨晓敏等在新时期文学界声名显赫的人物；《小小说选刊》与《百花园》的编辑们对万功的创作也有公正的评介。

    已故的评论家寇云峰说："支撑杨万功小小说的主要有两个系列的人物形象——农村人物形象群和矿山人物形象群。可以看出，作者在走这样一条路：写自己最熟悉的生活和人物。杨万功的小小说之所以具有较为厚重的人生感，来源于他对人情世故的深刻洞察和对底层小人物命运的深切关注。"①

小说家程习武说："……有相当一部分写乡村生活与城市生活的交融。社会的发展与转型使乡村与城市之间产生了更多的交融及相互的渗透，在这个交融与渗透的过程中，乡村人物身上发生了更为巨大的变化，杨万功较为成功地捕捉到了这个时期的一些人物，然后艺术化地展现了这场变革。"②

这些评价很中肯。应该说，万功小说里所描述的生活是湿润的，是有温度的。纵观《厚土》里的小说，万功常用社会道德的标准来衡量他曾经的生活与人物，比如《一只会赌咒的羊》《长明灯》这样的小说。在小说中，符合艺术真实的虚构就是创造，就是小说的灵魂，比如《种树经验》里那忘记带来的树苗，比如《炸墓》里那用来炸墓的地道，比如《疤》里那疤痕形成的不同版本的演变。这些虚构符合艺术真实的情节与细节，均与小说所处的时代在精神上产生了关联，因而构成了小说的灵魂。小说有了这灵魂，就活了起来，就具有了力量。

在新时期的文学里，不乏这样的名篇：汪曾祺的《陈小手》、许行的《立正》、孙方友的《蚊刑》等等。它们之所以能成为传世名篇，是因为这些小说首先建立在丰富的人生经验之上，而小说的背后，又有一个与时代相关联的精神与文化符号作为支撑。找准了，小说所要表达的社会本质与人性的复杂便蕴含其中。

应该说，万功的文字是真诚的，他的文字里有着鲜活的、泥土

---

① 寇云峰：《人生感与道德感的复印——谈杨万功的小小说创作》，《小小说出版》2012年第2期。

② 程习武：《乡村生活酿新酒》，《小小说出版》2012年第2期。

的气息。同寇云峰先生一样，我也尤其偏爱集子里的《南沟底的地》《漏粉》和《卖猪》这样描写农村生活的小说，用寇云峰的话说，写得恬淡自然而又妙趣横生："特别是《南沟底的地》，甚至可以说是近年来农村题材小小说难得一见的佳作。在这篇作品里青年队长宝才和媳妇翠姑的故事描写得情景交融，透出蓬勃的生命力和自然野性之美。"①

在这些小说里，有着让人过目难忘的细节：《卖猪》中的草根在卖猪前把猪往死里喂，心里自然有个小九九——想着能多卖几斤。可他压根没想到这些小九九哪里是公社食品站的那几个公家人的对手："一直熬到日头偏西。天快黑下来了，几头被绑着的猪喊叫累了，又屙、又尿，把平车和附近地面上埋汰得不成样子，肚子里屙尿空了，收购员才不紧不慢地开始给猪过秤。"而跟着爷爷进镇里的孙子憨娃在漫长的等待中，心怀的希望也破灭了，夜晚降临，有几滴浑浊的泪水滴在了躺在爷爷怀抱里的憨娃脸上。这样的细节，不但写活了人物，写出了人物复杂的内心，还写出了那个特殊时代底层人民的心酸与无奈，让我们感受到了万功文字里所蕴藏的力量。

寇云峰先生说得好："只有在经历了太多的人生沧桑之后再回头观望故乡精神家园，才能用另一番眼光和情感写出类似《南沟底的地》这样令人难以忘怀的篇什。"② 经过漫长的写作路程，经过这些年的阅读与思考，万功已经用他的文字照亮了生命里曾经的磨

---

① 寇云峰：《人生感与道德感的复印——谈杨万功的小小说创作》，《小小说出版》2012 年第 2 期。

② 寇云峰：《人生感与道德感的复印——谈杨万功的小小说创作》，《小小说出版》2012 年第 2 期。

难与艰辛，照亮了从他豫北家乡厚厚的黄土里生长出来的人生。我想，万功在生命里所遭受过的诬陷、白眼、讥讽、明枪、暗箭、痛苦、迷茫与心酸等等，这些也都已经通过他的文字转换成了精神财富；这也是像万功这样热爱生活、善良而耿直的人，理应得到的回报。

2020 年 4 月 1 日

"孙方友小说全集·短篇小说卷" 序

　　从 1978 年在《安徽文学》第 10 期发表短篇小说处女作《杨林集的狗肉》，到 2013 年 5 月去世前两个月完成短篇小说《信仰》的 35 年间，孙方友共创作了短篇小说 104 篇，总计 80 余万字。

　　除去 2004 年、2008 年、2010 年、2012 年四年间没有创作短篇小说外，其余的 31 年里，孙方友在《人民文学》《当代》《十月》《北京文学》《青年文学》《花城》《钟山》《收获》《小说界》以及全国各省的文学期刊持续发表短篇小说，多篇被《中国文学》《小说选刊》《小说月报》《中华文学选刊》《新华文摘》等期刊选载，或被收入全国短篇小说年选以及不同选本，或被改编成戏剧，或被改编成电视剧，或者获得了不同的奖项，或被翻译成不同语言，因而产生了广泛的影响。

　　一方面，短篇小说是孙方友切入我们所处现实时代最有力的形式，并以此表达自己的情感、呈现他所关注的悲欢离合的人情世界；另一方面，叙事中的传奇已然是让我们猝不及防的利器，而这传奇虽是扎根于繁盛而不乏残酷的现实生活，但又不被现实束缚，他常常以鲜明的小说人物冲击我们的视野，并以现代意识用文字传递出惊心动魄的呐喊，让我们得以进行理性的反思，并使短篇小说成为孙方友笔下文学世界的重要组成部分。

2020 年 6 月 15 日，鸡公山北岗 18 栋

"孙方友小说全集·微篇小说卷" 序

　　《霸王别姬》里收录了孙方友生前正式发表过的 105 篇微篇小说和 111 篇百字小说，创作时间是他发表处女作的 1978 年到去世的 2013 年间，跨度 35 年，几乎贯穿了他的整个创作生涯。

　　就"孙方友小说全集·微篇小说卷"的编辑，有一个问题需要说明：那就是为什么以"微篇小说"来命名。

　　新文学时期以来，国内的文学期刊①与报纸副刊②以及新兴的网络文学，培养了数以万计的微篇小说作者；但在刊发作品的时候，期刊与报纸却设置了不同的栏目：小小说、微型小说、微小说、一分钟小说、超短篇小说等诸如此类。在这里，之所以没有选用其中的名称，而采用了"微篇小说"，是基于孙方友生前对这种文学形式的认知。

　　2005 年，在我编选"中国当代名家小小说"丛书时，曾经和出版社探讨过怎样命名一事，我主张使用"微篇小说"，理由是这样才能使其名正言顺地成为"长篇小说""中篇小说""短篇小说"等小说家族中的一员，"长篇""中篇""短篇""微篇"，这样才能顺理成章，符合规矩。由于某种原因，虽然这个建议当时没被采用，但孙方友对此十分认可，这也是今天使用"微篇小说"命名的

---

　　① 　诸如《小小说选刊》《百花园》《微型小说选刊》《小小说读者》《小小说月报》《小小说大王》《世界华文微型小说》《中学生小小说》《小说界》《时代文学》《中国作家》《小说月报》《小说选刊》等等。

　　② 　诸如《新华日报》《解放日报》《文汇报》《解放军报》《人民日报海外版》《羊城晚报》《北京晚报》《新民晚报》等等。

由来。

从本卷的微篇小说中，我们能清晰地梳理出一条线索——孙方友 1981 年创作的《布袋儿哥》获《文学报》作品奖、1987 年的《豹尾》被改编成广播小说、2000 年的《工钱》被改编成电视短剧并荣获第 20 届"飞天"短剧奖，每篇都是一个小小的节点，而像《霸王别姬》这样的作品，一经发表就被广泛转载、流传，至今已经成为脍炙人口的经典作品。

从本卷中的百字小说里我们看到，一个作家对生活表现出的热情与敏感。孙方友的微篇小说同其他形式的小说作品一样善于出奇制胜，而这"奇"的背后，则是人生正道，天理良心，他所折射的也不光是小知、小道，我们能从中看到作品植根生活来虚构创作的特征，孙方友把"街谈巷语、道听途说"① 的世事融入具有哲学意味的人生理念，以时代精神为参照，以历史发展的目光，发掘出合乎时代进步的人格价值，为作品注入国民的灵魂，使之成为正史之脉络、成为"文学之最上乘"②，这和孙方友的整个文学理念一脉相承。

2020 年 6 月 15 日，鸡公山北岗 18 栋

———————————

① ［汉］班固撰、［唐］颜师古注：《汉书·艺文志》，中华书局，2012，第 1546 页。
② 梁启超：《论小说与群治之关系》，载《饮冰室合集 文集》（第四册），中华书局，2015，第 865 页。

《与光击掌》 序

2020 年 3 月 23 日下午，我收到了江媛的微信：

> 那边老人家快不行了，后来的两个女儿竟一个都回不去，我也不知该不该回去。回去说原谅了，那是说谎，见最后一面一定痛苦不堪，我左右为难。

我熟悉这文字里所承载的家庭关系：一个她不愿意当面称之为父亲的老人、一对她同父异母的姊妹，还有隐藏在文字后面的她同父异母姊妹的继母与其子女，诸如此类。在生与死的边界，面对一个身在其中却又很少介入的结构复杂的家庭，她犹豫不决。

面对这种现状，我希望她能先询问一下新疆那边的疫情，如果没问题，我鼓励她回去，毕竟父女之间的生死离别这种人生体验，是任何关系都无法替代的。

1974 年，江媛出生在新疆巴楚。在她 1 岁时，生父蒙冤入狱，母亲只好带着她从刀郎河流域流落到塔克拉玛干沙漠边缘的叶尔羌河流域。在 19 岁离开这里之前，她的童年与青少年时代，与叶尔羌河两岸的许多地方休戚相关：阿瓦台、艾力西湖、英吾斯塘、古勒巴格、恰热克、莎车老回城、加依铁热克等地。这些村镇，后来都出现在她的诗集《喀什诗稿》里，幼年的那次离别带给她的心灵创伤，直至 40 年后仍然没有完全愈合。

江媛曾给我讲过其生父在她读小学时前来寻找她的往事。为此，我深深地理解一个被改正获释的男人为了寻找他曾经的妻子与女儿所经历的痛苦与磨难，常年经历的家园破碎的痛苦被他积压在心底，以至于到了生命垂危的时刻，都不能释怀。此刻，如果遗失的女儿出现在他面前，该是怎样的一种安慰？

为了使江媛不错过这次机会，我开始查寻：飞往喀什的航班大多由乌鲁木齐转机，也有经兰州、和田或者库尔勒的，但班次很少。江媛通过她的同学了解到图木舒克有机场，那里往西南距巴楚只有 20 公里。等她再次确定了新疆的疫情后，为了让她不再犹豫，当晚我帮她订了次日中午由郑州飞往乌鲁木齐的 GT1009 次航班。接下来，"信息登记卡"需要她帮助完成：她要给我提供乘机人与生父户籍所在地的详细地址，而登机要填写的"健康申明卡"只有等她到新郑机场才能完成。

3 月 24 日下午 5 点 15 分，江媛飞到了乌鲁木齐，她要在地窝堡机场等待 3 个小时之后，再乘坐 CZ6829 次航班飞往图木舒克。那天她到达唐王城机场已经是夜间 10 点半，因为年初开始就困扰着人类的新冠病毒，所有旅客都要被接走隔离，当她和几个陌生的旅客坐上一辆小中巴行驶在漆黑无灯的夜路上时，在一名女护士的呼喊声里，她才搞清楚开车的司机叫阿布都，要把他们直接送到巴楚县隔离点：她要经过测量体温、抽血化验，待完全符合隔离观察的几项指标后才能离开隔离点。

深夜难眠，江媛坐在窗口望着故乡直至黎明。故乡在灰暗的光线里慢慢地醒来，窗外沙尘暴席卷过的街区里响起孩子的嬉戏声，让她迅速进入安哲罗普洛斯的电影《雾中风景》《养蜂人》或《流浪艺人》的场景。在挨过安哲罗普洛斯镜头一样漫长时光之后，她终于来到了重病监护室的门外，通过视频看到了从未亲近过的父亲。当浑身插满管子的父亲躺在病床上，对她举起风中残烛一样的手臂时，她的心被重重一击并忍不住哆嗦了一下，她竭力抚平灵魂激荡的浪涛，猛然露出笑脸，冲父亲大声说："你欠我太多，你得活下去，至少出来给我做顿好吃的。"

接下来，在父亲写在纸上歪歪扭扭的"去喀什"几个字的托付下，离乡近二十载的她，在头脑中思索着转院要寻找的模糊亲朋……她飞快地发出了求助信息。毕竟，戴着呼吸机的父亲从巴楚历经295公里的长路奔赴喀什，时刻面临着死亡的威胁。好在，朋友伸出的援手及时而有力，在两天后的3月31日清晨从喀什急救中心开来了一辆配有四名医生和一台呼吸机的救护车接走了父亲，她和妹妹及父亲的续妻护送父亲历经漫长不安的颠簸，抵达了喀什，将父亲转入喀什人民医院重症监护室。

安顿好父亲之后，距离4月3日的清明节就只有三天了，4月2日弟弟开车将她接回莎车，城里已没有故乡的踪迹，她让弟弟把自己送到距离母亲与继父的墓地不远的阿斯兰巴格村，她想在这里陪父母静静地待几天……只有此地还保留着她童年的戈壁滩，还翻卷着野性而饱含沙粒的风，当她独自穿行其中的时候，父母的笑声便在无边荒凉的天地间无尽地回荡。

在视频里，我陪她感受比中原晚来两个小时缓慢降临的黄昏。面对弟弟为她搬进房间的母亲生前的梳妆柜，她反复摩挲着镜中的浮光掠影及母亲生前贴在左右两边的贴画：她的童年、她的少年、她的青年……无边往事，在白杨树哗哗的涛声里，像叶尔羌河水般从喀喇昆仑奔流而下，冲远了闹得世界不得安宁的新冠病毒，留下她站在地平线上，与金灿灿的太阳朝夕对望。

下午，狂风掀动铁皮屋顶啪啪作响，窗外沙尘漫卷，狂风呼啸。很快，她住的小屋被沙尘暴淹没，沙尘从关闭的窗外扑进房间，瞬间将床铺和桌椅蒙上一层浮土。她顶风走出门外，被狂风推着跑了一段路——四野呼呼的风灌满她的血肉，狂风撕掉桃树上盛开的花朵，呼啸着将它们抛向空中；狂风也撕扯着她、不断揉碎并复合着头脑中的记忆。她为再次体会到与风暴狂奔的滋味而获得了勇气。沙尘灌进她的耳朵和嘴里，沙尘摩挲她的额头和四肢，她退回房间，隔着窗玻璃静静望着外面翻卷着滚滚尘土的沙尘暴，直到四野昏黑，只剩风喉。

秦汉时，莎车国立于西域三十六国之林，2000多年来它始终是古丝绸之路的要冲。这里是多民族地区，在故乡的19年，江媛是同少数民族生活在一起的，她曾一度荒疏了母语，令母亲不得不再次搬家。正是这种多元文化背景，使她养成了对生活的好奇心和长期居于荒凉中形成的独立个性，促使她看世界的目光充满审视与警觉。

沙尘暴过后，同母异父的弟弟、妹妹陪她穿过戈壁滩颠簸的砾石路，穿过塔吉克农人栽种的白杨林带，穿过一座座新增的坟丘，来到了母亲与继父的坟前。

2006年12月中旬，江媛和弟弟一起抱着母亲的骨灰盒从北京乘机回到莎车安葬；2014年过完冬至的第二天凌晨，她又从中原赶回莎车为继父奔丧。在乌鲁木齐，她给我发来这样的短信：

> 坐在机场里，我意识到父亲真的走了，他一个人悄悄地走了，尊严到不让人看到他的离去。
>
> 我是多么像他，那么坚硬，坚硬得不让脆弱在我们身上挖洞。对世间的嘲讽，就是我们的笑声，这笑声伴着沉默的哭泣

和不屈服。现在我独自站在风雪里，听到了父亲魂魄的召唤，我突然意识到，原来他就是坚强喀什的一部分。

每次，她都是在生死离别的心境下，回到南疆，在她曾经生活过的村镇里，在无边的绿洲、戈壁和沙漠里举起手中的相机。就像她的诗歌写作一样，她的摄影也从来没有任何目的，她只是在宛若空气般稠密的往事里寻找已逝的岁月。她热爱故乡，回到这里就像鱼儿回到了母亲的大河，她永远保持着对这个世界与个体生命新鲜的好奇心，她的影像常常在无意之中具备了尤金·阿杰"强调历史与对地点的尊重"的特质。

故乡，是江媛人生的根基，她用诗歌、小说、评论，还有我们现在看到的她关于故乡的影像，不断地加固精神的地基，并以此触摸远方更多陌生的地域和精神的边界。

2010年5月，在布达拉宫一侧山体的岩石前，江媛第一次教我认识了"格桑花"。然后，她写了下面这首诗：

> 以一种飞翔的方式/跌落尘埃/千万铜器敲响众生的肺腑/涌向布达拉/贴近精神食粮/转动经轮和密语/轮回生命和死亡/阳光庄穆/高原辽远/千万幡旗摇动春天/格桑花盛开一片（《跌落尘埃》）

后来我又知道，格桑花还有一个名字叫格桑梅朵。在藏语中，"梅朵"是花，而"格桑"就是"幸福"，或者是"美好时光"的意思。

在我 36 年的乡村生活里，由于苦难，我对花朵从来没有感觉。我熟悉小麦、玉米、高粱、芝麻、大豆这些农作物，也熟悉茄子、萝卜、南瓜、黄瓜这样的蔬菜，可是，我从来没有意识到这些植物的花朵的存在。是江媛让我认识到：原来那些喂养我的农作物，也都拥有无与伦比的花朵，而且，每一朵野花都有自己的名字。

江媛对植物有着与生俱来的热爱：在玉龙雪山下，她能认出至少五种的报春花与杜鹃花；在白马雪山，她能认出黄牡丹或者开白色花朵的延龄草；在梅里雪山，她能认出花朵与蒲公英十分相似的十齿花；在巴颜喀拉山下，她能认出开着紫花的龙胆花，还有开着黄色花朵形状像小铃铛一样的黄芪；在阿尼玛卿雪山，她能找到雪莲，还有开着黄绿色花朵的绿绒蒿，这让我十分惊奇。

在青藏高原的任何地方，江媛总是心怀向往：在梅里雪山下澜沧江的峡谷里、在横断山脉下的金沙江边、在大渡河与岷江那总是咆哮着的河流之上、在果洛草原的黄河上游、在三江源那辽阔的高原之上。每当在同行的藏族同胞的帮助下认出一种飞鸟，她都会久久地注视着蓝得能拧出水滴的天空：胡兀鹫、白尾海雕、金雕、黑颈鹤或者黑鹳。在她的神情里，总是流溢出能成为一只鸟的渴望，她渴望飞向天空，就像我们在高原随处见到的白云那样在群山与河流之间漫游。

在中甸噶丹松赞林寺、在德钦飞来寺、在拉萨的色拉寺与哲蚌寺、在西宁的塔尔寺，她手中的相机有时悄悄举向白塔下的朝圣者，有时举向在寺院强烈色彩的墙壁下行走的僧侣；在阿尼玛卿雪山下的果洛草原，在巴颜喀拉山脉南麓的甘孜与阿坝，在青藏高原我们所有的行程里，她总是用一种沉默的、寂然的目光，注视着在经筒的转动声里走过的牧民和他们匍匐在地的身影：

群山聚会/冰峰耸立/阳光捧出云朵/敞开草原无限/地平线
环顾遥远/喜悦坠落无边/大地举出喜马拉雅/花朵头戴春天

白羊穿过黑色山谷/遇见丢失的影子/人们被雪山摘走重
量/融进高原/河流睡在遥远的行程里/牵走牦牛的嘴唇/一只小
羊/嗅着一朵高原红/梦到一滴泪水（《青藏高原》）

如果说喀什噶尔是江媛人生的地基，那么在青藏高原，在湛蓝
的天空里游荡的白云下她获取的影像，就是她对精神自由的追求与
对遗忘的抵抗。

1993 年，江媛从故乡来到了中原，从天地大荒进入蚂蚁般拥挤
的人群，令她感到惶恐；她目光中的孤独，无法理解这诡谲复杂却
又回避探索精神价值的世界。然而，生命中所有的遭遇都无法躲
避。她干过会计、外贸营销员、统计员、副刊编辑、法院审判庭庭
审录像员及检察机关文书等工作；与此同时她还用诗歌、小说、散
文、文学评论等不同文体，反思在生活中遭遇的痛苦与困惑，洞悉
社会的美好与罪恶。

2014 年 5 月，江媛和我前往内蒙古包头市达茂旗下属的石宝镇
温都不令村，与摄影家于德水、牛国政一起，参与了由陈小波等人
发起的"影观达茂"的创作。在随后与摄影家的接触中，江媛渐渐
明白了布列松所说的把自己同环境融为一体，渐渐明白了在不引人
注意的"决定性的瞬间"按下快门的意义，并试图准确地表达她对
人类、对生命、对世界的悲悯之情：

人走了/旧宅荒了/树被砍走/只剩下一棵站在村口眺望/如果你见过这棵站在村口绿叶摇摇的杨树/请一定要抚摸它/它见过来到温都不令的每一个人/也送走过离开温都不令的每一个人（《一棵孤独的树》）

当然，我们现在看到江媛的影像，不可能像寇德卡那样在一刹那点亮一个人的一生，也不可能像萨尔加多那样，具有让我们目瞪口呆的对于灵魂和历史的巨大穿透力；但是，她的影像却以大漠及绿洲的目光，用心灵记录并发现着生活中的诗意。这就是《与光击掌》带给我们的礼物：

如果太阳受到的屈辱更多/我就不必为自己难过/在走过的路上/纵使心灵曾铺满落叶与尘土/我只打扫出一个房间/让光住着……（《心灵的房间》）

2020 年 9 月 19 日，鸡公山北岗 18 栋

"孙方友小说全集·中篇小说卷" 序

　　"孙方友小说全集·中篇小说卷"仍采取编年的形式，共编为三卷：《虚幻构成》收入 1985—1991 年间创作的中篇小说 13 部，约 40 万字；《血色辐射》收入 1992—1995 年间创作的中篇小说 14 部，约 40 万字；《都市谎言》收入 1996—2011 年间创作的中篇小说 14 部，约 40 万字。

　　三卷收入孙方友生前创作的全部中篇小说共计 41 部，约 120 万言，每卷的前面置四类图片，内容包括孙方友的中篇小说手稿、中篇小说首发的文学期刊、中篇小说结集出版图书以及各个时期生活与文学活动的图片资料等。

　　孙方友的中篇小说创作虽晚于短篇小说，但从 1985 年到 2011 年，中篇小说的创作几乎贯穿了他的整个文学生涯。这些作品多发在像《花城》《钟山》《当代》这样的大刊上，多篇被《中篇小说月报》《小说月报》《小说选刊》《传奇文学选刊》《传奇·传记》转载，或被收入多种选集。

　　孙方友的中篇小说创作多是历史题材，其创作灵感多源于民间与社会中的琐闻、志怪与传奇，或者有关历史随笔、传记、杂录等，可读性极强，情节让人拍案叫绝，融合趣味及意味为一体，读来深意破纸而出，绵长不绝，如醍醐灌顶，令读者欲罢不能。比如他写陈州老店，既抒古朴情怀，又解人性深结。即使是写土匪、妓女抗日，也具有人性的惨烈、古镇悠长的风情，读来无不令人拍案叫绝，深思良久。

新笔记体小说作为一种文体，近百年来经过中国现、当代数代作家的尝试，到了20世纪的80年代至21世纪，以孙犁的《芸斋小说》、汪曾祺的《故里杂记》、林斤澜的《矮凳桥小品》、冯骥才的《市井人物》、田中禾的《落叶溪》、何立伟的《南窗笔记》，以及王蒙、贾平凹、谈歌、聂鑫森、曹乃谦为代表的众多作家的创作实践，不但赋予笔记小说广泛驳杂的社会内容，而且继承了表达人生哲思与价值观念的散文化倾向的创作形式，并以小说的虚构手段从宏观和整体上反映现实生活的本质，"小说"的故事性与"笔记"的叙述性的兼容，构成了新笔记小说的文体特征。新笔记体小说作为一种文体，特别是到了孙方友的《陈州笔记》这里，最终修成正果。

孙方友终其一生坚持新笔记小说的创作，《陈州笔记》不仅获得了中国文学界的认可，也为新笔记体小说这种文体奠定了坚实的基础，而这里的中篇小说，则是孙方友新笔记体小说的重要组成部分。

2020 年 9 月 22 日，于郑州

"孙方友小说全集·长篇小说卷" 序

孙方友生前留下来的六部长篇小说，从题材上来看，都应该归属历史小说：《乐神葛天》的背景是神话传说中的亘古洪荒时代、《鬼谷子》的背景是战国时期、《武大郎歪歪传》的背景是北宋末年；《衙门口》与《濮家班》的故事发生在清朝的道光与同治年间，《女匪》的民国背景离我们最近。

这六部长篇小说不是纪实或历史的研究，而是历史背景下的文学作品，就像我们通常读到的《三国演义》而不是《三国志》一样，主要着眼于符合历史背景的文学描述、故事结构与人物塑造，自然就应该当作文学作品来读。

这六部长篇历史小说的创作背景都同电视剧有关，也就是说，这些著作最初的动议都是因电视剧而起：先有电视文学剧本，而后才改写成长篇小说。因而，这六部长篇小说有如下三个共同的文学特质。

一是注重人物塑造。

我一向认为，文学所发现的并不仅仅是人所处的社会与事物的规律，而是人自己——这个创造了第二自然的人类自身，就是文学的终极意义。在孙方友的历史小说里，对人物的塑造从来都是他创作的首要任务。

《乐神葛天》虽然以葛天为叙事主线，但小说同时塑造了葛天的母亲、妇姜部落酋长妇姜以及女儿姹女、部落首领邶莽以及助手湑璟、女部落首领妫璐以及女儿璘湄等一系列文学形象。在《武大郎歪歪传》里，武大郎这个在《水浒传》里虽然着墨不多已十分成功的人物形象，在诸如潘金莲、武松、西门庆等众多鲜明的人物烘托下更加精彩夺目。《濮家班》里塑造出以濮中阳为首的重仁义、忍辱负重、一身正气的中原艺人形象。

《鬼谷子》在塑造纵横家师祖鬼谷子的同时，还塑造了杰出的军事家孙膑与庞涓；不但写活了游说分布在东方的六国诸侯联盟来抗拒位于西方秦国的苏秦，而且写活了提出"连横"外交策略的张仪。《韩非子·战国》里说："纵者，合众弱以攻一强也；横者，事一强以攻众弱也。"南北为纵，东西为横，这群"纵横家"里的谋士，在《鬼谷子》里可视为春秋战国时期最特殊的外交政治家。他们朝秦暮楚、事无定主、反复无常、运筹帷幄，多从主观政治要求出发。虽然纵横家的智谋是春秋战国时期特定的国际形势的产物，但纵横家里所产生的这些个性鲜明的人物，却使春秋战国的画卷显得群雄璀璨。

二是结构严谨。

因为电视剧，这六部历史小说可用气势宏大、结构严密来评价；而且，大多开拓了新领域：《乐神葛天》是第一部描写神话传说中的葛天的长篇小说；《鬼谷子》是第一部描写战国纵横家师祖鬼谷子的长篇小说；而《濮家班》则是国内第一部全面反映杂技艺人的长篇小说。

三是故事好看。

同样也是因了电视剧，这六部长篇小说都可以用故事曲折悬念叠生、人物关系错综复杂、情节扣人心弦来评价；在跌宕起伏的故事里，处处存在着把"情节置之死地而后生"的智力挑战。在这里，最能体现出孙方友关于新笔记小说"翻三番"的创作手法，在

"三翻四抖"的情节中，在文学性和传奇性兼备的故事里，又步步追问着对人性的深层思索。从文体意识方面看，孙方友的长篇历史小说的创作，极大地拓宽了新笔记体小说这一文体的疆域，并丰富了其独立的文学世界。

2020 年 9 月 23 日，于郑州

（收入《濮家班》，孙方友著，郑州大学出版社 2021 年 6 月出版。）

故乡的种子

　　这部集子共选入九部作品，作者分别为"60 后""70 后""80 后""90 后"，不但年龄呈阶梯形，而且分布广泛：维摩来自黄河岸边的豫西，赵大河、罗尔豪来自伏牛山腹地的豫西南，安庆来自太行山脚下的豫北，其余张运涛、邵远庆、李知展、甄明哲、王苏辛的故乡分布在淮河流域的豫东与豫东南地区，他们和如今活跃在文坛的刘庆邦、周大新、张宇、朱秀海、行者、刘震云、阎连科等 20 世纪 50 年代出生的河南作家，还有 60 年代出生的赵兰振、李洱、冯杰、汪渌、张晓林、柳岸、赵文辉，70 年代出生的周瑄璞、乔叶、梁鸿、李清源、陈宏伟，包括 80 年代出生的南飞雁等，有着共同的身份背景，这个背景就是农村，他们都是农民的后代。

　　这是一个十分有趣的现象：河南生于 20 世纪 50 年代、60 年代、70 年代的作家，即便像李佩甫、邵丽这样出生于小城镇或干部家庭的作家，都有丰富的乡村经历与土地记忆。后来，他们要么考学，要么参加工作或参军，总之离开故乡的时间大多是在成年之后。但到了李知展、王苏辛、甄明哲，还有郑在欢、尚攀、智啊威、小托夫等这些"80 后""90 后"的作家这里，虽然他们也多出生在农村，可他们是更早地离开了故乡，而且出走的路径也和生于 20 世纪 50 年代、60 年代、70 年代的作家很不相同，他们不再通过像参加工作、参军、推荐上学等路径出走，而是通过参加高考或者外出打工这样更为主动的方式；也不再集中在像北京这样的城市里，而是分布在上海、成都、西安、东莞等城市里。由于生活经历与文学观的不同，年轻一代的作家在写作上也逐渐发生了质的变化。

一、60 年代出生的小说家

一个名叫马洛的三十六岁的作家，通过网络向"梦想成真局"的审查官递交申请，他想和肖肖合为同一个人。肖肖出生在一个富商家中，童年缺少家庭亲情，长大出国留学后形成叛逆性格，在不断索取和堕落的生活中四处寻找刺激，在父亲身遇车祸遇难后离婚再结婚，最后成了马洛的情人。坠入情网后他们难分难解，从网络"梦想成真局"的云门出来之后，合成一体的"我们"进入了各自的私人生活："我们"同时拥有两个人的感觉器官，拥有两个人的思维，拥有两个人的审美，拥有两个人的价值观。"我们"有时会到马洛家，和马洛的妻子一起生活；有时会到肖肖的家，和肖肖的画家丈夫一起生活……

赵大河的《我。我。我们》（原载《作品》2021 年第 9 期）是一部具有哲学意味的小说，"我们"暗喻着一个人的精神分裂，有着强烈的窥窃别人隐私的欲望。这部小说最初让我想起了卡达莱的《梦幻宫殿》。"梦想成真局"应该是这部小说里的一个重要意象，尽管后面被走丢了有些可惜，但小说的"我"在进入云门按下人生过往的快进键后，所回闪的他生命中经历的难忘的羞辱、羞愧、性的启蒙、初恋、失恋、自杀、偷情、婚姻等往事，承接了他在长篇小说《我的野兽我的国》中运用的蒙太奇的叙事手法。同时，小说中对灵魂犀利的拷问也承接了他的另一部长篇小说《侏儒与国王》所表达的主题。

1966 年，赵大河出生于内乡县大桥乡灵山村，是我在河南省文学院的同事，他虽然在影视与话剧创作领域多有建树，但始终致力于小说创作，特别是新历史小说。2020 年，他又有以腾冲抗战为背景的长篇小说《羔羊》发表，这和 1969 年出生于淅川的罗尔豪的写作十分相近，罗尔豪也写出了像《潘金莲的泪》这样的历史小说。

很难断定，赵大河、罗尔豪的新历史小说写作是否受到同样生活在南阳、以写历史题材小说著名的二月河的影响，但罗尔豪在《潘金莲的泪》里从人性的角度出发，用意识流的叙事手法来挖掘隐藏在人物灵魂深处的精神世界，重塑了武大、潘金莲、西门庆与武松等人物形象，这和二月河的历史小说有着本质的区别。让我们更加欣喜的是，我们在这里看到的是赵大河、罗尔豪关注现实生活的小说。

一对无根的在城市里打拼的情侣站在一座金碧辉煌的大楼前吹牛，男子对女孩豪迈地说，改天我请你在这里吃饭，吃最贵的西餐，米兰式小牛肉、乳猪、鹅肝酱和鸡蛋鱼子酱；吃过饭我们好好游个泳，然后在他们最好的房间，痛痛快快做爱；我们再去奢侈品商店，把他们最好的东西，芬迪、古驰、卡地亚全部买下来；最后，我们把他们，那些富豪，还有当官的叫到面前，叫他们立正站好，给他们训话，谁不听话打谁屁股！那个名叫小吉的女孩快乐地应和着，好呀好呀，就这样！他们说得欢欣鼓舞，可生活的现实却是男子因去讨债被人打伤，女孩在小心陪伴的同时还说等你伤好了我们就分手。他们随后去吃火锅，女孩就着透着世俗烟火的火锅和男友讨论着要不要去做别人的二奶来养活他。饭后他们回到地下室潮湿的出租屋，他们就这样苦楚而快乐地生活。他们就职的公司因为违法都被查封了，小吉要不是刚参加过马拉松比赛跑得快，还险些被警察抓走。男子重新找了一个卖保险的职业，但半月过后他的第一单业务是给自己情人买了保险，并在她自己都忘记的生日那天送给了她，直至后来小吉在大火里救人……小说塑造了一个内心柔软温润却意志坚强的女性形象。

如果你读过《安乐死》和《野猪林》，对罗尔豪写出《小吉快跑》（原载《长江文艺》2021年2月上半月刊）就不足为奇。《小吉快跑》在为我们呈现出辛酸的人生时光之后，让我们看到了生活的意义：我们太多的人都是在艰辛的岁月中无可选择地活着，虽然贫穷，但仍在不停地寻找温馨，哪怕那温馨只存在于我们生活中的一瞬。《小吉快跑》不能算是罗尔豪的上乘之作，但是我们能从中看到他琢磨生活与叙事的能力。

罗尔豪的写作能力也出现在安庆这里：写下遗书的陈沉木在一个大雪纷飞的夜晚，掂着那把伴随他度过晚年的夜壶走向埋葬着他祖先的墓地。他要去寻死，不是因没吃没穿，不是因夜宿街头，也不是因儿女不孝，而是为了暮年的生命已经无法排解的孤独与凄楚。伴随着他踏进积雪咯吱咯吱声的是夜壶在寒夜的朔风里吹出的哨声，哨声在寂静的雪夜是那样刺耳，像刀子一样割着我们的神经。可是，在白色的原野里走了一夜的陈沉木又回到了自己熟悉的村庄，在雪夜中迷路的他连墓地都没有找到。到了暮年的陈沉木就这样一次次地去寻死，可是，他却死不成，在寻死不成之后，他还要在世上活下去，还要继续经受活的折磨，这比死亡还要艰难的生彰显出生命的无限悲壮……在《一切漫长》（原载《四川文学》2021年第9期）里，安庆写生命日落的黄昏，写人到暮年的孤独与苦楚，写人类怎样面对死亡的来临，具有震撼人心的力量。安庆的文笔扎实，具有捕捉生活细节的能力。比如写陈沉木的那把夜壶，这把被赋予生命意义的夜壶，成了一个内涵丰富的意象，朔风在穿过夜壶之后发出的哨子声，可以与人世间任何乐器相媲美。安庆也懂得尊重他的小说人物，即便是使用第三人称也是小说人物的内视角，始终贴着人物写，把老人晚年的日常生活琢磨到了骨子里，写出生命到了黄昏时刻的凄凉与无奈，写出了人到暮年无法排解的孤单与无望。安庆所塑造的陈沉木这样一个血肉丰满的典型人物，具有普遍的社会意义。

张运涛和安庆均出生于1968年，同是"中原小说八金刚"中的"金刚"；所不同的是，安庆生活在太行山脚下的卫辉，而张运涛则生活在豫东南平原的淮河岸边。张运涛的《赛马》（原载《湖南文学》2021年第10期）写了一个生活在社会底层的普通家族："我"的父母与小姨，"我"的兄弟和表姊妹，还有"我"的后辈，一代接一代，春夏秋冬、风风雨雨，家长里短、酸甜苦辣，虽然平淡却生生不息，充满了人间的烟火气息。

在张运涛的叙事里，人物虽简单却形象鲜明。就像小姨说话，表面是那么平静，但话里深藏着惊涛骇浪。父亲意识到生命将尽，就把远的近的亲朋好友都走了一遍，最后，父亲要去淮河对岸的陈湾看"我"的小姨，母亲对"我"肯定说是"看看你小姨"，但"小姨"没说出来，突然就泪流满面。在陈湾，在小姨和父亲那里，深埋着我们很难看到的秘密。在这部接近自传体的小说里，运涛把生活的秘密埋得很深，把爱恋与怨恨都深埋在他的文字里，看似平淡，而生活的河流里却处处布满了旋涡。那把被父亲装进帆布袋挂在门后的二胡，那把琴筒的一侧刷着红色的"毛宣"（毛泽东思想宣传队）琴杆仍旧亮堂的二胡，与《一切漫长》里陈沉木的那把夜壶异曲同工，成了父亲的记忆，父亲把忧伤深深地浸入二胡里，可是后来父亲再也不摸那把二胡，那把二胡里所隐藏的秘密仿佛早已摧毁了父亲对美好生活的向往，属于"我们"家族的曲子只能是"天上布满星"，像《赛马》那样欢快的曲子再也不属于我的父亲和母亲，当然，也不属于我们，那样欢快的曲子只属于灯光齐聚的舞台，只存在于我们的想象之中。

是的，生活就像我们的梦境，现实从来不是游戏，我们无法重来，就像淮河里东逝的流水，永远无法回返。

二、70年代出生的小说家

一个杀猪的姓马，一个卖肉的姓张，两个本分的生意人因活路受阻，异想天开，决定到北京去闯世界，他们其中一个找到自己在京城做防水的姓周的老表，学了防水技术之后开始另立门户；一个在河边摸虾捉鳖姓郭的小混混因为结识了当地一个姓屈的住建局局长，两个趣味相投的人使用极其卑鄙的手段拿下了一片黄金地段的地皮做房产开发，东窗事发后局长把姓郭的给卖了，姓郭的就逃到了京城找到了姓马的周姓老表，姓周的认识一个首长，首长一个电话打到县里就撤了姓郭的案子，姓郭的就在首长的启发下在北京做起了房地产，并通过首长的关系从银行贷款拿下一块地皮，起名唐古拉公馆；因周姓老表的介绍，姓马的和姓张的来到姓郭的房产项目做工程。就这样，原本一个杀猪的，一个卖肉的，还有一个捉鱼拿鳖的，就在北京相遇了。后来他们为了摆脱资金的困境，姓马的借遍了亲朋好友，姓郭的不但注册了信贷公司非法集资，还重新注册了另一家公司，在利用新公司贷下一笔巨款后他就在人间蒸发了。公安部门很快以涉嫌非法集资罪和诈骗罪立案调查，对姓郭的发出了红色通缉令，而那个姓周的和首长也不知所终，最终，姓马的和姓张的成了替罪羊。

邵远庆的《马六甲案件始末》（原载《莽原》2021年第4期）是一部充满喜剧色彩的反讽小说，小说的戏谑与幽默风格因日常生活准确的口语得到彰显，叙事里人物的口语化不但彰显了人物个性，同时也推动了对人物形象的刻画。小说的意义在于：巧妙地利用了普遍存在的社会现象使虚构达到了艺术真实，并揭示出我们所处时代的社会本质。

正如熟悉1973年出生于豫东西华县农村的邵远庆一样，我对维摩也熟悉，"维摩"是王小朋的笔名。1979年出生的王小朋不但喜好足球、艺术和美酒，这位潇洒地生活在古城洛阳的编辑家还写出了这部让我感到有些意外的《黄梅路鱼铺简史》（原载《清明》2021年第5期）。和《赛马》不同，《黄梅路鱼铺简史》写了一条街，写了在这条街上居住的人们：陈鱼家、有余家、老丁家、陈校长家、任海潮家，写了豆腐西施李脂、台商老吴、老丁，写了鱼美人陈鱼、陈文军、三有。黄梅路街上的日常生活就像三有教陈鱼杀鱼一样，敲头、刮鳞、破肚、清肠、切块，样样细致，被王小朋写得热气腾腾、生机昂扬，就像从湖心深处刮过来带着锋利湿气的寒风吹过一锅咕嘟嘟的滚汤一样，四处散发着略带鱼腥的香味。

《黄梅路鱼铺简史》这个题材，用王小朋自己的话说，就像陈鱼妈在镇里街道上劈脸打陈鱼的那个白亮亮的耳光一样，他酝酿了十几年。现在，我们从文字的缝隙间闻到的带着新鲜热辣的气息，就同在三有的婚宴上燃放的大地红闪光雷放出的硝烟味儿经久不散；就像从豆腐西施和鱼美人铺子里买来豆腐和鲜鱼炖出的鱼头豆腐汤，汤白味鲜，健脾补气；就像在任海潮的铺子里那个打工的女人快刀杀出的三文鱼薄片，被王小朋放在冰块上端给了我们，我们蘸着兑了辣根的万字酱油，感到鲜爽适口。"小说也会遇到这样的情形，找对了语气，能把一个司空见惯的事情写得别具风味；找错了角度，会导致表达困难，甚至半途而废。故事通过这种方式来选择属于自己的讲述者，似乎是另一种通灵术的展现。这个讲述者未必是亲历者，但一定是与读者有着某种默契的人，他们甚至可以改变事件的细节和场景，但是总会让故事饱含张力。"王小朋的这话我认同，他这酝酿了十几年的生活素材，终于被他准确地表达出来。

三、80 年代、90 年代出生的小说家

收入本卷的《红鬃烈马》〔原载《中国作家》（文学版）2021年第 9 期〕是一个删节本，尽管小说里人物的命运因删节出现了断裂，但从中仍不难看出这是一部关于命运与抗争、苦难与成长、欺凌与复仇的小说。小说以陆四清夫妇和他们患有小儿麻痹症的儿子陆卫平、夏长林和女儿夏青苗两个家庭生活的交集为主线。陆四清因没有从夏长林那里借到钱而烧毁了夏长林的商铺，不但使夏家深陷生活困境，阻断了夏青苗的学业，而且种下了仇恨。夏青苗和陆卫平以弱者、受害者身份在屈辱与挣扎的成长历程中，逐渐建立渗入了邪恶的人生信念，虽然这信念有邪恶的成分，却是他们对自身尊严获取的过程。这个人性由善良逐渐转换成恶的过程，或许就是当年陆四清们所经历的。这部小说的深刻是对不劳而获仇富心理的

批判，是对贫富差异所构成新的社会矛盾的关注。

2014 年，以笔名"寒郁"获得第二届"紫金·人民文学之星"短篇小说佳作奖的李知展在创作上勤奋而执着，仅 2021 年他就发表了五部中篇、四部短篇小说。本名李会展的李知展 1988 年出生在豫东永城一个偏僻的小乡村，后来外出南方打工，曾做过流水线工人、建筑工、企业文案、文学编辑等，从小说集《只为你暗夜起舞》到入选"21 世纪文学之星丛书"的《孤步岩的黄昏》来看，李知展是个以生活取胜的作家，他文字里想极力表达的底层民众在现实生活中的焦虑与精神迷茫，他文字里的悲悯心与使命感，基本符合从中原土地上走出的众多的现实主义作家所走过的创作路径。

与李知展不同，1990 年出生于漯河的甄明哲的《柏拉图手表》（原载《青年文学》2021 年第 1 期）在叙事风格上却为我们呈现出另外一种景象：一个沉迷于哲学对世界懵懵懂懂一知半解的青涩学子从偏僻小县城来到大学，遇到一个在他看来已经深谙世界哲学与中国哲学的学长张云亮，并通过他前去参加在陌生的城市里一个环境在他看来十分豪华的读书会，在读书会上他遇到了一个名叫李梦的女孩，于是，另外一个阶层的生活对他慢慢展开，因无知与生活习惯带来的尴尬，因女性的气息与目光带来的自卑，引起了他的内疚和不安，深刻地触动了他的内心世界并改变着他……

也是因为删节，我们无法看到小说所着力塑造的张云亮后来是怎样成为一个见利忘"道"的道士的，但由于和主人公有着同样生活经历，这篇《柏拉图手表》让我感到亲切，甄明哲具有穿透力的叙事语言让我感到意外，在平稳而沉静的叙事里他把深奥的哲学话题日常化，并把笔触探入人物灵魂深处，人物形象逐渐地明晰。"有时候我觉得，在剥去了技巧、理论、格调、品味之后，故事最终剩下的实质，是对价值的选择和判断……每一个词语都自有其分量，小说不能做脱离写实的幻想。只不过在这里，'实'的指涉是无边无际的，是陌生而异质的，和'现实'根本不是一回事。这样的写实，和'现实'有很大的不同，它已经是虚构了。"以上是甄明哲在《小说即自由》里对创作的感悟，持有这样文学观的"90后"小说家，已经和传统的现实主义作家分道扬镳。

在叙事风格上，更具有辨识度的是王苏辛的《冰河》（原载《花城》2021年第1期）：章敬业、许亚洲、钟娟娟、索罗，还有后补的〇五三一，都是由城外通往城内轮流值班的门卫；被称为章爷的章敬业手里常常端着印有"钓鱼岛是中国的"字样的白瓷缸子，不是喃喃自语，就是修改前一篇日记，使其成为新的一天的内容；而许亚洲值班时总在拼接一张永远也拼不完的世界地图，或者喜欢看着别人检查挂在墙壁小黑板上的错别字；岁数最大的钟娟娟整天骂骂咧咧；〇五三一总是随身背着自己的蓝色帐篷；而年纪最小的索罗学的是软件开发，在大学毕业时正赶上互联网科技公司大批量倒闭，他就很务实地选择了当门卫。外来者想入住的"城内"位于冰河附近，由被废弃的像垃圾山一样的大楼组成。住进城内的人不但要接受监控，而且不能使用手机，不能组建家庭，不能集体居住，更不允许生育，姓名由各自居住房屋的编号来代替。在城里没有属于"自己的钱"，每人花出去的都是城里的配额。所以城内人不太使用现金，而是喜爱拿东西兑换，仿佛回到了原始社会。人们阅读的报纸被剪得斑斑驳驳，报纸上支离破碎的语句隐藏起城外的信息，很多涉及城外变革的词句都被打了码，甚至有一张报纸上的新闻整版抄袭了三年前报纸的旧闻，而这小小的仿佛被禁锢的门卫室，则掌握着进入城内的特权。

《冰河》描述了在一个非日常的世界里，人们企图建立起新的秩序，但后来人们发现这个秩序仍然是旧有秩序的流动与循环。这是一个充满隐喻的文本，这里人口荒疏、经济萧条，人类仿佛进入了末世状态，人们虽然不停地出出进进，但仍然没法阻挡临近崩溃的状态。《冰河》的叙事语言准确而干净，比如写钟娟娟："她嘴巴太碎，常常拿着对讲机一个人在门卫室喋喋不休……年近六十的年纪，双目炯炯有神，抬头纹很重，戴着复古感十足的细框眼镜。"985院校、煎饼馃子摊、《南泥湾》、互联网、外卖、快递员、带 X 编号的身份证等，这些叙事语言中出现的词语，显示出作者已经具备了把想象转换成日常生活的能力，并使用这种能力来探索文学的本源。

　　1991 年生于汝南县的王苏辛在少年时不但学过绘画，而且还为一部动画片写过故事续集，这直接影响了她后来认识世界的方法，小说《我们都将孤独一生》里的人们会因离婚变成雕像，会使我们想起宫崎骏的《千与千寻》；在她的小说里，城市会变成鸟飞走、护城河里的鲤鱼暗藏怪病、生活在中原小城的人要逃离故土到异乡去重建一个新的家园、照相馆的摄影师专门为人伪造身份……王苏辛擅长以稀奇古怪充满着奇思妙想的故事来书写日常生活中的荒芜与怪诞，她小说里的人物虽然都在孤独中面临精神困境，但他们仍然企图在人生的暗河中寻找亮光。

　　现居上海的王苏辛已出版中短篇小说集《白夜照相馆》《在平原》《象人渡》《马灵芝的前世今生》，以及长篇小说《他们不是虹城人》，其作品曾获第三届"紫金·人民文学之星"短篇小说佳作奖，她还被评为第三届"《钟山》之星年度青年作家"，这些已经证明了她的写作实力。不知为什么，在初读《冰河》时我想起了爱德华·凯里的《废物小镇》和拉斯·冯·提尔的《狗镇》。我想，如果这个文本能像《狗镇》那样设置一个贯穿始终能承载人物命运的事件，可能就会摆脱现在文本的平缓，这虽然有些不尽如人意，但"90后"的王苏辛已经给我们带来了惊喜。

每天凌晨来临的时候，我常常会看到王苏辛发在微信朋友圈里的一些文字，比如我在刚刚过去的 2022 年 2 月 2 日微信朋友圈看到的："对于写作者来说，只要写作状态可以，似乎很多东西都变得没有那么重要了。以至于常常陷入对其他东西的恐惧。有时候会怀疑，连爱情也只是对生活的抒情。实际上只是依然并不真正愿意承担责任。除非有一天，喜欢一个完完整整的东西，然后说：我从不期待一个事物的某个好部分，我喜欢的只是它本身。"我不知道这样的喃喃自语和她写作的关系，但应该说，王苏辛的写作是一个人的想象与具象世界的碰撞，在她那里，想象虽然是建立在神秘无边的由网络构成的虚拟的平面世界，但立体可见的具象则深入她本人生命中所遇到的困惑，她企图通过自己的写作与现实达到和解。

这部集子体现出了编选者的眼光，可以说呈现了 2021 年河南文学创作的实绩，也可以说是过去一年中国文学中篇小说创作的一个缩影。我们在欣喜的同时，也应该看到这些作品里所存在的问题同样不容乐观：陈旧的文学观不只表现在 60 年代作家那里，而且延伸到了 70 年代与 80 年代的作家身上；由于现实语境的改变，写作资源在有些作家那里发生了从源到流的转变，这些都构成了我们写作要突破的瓶颈；在 90 年代的小说家这里，虽然他们在努力地挣脱旧有的文学观念，并为建立新的文学观念作出了努力，但我们看到的现有文本却缺少震撼人心的力量，这是需要我们认真面对的。

在中国文坛产生的由 50 年代、60 年代、70 年代、80 年代和 90 年代作家构成的阵容庞大的文学豫军，不管走了多远，他们的根已经深深地扎入了和他们血肉相连的土地，文学豫军的形成和中原乡村构成的关系，与中国自改革开放以来所走过的曲折道路的吻合，是一个应该引起批评界关注与研究的丰富课题。

2022 年 2 月 3 日于郑州

（本文为《2021 年河南文学作品选·中篇小说卷》的序言。《2021 年河南文学作品选·中篇小说卷》，何弘主编、南飞雁编，郑州大学出版社 2022 年 6 月出版。）

《田中禾论》序

在 2020 年春天来临的时候，文臣教授开始了《田中禾论》的构思与写作，到了 2022 年的 7 月间，在经历了两年半的时间，我终于看到了这部完整的书稿。在窗外的鸟鸣与风声里，我用了三天的时间，拜读完文臣教授的新作，深感欣慰。

《田中禾论》以时间为经，以作品为纬，分四章对田中禾先生的人生与作品进行了独到的结构与论述，书名甚至可更改为《田中禾评传》。

在第一章"作家的'诞生'：1941—1980"里，文臣以清晰的年轮为我们描绘出了田中禾人生的前四十年。就是在我现在居住的鸡公山北岗 18 栋的门廊下，记不清田先生有多少次给我讲述过他的母亲。十几年前，在我的记忆里就已经存放了老太太充满智慧的面容，这和文臣笔下描述的情景十分接近。在那些日子里，有时她老人家也会来到我的梦境，对我发出无声的微笑。2006 年，我随田先生一起到鸡公山避暑写作，也有幸结识了年长田先生 9 岁的大哥，有幸在《印象》与后来的《模糊》里结识了他的二哥。那儿年，田先生的大哥也在山上避暑，由于田夫人韩瑾荣大姐的原因，我也随着田先生喊大哥。大哥稳健而慈祥，从他的身上，我清晰地感受到这个家族对田先生的影响与熏陶。田先生的天赋与浪漫，在这个家族得到了爱护；是母亲给他以宽阔，是大哥点燃了他的文学之梦，是二哥引导他走向陌生的远方。

所以，在源自关汉卿、王实甫、汤显祖、孔尚任的中国戏剧和源自普希金和莱蒙托夫的俄罗斯文学的背景下，才有17岁的田中禾在高中时期写出的童话长诗《仙丹花》；才有他在大学三年级时决定退学并把户口迁到郑州郊区农村去体验生活的惊人之举；才有他随后流落到信阳郊区六里棚村和回到祖辈居住的侉子营的现实；才有他被关押审查，然后流浪到湖北画毛主席像、写语录牌，到工厂推煤、烧锅炉，跟着剧团下乡演戏等等这些经历。这长达二十年的流浪生涯，这所有迎面而来、无法躲避的苦难经历，从文学创作的角度来讲，与当下的深入生活显然不是一种概念，这样的沧桑与伤痛才真正符合文学的规律。

在接下来的"收获的'五月'：1980—1994""融会众法　蔚成气象：1995—2009"与"思逸神超　乐以忘忧：2010年以后"三章里，文臣教授通过《五月》《明天的太阳》《杀人体验》《诺迈德的小说》《姐姐的村庄》等一批关注现实生活的中、短篇小说，通过笔记体小说《落叶溪》与长篇历史小说《匪首》，通过《十七岁》《父亲与他们》《模糊》三部后来完成的长篇小说，来逐步论述田先生作品的思想性与艺术性、论述田先生小说的社会学意义与叙事学意义，这种论述并不是孤立的。

对田中禾文学创作的价值与意义的论证，文臣教授是放在中国新时期文学的进程中同新写实小说、新历史小说与新笔记小说等流派相比较来进行的；是以现代主义中的象征主义、存在主义、荒诞派、意识流、魔幻现实主义等等为参照，同胡安·鲁尔福、马尔克斯、加缪、纳博科夫、帕慕克这些作家的文本来比较的；同时，又是建立在荣格、弗洛伊德、柏格森、海德格尔、尼采等等西方哲学家关于心理学、直觉主义、时间观、唯意志等等观念的基础来论述完成的。

整部《田中禾论》的论述十分流畅，观点独到，最后又通过《同石斋札记》，文臣教授终于为我们呈现出了一个不受体制和习俗的约束、具有魏晋风骨真实可信的田中禾。

在整部书稿的创作过程中，文臣教授举家迁到了江南的嘉兴。在创作与研究的过程中，文臣教授时常拿田先生的人生经历，来对自我的精神世界进行观照，这是《田中禾论》另外的一个文本价值。文臣教授说，在那些深受疫情影响而感到压抑的日子里，他想写一本书，把自己变成田中禾，一个作为思想家与美学家的田中禾。当我读完这部书稿时，我认为文臣教授已经接近了他的初衷。我想，这种感受与体验，对于我们每一个阅读者来说，都会构成一种诱惑。

2014年9月中旬，我在杭州的中国作家创作之家休假，在灵隐寺东边的茶园里，我和文臣教授有一次很长的通话，那个时候他还在信阳师范学院（今信阳师范大学）中文系任教。一晃，八年过去了，如果算上这部《田中禾论》，文臣教授在这八年中创作出版了八部文学理论著作，让人感叹和敬佩。从中，我们可以深探到文臣教授为人处世的性情，他持续的对中国当代文学进程的关注与研究，尤其在当下的文学环境里，显得极其珍贵。

2022年7月31日，鸡公山北岗18栋

（《田中禾论》，杨文臣著，武汉大学出版社2025年1月出版。）

《花誓》序

　　持续高温的 2022 年夏天，注定使我们每一个生活在现实中的人都没法避开。

　　在这个炎热的夏季，我在鸡公山除去写作，最关心的是俄乌战争的硝烟，还有就是从各地不断传来的有关疫情防控的消息之外，每天我必要做的另外一件事情，就是到喜马拉雅音频平台去听老声炮儿播讲的长篇小说《梦游症患者》。然后，转发到我的微信朋友圈。

　　我不懂播音艺术，但老声炮儿播讲的《梦游症患者》深深地打动了我。这不只是我对《梦游症患者》的熟悉，《梦游症患者》的有声作品俨然已成为一个独立的存在。每天听完当天更新的《梦游症患者》，我都有一种拿起电话跟老声炮儿通话的冲动。可是，每次都因担心影响他的工作而未果。8 月 23 日，我收到了老声炮儿发来的微信：

　　　　大哥，小说今天已经全部制作完毕，喜马拉雅平台剩下最后的 8 集。准备明天发 4 集《离乡》，后天发《动物》和《飘失》（完结篇），到后天，喜马拉雅平台就全部发完了。到下周，另一个有声平台"蜻蜓 FM"，也会全部发完。

　　喜出望外。正好，我也刚回到郑州，立刻约他相见。

　　8 月 24 日下午 5 点 40 分，我来到郑州弘润华夏大酒店 A 座豫川名家一楼的云台山厅时，老声炮儿已带着他媳妇提前到了。这天同席的还有张清平和她先生徐爱国与女儿，自然，由我先介绍他们相互认识。

老声炮儿原名陈兵，是郑州市广播电视台的资深播音艺术家。其实，他还有一个艺名叫凌光。凌光有着30多年的播音经验，不但拿过国内许多播音门类的大奖，而且桃李满天下。我向张清平和她先生推荐凌光播讲的《梦游症患者》，然后又向凌光介绍张清平。刚介绍完毕，清平从她随身的包里拿出一本书来，一本装订成书籍模样的长篇小说：《花誓》。清平吩咐我看看，并说：如果乐意，给写篇序言。

清平在《河南公安》做编辑，一直在做文学梦，这我知道。可是，从来没有想到这梦的现实是一部长篇小说，确实感到意外。随之而来的，就是对这部长篇小说的阅读。

《花誓》分上、下两部：上部《神龙——梦是私人的神话》里的故事发生在一个名叫神龙的现代都市里，下部《玫园——乡村是节气的道场》里的故事发生在一个名叫乌龙镇的现代乡村社会里。小说的主人公名叫杨紫郁，一个出生在乌龙镇并在那里度过青少年时代、现在生活在繁华都市神龙里的大龄女青年。经常出现在她生活里的有她银行的同事周玉琳，一本文学期刊的主编又有作家身份的天马和美女编辑司马嫣然，她的同学王惠和丈夫王宏斌夫妇，一个深爱着她但被她拒绝的同学白亚冰和他的堂妹白朵朵，等等；这样一群生活在婚姻这道看不见的墙壁内外的人：比如白朵朵，因为丈夫出轨，她一拳就把婚姻这道墙壁给打塌了；比如王惠，因为丈夫和一个发廊女子有染，结果被情敌一棒下去这个家就被打没了。

而杨紫郁本人，经周玉琳介绍和一个她没有感觉的名叫马驰远的男青年拍拖，但吸引她的不是马驰远，而是对方的父亲和奶奶带给她的少年时缺少的父爱和家的温暖；在杨紫郁的内心，深藏着一个在青少年时代对她产生影响并经常来到梦境里和她做爱的男人，她和这个名叫董天赐的男人在年龄上有着不小的差距。一次偶然的机会，她从一本杂志上看到了董天赐的征婚启事，那个时常能让她抱一抱小时候自己的人，那个常常使她度日如年的梦中情人，可接触之后当杨紫郁向他求婚时，却被拒绝了。等杨紫郁得知他是因为患了胃癌才拒绝她的真相后，就不顾一切地为他治病。最终，杨紫郁为了爱情放弃了在神龙的一切，回到了乌龙镇的乡下，和自己的梦中情人过起了乡村田园生活，董天赐也从开创"玫园"开始，打出了一片自己的天地。

《花誓》一书确实如同这部小说上部的副题"梦是私人的神话"一样，众多不同内容的梦境，构成了对现实生活的隐喻，这些梦境和杨紫郁的人生现实混杂在一起，真假难辨、难解难分，虚幻得有些失真。这部小说艺术的真实性，由各位读者自行判断。我这里要说的是这部小说的叙事语言。

我们来看她怎样写茶道：

> 金骏眉过了5泡，西湖龙井上阵，然后是普洱。这对杨紫郁来说，相当于红酒、白酒和啤酒混搭。几番厮杀，她终于醉了，飘飘欲仙。趁司马嫣然去洗手间的空当，杨紫郁靠在藤椅上闭目反思：这虽然不是场鸿门宴，只是喝茶，品茗之间，只有小溪流水的倒水声和嗞嗞饮茶的声音，但传递的都是情敌之间的招数，杯中都是马驰远在飘来飘去。这正是高手过招，虽不见刀光剑影，却招招直扑心窝。好在惯看秋月春风的杨紫郁

是带着小白旗来的，走时不忘礼貌地对司马嫣然说声谢谢。

作者把自己的情感不动声色地藏于文字之中，并赋予了诗性。再比如写吸烟：

> 杨紫郁盘腿坐到沙发上，摆足抽烟的架势。无论她怎么拿捏和模仿，她抽烟的动作还是笨拙的，不自在的。不过当烟蒂接近她的唇时，她恍惚间就与董天赐亲吻了，就有奇异的香味绕着她，那是什么样的香味？她不知道，反正很好闻，让人陶醉。她试着吐烟圈，试着潇洒地弹烟灰，都是不成功的。她联想起马驰远、司马嫣然、白朵朵还有董天赐的抽烟姿势。马驰远是在玩香烟，一种很娴熟的玩法，不管吐烟圈还是弹烟灰，都带着娱乐的心态和动作。而司马嫣然是耍酷，追求时尚，烟于她，并不是真正的需求，就像她手里的香奈儿包一样，是身份的象征，是标签。而白朵朵是需要，需要与香烟互动，内心隐秘的东西太多却无法倾诉，她要借助烟雾排遣出去。而董天赐是因为孤独，他内心一定很孤独。自己呢？是因为爱情？爱的需要？

以茶道暗喻情感之争，以吸烟比喻人物性格，赋予叙事语言多层意蕴："我和她，就像是手和沙，你越用力越是握不住，我只能放手了……""从一无所有到一无所有，人生就是一场空虚。""养花和看书的男人一定是孤独的，因为花和书都不喜欢热闹。"这些语言，不但被赋予了泥土的气息，也具有人生哲学的意味。清平在小说的叙事语言上下了大功夫，她用语言编织了一个漫长的梦，一个可以用手触摸的梦，一个可以用眼睛交流的梦。

现在，炎热的夏季已经接近尾声，随之而来的，就是秋天的收获。在无数炎热难熬的日子里，清平把深藏在她内心深处的秘密一点一点地安放在文字里。现在，时光已经到了秋季，对于清平来说，《花誓》就是她人生中任何东西都不可取代的硕果。

人生的意义，莫过于此。

2022 年 8 月 31 日，郑州

《幸福的种子》序

2019年11月间，得知孙全鹏的短篇小说集入选"21世纪文学之星丛书"；2020年9月间，我接到了他寄来的由作家出版社出版的《幸福的日子》一书。

评论家胡平在此书的序言中说："写小说，最好从短篇写起，因为一个短篇足以显示作者在人物刻画、情节设置、语言成色等方面的功力，或暴露同样方面的缺陷，而长篇却往往容易藏拙。有些与全鹏同龄一开始就写长篇的人，往往只能将长篇进行到底，若返回头来写短篇，则很难通过期刊编辑的法眼，因为编辑们可以轻易挑出很多毛病。全鹏将来肯定会发展到写长篇的，但那时的他可以说是已经科班毕业了。"胡平先生论述了一个写作者在初入文学之道时怎样处理短篇与长篇小说创作的关系，同时也预言他将来会写长篇小说。

现在，时间刚过去两年，孙全鹏就以长篇小说处女作《幸福的种子》将胡平先生的预言变成了现实：孙全鹏已经科班毕业。

2022年10月初的小长假，我到嵩山小居。一个傍晚，在太室山南麓万岁峰下启母阙后面的山道上，我接到了全鹏打来的电话，这次通话的主要内容就是《幸福的种子》已经进入了出版程序，他希望我能写些关于这部小说的文字。电话中我欣然答应，其中的重要原因，就是我们都出生在颍河流域的淮阳。我在颍河岸边生活了42年才离开故乡，全鹏文字里浓密的充满豫东泥土的气息勾起了我对童年与故乡的怀想。

在《幸福的种子》里，全鹏全面地继承了他在《幸福的日子》中所有的长处。散文化是全鹏短篇小说叙事语言的特征，他的文字以熟知的乡村语言为底色，来彰显朴实，再现他所生长的环境，表达人物的命运与精神面貌；他小说中的情节，是他对现实生活的切肤体验，他小说中的细节，来自他对生活敏锐的感受能力。他散文化的叙事语言"尽量保护了生活的原生态和日常气息，以素朴的基调赢得人们的信赖"。应该说，胡平先生对全鹏小说现实品格的定位，十分准确。问题是，作者在短篇小说中"这种不大设置曲折的情节、不很追求故事性、节奏较为平缓"（胡平语）的散文化叙事语言，怎样来处理长篇小说的结构？

《幸福的种子》主要以河生与麦子兄弟、珍珍、小玲三个家族在现实生活中的人生轨迹为叙事框架，三条叙事线又以河生与麦子兄弟的家庭为主，与另外两条线相互交织；祖孙三代中又以河生与麦子兄弟、珍珍、小玲这代人为描述对象，写他们从童年到中年40年间的乡村记忆与在城镇奔波，写社会底层民众的爱恨与情仇，写他们人生中的奋斗与成长，并从中折射出整个将军寺村在时代风云中的发展与变迁。

为了避免散文化叙事语言带来的结构松散，除上述三条结构线外，全鹏还运用了作者直接介入的叙事手段：《幸福的种子》共分上、中、下三部29节，在其中《听戏》《打工》等8节的开头自然段里，作者以将军寺村40年变迁的见证者、以小说作者的身份出面与读者——正在阅读小说的你——来讨论这部小说的结构形式、叙事风格、人物设置、小说题材、景物描写、虚构与现实的关系、怎样评价小说人物的生活"日常化"、小说的叙事张力与故事的真实性等等这些作者在创作上所遇到和思考的问题；作者还一本正经地和你讨论小说要表达的不同主题、人物微妙的情感变化，甚至还和你讨论梳理小说人物的命运走向、讨论人生的价值与意义，讨论小说的结尾，等等。

运用作者直接介入小说来讨论、讲述小说相关的诸多问题的结构方式，作者很巧妙地把将军寺村长达 40 年的发展历史并置到小说叙事时间中来，让你感觉到他的小说叙事始终都处在"当下"一刻，这不但使得这部小说的结构相当别致，而且很巧妙地避开了长篇小说叙事结构的难度。

这种避开难度的写作，同时也出现在小说人物身上。在这部小说的四个主要人物中，虽然作者的重点之重是河生与麦子兄弟，但我更喜欢珍珍这个人物。珍珍从小跟奶奶生活在一起，不知道自己父母的身世与去向，等长大后才知道母亲已经去世，背叛母亲的父亲下落不明，奶奶其实是她外婆。小说对她的生活境遇与精神性情的描述都很准确，可是后来当她的亲生父亲回到将军寺村之后，作者却避开了珍珍与父亲之间的身世与情感交集，而这种情感交集在小说叙事中也是最见写作功力的部分，但遗憾的是作者避开了。避开了写作难度，这就无形中削弱了作品的厚度与小说冲击心灵的力量。

总之，长篇小说《幸福的种子》对豫东乡村生活的表达十分细腻，是一部关注人生命运、关注底层社会的小说，较之入选"21世纪文学之星丛书"的短篇小说集《幸福的日子》而言，更全面地反映了将军寺村和以此为点所折射出的社会历史风貌。

"21世纪文学之星丛书"是中国作家协会、中华文学基金会为发现、扶植文学新人而创办的一项具有跨世纪意义的文学工程，这项意在扶植文学新人，年龄在 40 岁以下，具有创作成绩和潜力尚未出版过文学专集的青年作家的工程，起始于 1994 年，在过去的 28 年中，河南共有 11 名青年作家入选：

何向阳（1996，评论）、陈铁军（1990—2000，小说）、谷禾（2004，诗歌）、尉然（2005，小说）、刘海燕（2006，评论）、张锐强（2007，小说）、计文君（2009，小说）、陈宏伟（2015，小说）、李清源（2016，小说）、寒郁（2017，小说）、孙全鹏（2019，小说）。

出现在上述名单的作家，现在大都已卓然成家。这也预示着 1985 年出生的孙全鹏，在今后的写作中，有着更广阔的发展空间。

2022 年 10 月 13 日，鸡公山北岗 18 栋

（《幸福的种子》，孙全鹏著，百花文艺出版社 2023 年 12 月出版。）

《痴心三部曲》 序

十多年前，沿海地区组织了一次民营企业高层峰会，有位政府官员在接受央视记者的采访时就民企与国企的关系举了个很有意思的例子：天下所有女人的胡子加起来没有一个男人的胡子长。他的意思是说，民企和国企没有可比性，民企没有国企的垄断功能，本质不同。他又说：国企是酒，民企是水。这话很经典。

一百多年前，德国出了一个卡尔·马克思，还有一个马克斯·韦伯。卡尔·马克思的《资本论》论证了资本主义的灭亡，马克斯·韦伯的《新教伦理与资本主义精神》论证了资本主义为何成功。他们的论断影响了 20 世纪至今整个世界的进程。民企是水，是社会功能的体现，民营企业的灵魂就是市场经济。

资料显示：在当今中国，中小企业为国民经济的发展提供了50%以上的税收、60%以上的 GDP、70%以上的技术创新、80%以上的城镇劳动就业岗位，90%的市场主体，100%以上的贸易顺差，为我国经济的发展和社会文明与进步作出了重大贡献。

在这样的环境下，原鲁山炭素厂从 1979 年到 2009 年的 30 年中，始终走在我国炼铁高炉内衬材料制造业的前列。1999 年改制至今，更名为"河南方圆炭素集团"的这家企业已经是我国乃至亚洲最大的炉用生产基地，旗下拥有 8 家分公司，产品出口欧美等 30多个国家和地区，并且创造了全国同行业的多个"第一"，是中国当今中小企业稳步发展壮大的一个成功范例。

现在我们看到的《痴心三部曲》，就是一部以河南方圆炭素集团发展史为背景、带有一定自传性质的关于中国的民族工业发展的长篇小说。作为地方中小企业发展历程的亲历者，作者以平凡的语言讲了底层平民的奋斗史，塑造了像季健中这样的有担当的管理者与改革者的形象，其以丰富的细节与纪实手法讲述与传达出的情感经历、社会经验、人生奋斗等，构成了这部长篇小说的底色。

《痴心三部曲》通过一个地方企业所经历的曲折复杂的创业路程，折射出了几十年来企业改制中众多企业所面临的政策制度和营商环境、生产成本与技术革新、企业发展与人文环境等普遍存在的社会问题，为我们了解中国基层社会和中小企业的发展，对我国中小企业的发展都具有启示意义。

2022年6月11日，河南省文学院、河南省小说研究会、河南大学出版社曾为两卷本的《痴心》（河南大学出版社2021年4月版）召开过一个研讨会；现在放在我们面前的《痴心三部曲》，是作者在充分听取了诸位专家的建议，用了半年多时间修订、充实、完善而成。较两卷本《痴心》，《痴心三部曲》在对家国情怀与人性、宏大叙事与细节、报告文学与小说、纪实与虚构，以及对正、反二元对立的人物塑造模式等小说叙事问题，均有了比较清醒的认识。

事实证明，小说只有摆脱所谓的纪实性，才能获得更大的自由。现实主义往往通过工业题材、农村题材或者战争题材来塑造英雄人物，表达其宏大主题。其实，文学不存在所谓的题材问题，文学永远站在人性的一边，是对人本身的关怀，是更多地发掘人的内心世界，而不是站在某种立场上事先设定的某种情怀。文学创作不能用职业局限与现实生活来限定作家的想象力和创造力，只有突破题材与现实生活的局限，想象力才能被张扬；只有首先确立个人主体意识，具有自传性的写作才能更接近文学本身。

从 20 世纪五六十年代的中国工业小说的视角来观察《痴心三部曲》，其精神本质就是社会主义的现实主义，是进入 21 世纪的现实主义文学的收获。对于偏重农村题材的河南文学而言，《痴心三部曲》以民间立场所构建的个人体系精神史，并以其所彰显的社会价值，填补了当下工业文学书写的空白。

2023 年 5 月 26 日，于鸡公山北岗 18 栋

（《痴心三部曲》，李健伟、朱六轩著，郑州大学出版社 2023 年 9 月出版。）

中国底层社会众生相

    2022 年的河南中篇小说创作，是了解中国当下文学现状的一个窗口。

一

    《沉默的传菜生》（选自《小说月报·原创版》2022 年第 6 期）是赵文辉"餐饮人笔记系列"之一。说是笔记系列，但这个系列里的小说被注入了现代小说的叙事理念，已经和传统笔记小说在语感上大相径庭，但有一点没有丢，那就是对人物的塑造。

    宋少华初来"韩家厨房"时还是一个十七八岁的青年，他干活儿不惜体力，干完传菜员的工作后还会帮前厅服务员扫地、替砧板工择菜、和洗碗阿姨一起洗小件餐具，一会儿都不消停，眼里啥时候都有活儿，就像个上足了发条的机器。和他相熟的有着驴脾气的艳红跟老板闹了矛盾，许他说要是一起走就做他女朋友。可他不敢答应，结果惹恼了艳红，这个发起威来像一头母狮子的女孩儿当场就删除了宋少华的微信。宋少华少年时爹就离家出走，他想在老笨叔的肩膀上靠一靠，喊一声"爸"，这话把老笨叔的眼睛都说潮了。老笨叔是一个面对淀粉袋子的封口线就束手无策、被老婆奚落是"这辈子没放过一个响屁"的人，店里脏活儿、笨活儿、累活儿都由老笨叔干，可就是不好意思给老板张口说涨工资，反过来总是替老板操心。宋少华为了挣钱去了南方，等回来就得了精神病。"韩家厨房"的老板辞了宋少华，没想回到"韩家厨房"做了大堂经理的艳红却和宋少华结了婚。艳红在宴席上逢人就说："我怀孕了，是宋少华的。"刀子嘴豆腐心的艳红外边有许多闲话，她之所以嫁给宋少华，那是因为她怀了别人的孩子。还有，为了一包被扔掉的西兰花梗茎就把员工骂得狗血喷头、从来不做赔本生意的老板韩胜利；随时都会去到老板那儿给别人种蒺藜，老板却说他是条喂不熟的狗的大厨徐小胖；那个长有一双大粗腿、双下巴，脖子和手腕上戴得金光闪闪说话大嗓门却有一个娇气名字的理发店老板娘金小妹；等等。《沉默的传菜生》里面的人物个个出彩。

　　1969 年出生的赵文辉，用了近 20 年的时间，为今天的写作做准备。2002 年，赵文辉从河南省文学院研修班结业后辞去了原来的工作，为了减少与外界联系，销了手机号，昏天暗地过了 5 年，这期间啥都不想，就是一门心思写小说。其间全靠微薄的稿酬养家糊口。到了 2006 年年底，由于生活拮据他不得不向生活妥协，创办了一个主题婚礼酒店，这一干就是 8 年，每年要做几十场婚宴，接触社会上形形色色的人，每天一睁眼，就有处理不完的杂事。文辉虽然没有时间坐下来写作，可生活笔记从来没断，几年下来积累了 60 多本，稠密的生活给他带来丰富的创作素材。到了 2016 年下半年，他痛下决心，把酒店的股份转让出去，然后又一头扎进家乡的深山里，换了手机号，过起了隐居的读书与写作的生活。他用一年半时间读了上百本文学书籍，边读边回头审视他多年的酒店生活："我想认真地写写他们——我的服务员和厨师，餐饮人的卑微和不易，生活的失败和挣扎，还有他们心底深藏的阳光。"在文辉这里，从来不存在深入生活的问题，因为他就在生活之中，生活就是他的命运；他也不需要别人告诫他到人民之中去，因为他就是其中一员，有着同样的喜怒哀乐。在进入创作后，他又清醒地把自己从繁杂的生活与情感之中剥离出来，就像卡尔维诺借《树上的男爵》里的主人公柯希莫之口说的："谁想看清尘世，就应当同它保持必要的距离。"这就是赵文辉小说出彩的原因，文学的种子一旦深埋在生活的土壤里，你没办法阻挡那种子在肥沃的土壤里发芽，长成旺盛的植物。

与赵文辉相同，张运涛在《我爱赵老师》（选自《湖南文学》2022年第12期）也写了自己熟悉的教师生活。康健酒店的老板康前进、药店老总厉天芳、县财政局被人们称为局长的马一鸣、某乡镇中心学校的任校长，还有市图书馆馆长助理田冬春，这帮2019级27班的"家委会"成员在面对下一代接受高中教育问题上，表现出了各自不同的态度。田冬春的儿子田夏本来已经被市里的一所高中录取，但因孩子曾经被班主任踢了一脚，才决定转到下面县里的一所中学，然而，因教育理念的不同，他受到儿子的班主任赵老师的冷淡，并被其他"家委会"成员孤立。在反映当下社会广泛关注的教育问题的同时，小说探寻了人们复杂而微妙的心态，运涛让他笔下的人物发出了属于他们自己的声音。

二

《守望者》（选自《小说月报·原创版》2022年第9期）写一个名叫张成的矿工因轻伤被派去守墓，为室友黄二中占了他们共有的宿舍而耿耿于怀。最初的日子他是在孤独和怨恨中度过的，无论白天与夜晚，与他相伴的都是动物，是植物和昆虫，是风声和雨声。在矿难中牺牲长眠地下的65位工友中，有他的师父和两位兄弟，他想法确认墓地里每一个人的身份。在最初的时光里他喃喃自语，在孤独中渐渐地学会了和躺在地下的师父和工友们对话。在潜意识中，师父并没有死，他的工友李刚、二明也没有死，他们的鬼魂每天都陪伴着他，无论春夏秋冬。1957 年，孙希彬出生于河南襄城，和我是本家。我们一同在 20 世纪 80 年代末期步入文坛，希彬是位有成就的老作家。我最早拜读希彬的作品是在 20 世纪 90 年代，他的中篇小说《麦郎子》曾获河南省作家协会"首届文学新人新作奖"。记得《麦郎子》表达的主题是乡村风景大多是外人看到的，而在土地上劳作的人，感受到的却是生活的苦涩和怨恨。在《守望者》里，我们能感受到他扎实深厚的乡土气息的方言运用，就像大江健三郎所说："语言本来是别人的东西——如果这样说过于偏激，那么至少可以说是与别人共有的东西。如果不考虑语言的共有性，也就无法认识索绪尔所讲的意义的语言，更不存在每个人具体语言的得体性。……所有的诗和小说都是用与他人共有的语言，即引用，创作出来的。"① 希彬深谙叙事语言的奥秘。同时，希彬也懂得尊重他的小说人物，虽然是第三人物叙事，可他的目光自始至终都是贴着张成这个人物的内心世界走。你看看他写张成和山下村子里两个相好的女人，写和"大金牙"打赌"验一验"的惊心动魄，写到了晚上才来给他送热腾腾菜包子的槐花的柔情似水，充满了人间的烟火气息，特别鲜活。张成听懂了草木鸟兽与天籁融为一体的自然，也看透了人兽与鬼魂组成的社会，他把自己和坟墓合二为一了。

和《守望者》一样，刘西北的《凤凰》（选自《莽原》2022

---

① ［日］大江健三郎：《小说的方法》，王成、王志庚等译，河北教育出版社 2001，第 206 页。

年第 1 期）也写了生与死，写野草一样丛生的人性。《凤凰》以一个童年女孩的亡灵为叙事视角，讲述一个家庭的生存现状。刘家父母因父亲记忆力越来越差，招集儿子和女儿三家一起商谈父亲身后的遗产分配问题。即便是亲兄妹，他们也各有各的理由和委屈，各有隐私和秘密。二哥刘建中觉得父母把心思全花在大哥刘建东和妹妹刘凤凰身上，唯独忽视了他的存在。而妹妹刘凤凰又以为自己是抱来的，父母背着自己珍藏了件贵重的古董青花瓷瓶。其实，那件花了三元五角钱买来的仿品古董里装的是当年被淹死的凤凰的骨灰，就是这个故事的叙述者。当然，刘西北的亡灵叙事不同于 A.S. 拜厄特的《占有》《天使与昆虫》等小说中的幽灵故事，也不同于大卫·米切尔《幽灵代笔》中的幽灵故事，他讲的是中国底层社会一个家庭生存的艰辛。凤凰的父亲为了养女刘凤凰，在黑社会老大那儿用铁棍敲断了自己的腿。《凤凰》不但写了这个家庭，还写了和这个家庭相关的洗心革面的黑老大明哥，写了拿着一根鸡毛掸子挨个给汽车前挡风玻璃弹浮灰伸手要钱的残疾人——那个让丈夫马卫国耿耿于怀的刘凤凰的初恋小军。"这世上，恨，太容易，不过是记忆的延续。宽恕，最难，它需要你洗肠涤胃，换一颗心。"这是刘凤凰对生活的感悟，《凤凰》也因此呈现出了人生的凄美与悲壮。

三

一个名叫陶乐的女孩坐在 20 多层楼高的阳台上要寻短见，接警赶来的警察忙着营救，她的母亲焦急万分……李清源的《无事烦恼》（选自《青年文学》2022 年第 11 期）以惯有的故事悬念设置开篇，然后使用全知全能的叙事视角一层一层地剥离事情的原委，以城中村为背景，写了一个家族三代人的精神成长故事。

陶寨的村民因城中村改造而发迹，富了之后的老陶在村里出头续写家谱，按照宗谱上的字辈顺序往下传承。他要继承传统文化，却与村里人和后代们之间因文化观念的差异生出了矛盾。老陶的女儿陶然是一位中学老师，早年因和一个名叫费强、自称俄罗斯混血的年轻人恋爱受骗，生下女儿陶乐一个人抚养。这个在单亲家庭中长大的女孩在小学时就开始叛逆，母亲找男友，女儿想方设法给她搅黄。女儿上了大学和一个来自利比里亚的黑人校友布莱克处朋友，遭到母亲反对，在这对母女之间展开了一场旷日持久的精神对抗。在现实生活里，她们各自有理，长辈觉得自己是为孩子好，可从来都不考虑孩子愿不愿意接受。当对方不愿意接受时，矛盾就随之而来。精神的焦虑在无休止的争吵中不断地产生，每个人仿佛都处在道德优势之中，可等女儿成为母亲之后，最终还是成了自己当年所憎恨的长辈模样。

在城市的扩张进程中，从前的城市郊区现在成了城中村，农民改成了城市户口。身份发生了变化，可文化基因没有变，虽然他们在努力地改变和适应着，但因焦躁不安，在他们的精神蜕变过程中带有几分歇斯底里的成分。《无事烦恼》承接了李清源在《无缘无故在世上走》中的艺术风格与思想："我们需要用文学这样一种形式，来表达我们的存在、我们的思想、我们的境遇、我们在这个时代的得失成败和欢喜悲伤。"①

在《远大前程》（选自《山花》2022 年第 8 期）里，王苏辛探

---

① 李清源：《我们为何需要写作——〈无缘无故在世上走〉创作谈》，《快乐阅读》2023 年第 2 期。

寻的也是蜕变与成长的人生故事。看到《远大前程》的篇名时，我脑海里就跳出了查尔斯·狄更斯。当然，王苏辛不是狄更斯。狄更斯《远大前程》里的故事发生在 19 世纪中叶的伦敦，讲述的是一位名叫皮普的年轻孤儿和他人生旅途中的故事，而王苏辛的小说主人公则生活在当下："2021 年秋到 2022 年春，我完成了一篇较为满意的中篇小说《远大前程》。小说以一名法律工作者和一位油气勘探员各自长达十多年的职场生活与情感交汇，试图还原两个青年从大学毕业到疫情开始这期间的成长变化。"①

孙尧和刘源原是大学同学，毕业后却走向了不同人生道路，孙尧成了一名海上油气勘探员，后来被派到安哥拉；而刘源毕业后则去了北京一家以出版法律读物为主的出版社，有一次她去贺兰山看岩画时突然决定辞去出版社的工作，随后考入了中部某县城的法院并被派往下级司法所工作。在这篇小说里，主人公生活中的时间都具体到某年某月某日，而且叙述上也由远及近，严格地按照小说中不同人物的视角在两个主人公之间来回切换。他们使用邮件、短信、微信交流不同的生活信息：对一个法律案件的讨论、对一本法律小说的看法、与美院老师的对话、与那些开船持枪的偷油者的对视等。不同的话题与事件交织在一起，试图运用生活环境与语境的差别来保持叙事的张力："也许所有事都本来就是一件事。只是有时候，生活需要停顿，从一处场景走向另一处场景。"与其说这是小说主人公的内心活动，倒不如说这就是小说所要表达的主题。在王苏辛的小说里，人物的生存状态完全不同于赵文辉、孙希彬与李清源，用刘源的话说，虽然"一个人看到自己的方向是很难得的"，

---

① 王苏辛：《虚指的 21 岁及仿佛成熟的 30 岁》，《文艺报》2022 年 10 月 1 日第 2 版。

但仿佛他们对生活的选择"从来没有任何形式的返回，她只是在起航"。

从《白夜照相馆》到《在平原》，从《冰河》到《远大前程》，王苏辛的每次写作都是对自己以往小说叙事主题与叙事方法的变换："对我自己来说，这是一次非常独特的写作经历。把一些较为迫近的认知也带入小说中进行了一番思辨性质的探索。"①

四

1967 年，奚同发出生在陕西白水，1989 年毕业于长春师范学院（现长春师范大学）中文系，这和小说《后来》（选自《啄木鸟》2022 年第 12 期）中主人公的身份相符，虽然他在现实中所从事的新闻工作与小说中的"我"的工作出现了差异，但《后来》中的故事是"我"记忆中的初中生活，我们因此有理由相信这部小说的创作素材来自他对生活的真切感受。《后来》的核心事件是我的中学同桌邬冬梅突然从"我"的生活里消失，成为"我"童年记忆里难解的心结。听说邬冬梅被她的亲生父母带回了家，"我"的父亲是亲历这个案件的警察，了解邬冬梅的身世，但父亲却一直缄口不言。多年后，在"我"继承了父亲的警号后，企图解开自己的心结。"我"通过查阅档案，寻问所有能见到的知情人，但最终有关邬冬梅身世的故事却十分平淡。

《后来》是一部关于普通人平淡人生的小说："我们鲜活的人生，后来常常都被档案里那些干枯死板的文字和发黄的照片所取

---

① 王苏辛：《虚指的 21 岁及仿佛成熟的 30 岁》，《文艺报》2022 年 10 月 1 日第 2 版。

代。"或许，在邬冬梅的人生里也有惊心动魄的故事，但只是"我"对此所知甚少，无法了解和获得深藏其后的秘密，这才是我们所处世界的生活常态。尽管"我"对邬冬梅的人生故事所知甚少，但她的人生命运里仍然充满了偶然性。在黑格尔看来，偶然性与必然性是相互依存的关系，生活中无数的偶然性，最终决定了人生命运的必然性，这个过程同时也从中折射出人类众多同类的命运。幼年的邬冬梅被拐卖和后来回到亲生父母的身边，以及后来她又重新出现在养父的面前，她的人生轨迹里充满了哲学的意味。

《后来》这部小说的意义在于揭示平凡人的生活常态。俗世中的我们会像小说中的"我"一样偶尔想起童年和少年，想起那些在我们的中学或大学里所遇到的在我们内心留了深刻痕迹的往事，那些一直深埋在我们内心的哪怕是自己最亲近的人，比如妻子、儿子都无法张口说起的秘密，伴随着我们的记忆回到我们有些伤感的现实之中。

很多现实主义小说通常不给读者预设向内观望的窗口，而《后来》则不同，它在叙事上为我们呈现出了小说的空间感。我常把小说比喻成一幢建筑，《后来》在语言墙壁上为我们留出了足够的向里窥视的窗口，我们可以通过这些不同层次的窗口去想象这幢建筑中的内在结构，使读者参与进来，这对阅读者来说是一种十分微妙的感觉。

五

收入本卷的《一柱楼》（选自《作品》2022 年第 1 期）是部历史小说，写的是清朝中后期四大文字狱之一的《一柱楼诗集》案。

《一柱楼诗集》是清朝举人徐述夔（1703—1763）生前所著诗文，身后由儿子徐怀祖刻版结集。乾隆四十三年（1778），在徐述夔去世十六年、徐怀祖去世一年后，因莫名其妙有些牵强的"反清复明"倾向的诗句而发案。

历史浩瀚如大海。布罗代尔及其年鉴学派认为，"今日世界的90%是由过去造成的"。所以，小说家历史题材的写作重在选材，所选题材应有穿透事件表层的力量，用来揭示那些隐蔽在暗自、影响社会的因素。《一柱楼》写了徐述夔的生前身后，用力太宽，小说的叙事语言深受"三言二拍"的影响，缺乏现代感。其实，《一柱楼诗集》案的现实意义在"发案"上，在陶易和他的幕僚陆琰、谢启昆、涂跃龙以及徐述夔的后人徐食田、徐食书，徐述夔的学生徐首发、沈成濯，包括他的生前好友沈德潜以及姚德璘、毛澄等这些人所受冤屈上，当然，还有像刘墉、蔡嘉树、童志璘这些与案件相关的历史人物的精神世界，是要把历史事件中个体的迷茫与质问渗透到日常的现实生活之中，而不是宽泛地用力一笔带过。

六

运用现实主义的叙事手法来表达对底层社会民众的生存境遇与精神现况的关注，是这个选本的艺术特征。但是，也能从中看到我们文学观念的滞后。

前些日子我重温贝拉·塔尔导演的《都灵之马》和《撒旦探戈》。《撒旦探戈》长达六个小时，看完电影我又重读了拉斯洛的小说原著。待读完这部小说选本，我深刻地感受到，西方文学在再现小说人物所处时代和人的生存境遇时，和我们有着不同的文学理念。在这样的文学参照下，再来谈我们的文学创作，我发现是非常困难的。现实主义对我们的文学创作来说，其实是一个禁锢。现在我们仍然在提倡所谓的现实主义传统，什么是文学传统？文学传统就是文学观的约定俗成，传统就是走老路，就是前面已经有一千位或者更多的作家使用过这种创作方法，继承文学传统的实质，就是再跟着模仿一次，就是避开对写作的探索与难度。说白了，就是没有创造性价值可言，传统只不过是庸人给自己找的一个理由和说辞而已。

20世纪的现代主义文学不光是对叙事形式的革新，重要的是对人类自身存在的重新认识，是对自我心灵的审视与观照，是对生命在时间之中存在形态的认识。也就是说，这个话题虽然是叙事学的，同时也是自然科学关于生命存在的问题，是关于时间和空间的问题，是一个哲学的话题，是关于人类灵魂的话题。现代主义的精髓，研究的是存在的瞬间，是生命在时间中的形态。所以，放在20世纪的文学背景下来强调所谓的现实主义，确实是思想禁锢。当然，我们不能把现代主义小说的叙事理念和现实小说对立起来，其实，它们是承接关系。现代主义小说在再现人类的生存状态与精神状态上，更真实。

这个选本的八篇小说，只有两篇是完整的，其余六篇是删节本。选编者出于善意，目的是多选几篇。其实，好的小说，故事散落在语言里，而不在事件里。一部好的小说就是一台完整的机器，语言就是形成这台机器的零部件，当你知道这台机器少了一个零部件之后，就老觉得在运行时会出故障。事实也是这样，一部好的小说，你是无法删节的，小说里的每一句话都承载着作者想要传达与小说结构相关的信息，你怎么能拿走？没法拿。你一旦删节，作品里所要表达的主题就发生了变化。所以，希望今后做选本，宁愿少选，也不删节。

2023 年 3 月 16 日，郑州

（本文为《2022 年河南文学作品选·中篇小说卷》的序言。《2022 年河南文学作品选·中篇小说卷》，何弘主编、南飞雁编，郑州大学出版社 2023 年 6 月出版。）

《唐咏声篆刻选》 再版序

2016 年 4 月下旬，余赴信阳出席"潢川籍现代作家、翻译家王实味诞辰 110 周年座谈会"，并作题为《现代文学中的王实味》的发言。就是在这次会议上，余结识了篆刻家唐咏声先生。也是巧合，又过十天，余因主持"信阳美丽乡村微电影节"剧本创作，和张锐强、田君、李乃庆、八月天、江媛一帮作家又赴潢川时，再次和咏声相聚。不同的是，这次咏声送余一枚"墨白"朱文印章。后来想想，余当时并不识这枚印章的真面目，只是打内心里喜爱，随时带在身边，后来给朋友赠书时，余多用这枚私印。

近几年，因了《鸡公山文化》的缘故，我们年年请咏声上山参加"鸡公山万国文化研究会年会"，相面稠了，逐渐成了真心朋友。在今年 10 月中旬刚过去的年会上，我们请咏声作了题为《豫南印话》的演讲。

咏声从安阳殷墟一带出土的殷商时期的三枚铜印和齐国陶片讲起，接下来是从凭证、信物到保密讲古代印章的作用；从商周青铜器上的金文讲到春秋时期黄国器物"叔单鼎""黄夫人壶"上的铭文；从蛙型、浅浮雕动物的印纽论证从信阳出土的东周时期的玺印"弋阳邦栗玺"和战国时贵族的配印"王之名士"；从秦朝年间杨姓贵族的私印"杨潢"到汉时的"假司马印"；从 20 世纪 80 年代至 2006 年间在新蔡、平舆陆续出土的战国至秦汉间以"弋阳国丞""新息长印""固始侯相"等为代表的封泥。讲到这儿，咏声似乎有些动情，他说，从这批封泥看，秦汉时印章的制作已十分精美，而且使用频繁。

随后，咏声又从唐宋官印讲到元朝初期赵孟頫的《印史》，从元代花押印、朱文印到第一位运用石料篆刻的书法家王冕，从明清流派印的鼻祖文彭到明末清初的八大山人，从清末篆刻巨擘赵之谦到民初西泠印社创始人王福庵，从2008年奥运会会标到成都杜甫草堂里的"印道·中国篆刻艺术双年展"，又从信阳的文创产品讲到他创作的《青分楚豫气压嵩衡》等与鸡公山相关的系列篆刻作品，真是一部中国篆刻艺术的发展与演变简史。从中，可见咏声学养之深厚。咏声说："古玺印不但为元朱文印人、明清流派所用，之于当代印坛，也影响巨大。"由此，可见咏声篆刻艺术之源泉。

咏声的演讲听得余如痴如醉。虽然余喜爱篆刻，也有一些浅显的阅读，去过几次安阳文字博物馆，每次到杭州，西泠印社也是必去之处，但之于篆刻，余是门外汉。这次通过咏声的演讲，特别是印章的使用，从封泥到纸张的分野，着实给余补了一课。在日常生活里，咏声时常读古印，并"多有不安"。这因阅读而引起的"不安"，意味深远。余能感受到，中国古老的篆刻艺术传统，已融化在咏声的血液里。

在治印之余，咏声常习书，上从汉隶出发，下至清时的伊秉绶与赵之谦，这影响了咏声治印的风格。所以篆刻家徐雄志说，咏声的篆刻"可感受到诸多隶书意趣"。咏声治印，多以战国时期的三晋小玺与明清流派印风格的微小古玺印行世，他初赠余的"墨白"，就是一方三晋玺的小品。书法、篆刻家李刚田称赞咏声的篆刻作品"雅"，书法、篆刻家魏广君说咏声的印风"心细且刀冽：心细者气厚，刀冽者情真"。篆刻家周斌认为咏声有"古典情结"，叶康宁教授说咏声的篆刻作品"静谧而婉约"，书法家冯崇智称咏声的刀法"内敛而精准"。这就有些意思了。上述诸位方家各执其说，可见咏声的篆刻艺术之丰富。

咏声说，古人玺小而精劲，章法有正气。清人用刀有余，今人少得也。因此，咏声在治印时力求章刀二法。咏声治印用石也有讲究，虽然偶有寿山石、芙蓉石，以及本地的光州浮光山石，但他治印多用青田石。这次咏声上山，又赠送余一枚"墨白藏书"朱文印，就是青田石料，这让余喜出望外。在鸡公山秋日的暖阳里，余再三品赏，从边栏到边款，一笔一刀，处处用心，是刀笔与印文的契合。在篆刻创作中，咏声摆离藩篱禁锢，把思索安放到篆刻作品里，其行为已到了浙派印风的代表人物丁敬"古人篆刻思离群，舒卷浑如岭上云"诗句的境界。

每次见到咏声，看着他对你微笑，都会产生上去拥抱他的冲动。出生于甲辰年的咏声，要在他一个甲子的人生年岁时再版《唐咏声篆刻选》，并吩咐余在前面写一些话。这对于余来说，无疑是关公门前耍大刀。但当时余竟然没有半点犹豫就答应下来，这就是咏声的人格魅力之所在。也是因为，咏声治印多是出于对供养他的故土的热爱，阅读其中，你会感受到，集中入选的每一方印，都浸润着咏声的心血。

是为序。

2023 年 10 月 21 日，于郑州

"21 世纪河南作家系列研究工程"序

远在 20 世纪 90 年代，就有人感叹文学的衰落。仿佛是瞬间，时光已进入 21 世纪 20 年代，30 年过去，文学仍然是人类精神的本源，是我们的日常，是我们生命本身。现在，我们驻足回望，虽然世界有许多不尽如人意，但对文学的梳理仍然十分重要，因为这种梳理能使我们清醒。

最初，对 21 世纪河南文学现状的梳理由高校发起：从《平顶山师专学报》（《平顶山学院学报》的前身）率先开设"河南作家作品研究"到《郑州师范教育》的"中原作家作品研究"，从《周口师范学院学报》的"周口作家群研究"到《中州大学学报》的"河南作家评论专栏"，从河南大学的《河南大学学报（社会科学版）》到《汉语言文学研究》；从郑州大学的《郑州大学学报（哲学社会科学版）》到《语言知识》，从郑州师范学院中原作家研究中心的"中原作家研究论丛"到信阳师范学院（今信阳师范大学）的"中原作家群研究资料丛刊"，均结出了丰硕果实。当然，还有《中州学刊》《南腔北调》《莽原》等等，均表现出对河南当代文学现状的关注与研究。

所以，也就有了"21 世纪河南作家系列研究工程"的全面启动。由河南省文艺评论家协会、河南省小说研究会、河南文艺出版社、郑州大学出版社共同发起的这项文学研究工程集结了中国当代理论与批评的智者，对 21 世纪以来有创作实绩和文学追求的河南（河南籍）作家、诗人、评论家进行研究，展现河南（河南籍）作家、诗人、评论家的创作现状，来提升、改善我们的精神面貌。

这项研究工程以"河南小说二十家""河南小小说二十家""河南散文二十家""河南诗歌二十家""河南评论二十家"等专题形式，分别在《大观》《牡丹》《躬耕》《快乐阅读》等文学期刊陆续推出，每个研究小辑均由作家生活照、作家简介、相关研究论文、创作谈及主要作品构成，最终结集出版。

现在，展现在我们面前的"21世纪河南作家系列研究工程"丛书就是其研究成果。其入选的小说家、散文家、诗人、评论家均以2015—2022年八年的河南文学作品选及进入21世纪以来在《收获》《当代》《花城》《十月》《人民文学》《小说评论》《南方文坛》等国内重要文学期刊所发河南作家的作品为依据。《河南小说二十家》由墨白主编，《河南小小说二十家》由张晓林主编，《河南散文二十家》由李勇、王小朋主编，《河南诗歌二十家》由张延文、李大旭主编，《河南评论二十家》由墨白、卫绍生主编。

任何事情都不是孤立的，"21世纪河南作家系列研究工程"是在21世纪中国文学的大背景下展开的，与21世纪中国文学有着千丝万缕的联系。这里，仅以《河南小说二十家》为例。《河南小说二十家》分为"河南小说二十家"与"河南小说二十家（存目）"，其中选入"河南小说二十家"的小说家分1960年代、1970年代、1980年代、1990年代四辑，展示出不同年代出生的河南作家的创作实力。之所以把宗璞、白桦、张一弓、田中禾、孙方友、刘庆邦、周大新、张宇、李佩甫、朱秀海、行者、墨白、刘震云、阎连科、柳建伟、邵丽、李洱、乔叶、梁鸿、计文君放到"河南小说二十家（存目）"里，是因为这些作家都已有了相对全面的研究成果，这里我们只为读者提供每位作家创作及研究成果的索引，其目的是更完整地展现 21 世纪前 20 年河南文学的现状。

　　"21 世纪河南作家系列研究工程"是 21 世纪中国文学现状的一个缩影，任何关注这个时期中国文学现状的人都无法避开这个强大的事实。

2023 年 11 月 5 日，于郑州

　　［收入《河南小说二十家》（墨白主编）、《河南小小说二十家》（张晓林主编），郑州大学出版社 2024 年 6 月出版。］

《轻若尘烟——孔羽短篇小说选》 序

2023 年 9 月 19 日，一个雨雾弥漫的傍晚，小说家张晓林和孔羽从古都开封驱车南下，来到豫南信阳境内的鸡公山。我和朋友把他们安顿在北岗疗养院的别墅里，随后，把酒言欢。前三皇后五帝，被大雾浸透的话语几乎走遍了我们生命里所有的经历。自然，主题是我们毕生追求的文学。其中，就涉及了这本小说集的编选。话语间，由于丰富的生活阅历，我感受到孔羽对身边事物敏锐的感受力。这是一个小说家必备的素养。

2024 年 2 月 27 日，农历甲辰年正月十八的下午，晓林和孔羽，与河南大学教授、评论家张先飞从开封来，约在郑东新区商务内环路的金城阳光世纪的尚食坊，另有散文家冯杰、出版人李勇军、河南豫景能源科技有限公司董事长渠清团诸先生。席间，晓林主编通报"第四届蔡文姬文学奖""第二届师陀文学奖"的进展情况，另一个话题，就是这本编选成集的《轻若尘烟——孔羽短篇小说选》的出版事宜。孔羽约我写序，我欣然承受。

随后，打印成册的《轻若尘烟——孔羽短篇小说选》就随着我的移动而移动：上午阳台的茶几前、晚间餐厅的餐桌上、夜间床头的灯下。在对孔羽小说的阅读过程中，虽然有心理准备，但意外的惊喜仍然时常出现在我所目击的文字里。

孔羽小说里的人物命运，多是置之死地而后生的，他不回避创作的难度：雪姐被置于绝望之境、钢枪被置于卑微之境、壶爷被置于尴尬之境……每一个故事，都在人生命运中无法躲避的困境里展开：

雪姐的丈夫和儿子出了车祸，一个本来幸福的家庭破碎了，万念俱灰的雪姐不想活了，要投湖来了结人间的一切。可她醒来的时候却躺在医院里，冥冥之中似乎有一只无形的巨臂在掌控着她的命运……

心事重重的钢枪在巨大的权力机构里地位卑微，一个小车司机却要小心翼翼地一次次地帮书记弄虚作假，替出了车祸的书记顶包。在书记入狱后他不顾世俗的目光仍去照顾书记卧病在床的老娘。一个小学没毕业的底层人，凭借着中国传统文化里的"仁义"一步一步坐到了县政府行政科科长的位置……

壶爷乳名尿壶，一生面朝黄土背朝天。等上了年岁，当了副市长的儿子给他在城里置买了一套房，可壶爷用不惯燃气炉，想吃柴火蒸出来的杠子馍，就在楼前的小院里垒起了地锅灶；壶爷用不惯抽水马桶，就在小院里用泡沫板围了一个简易厕所；壶爷闲得难受，小院里很快就堆满了四处捡来的垃圾。壶爷的行为与他所处的世界格格不入，小区的微信群里吵翻了天……

孔羽通过一个个鲜活的人物来呈现复杂的社会形态。在钢枪身上，我们看到一个卑微的小人物的精神世界是怎样被扭曲；在邋遢的壶爷身上，通过他一桩桩的烦心事来呈现现实社会里所发生的巨大变迁。

大约二十年前，我就读过孔羽的短篇小说《蓉子》，至今还能记起小说里的人名。之所以能记住主人翁叫"孬"，是因为他和我初中同学的乳名相同，我的同学孬身材瘦削，麻秆个儿，后来整天扛着篮子沿街叫卖焦花生。我同时记住的，还有《蓉子》里的一个细节：

孬家夜里来了偷羊贼。孬起身追上并捉住那贼，看他可怜兮兮的样子就心软了，让贼掏一百块钱就放他。可贼身上没钱，孬就让贼明天送过来。这事儿孬没有告诉他心里焦急的爹。那偷羊贼很讲信誉，从此，孬就和那个贼成了无话不说的麻友。那个贼打到不顺手的时候，就会把妻子押上，贼的妻子叫蓉子……

孔羽不但善于用带着泥土气息的细节塑造人物，更善于表现他们的精神世界：二爷的悲壮、开椿叔的悲催、石亮的悲怆、李黑羊的悲惨、落榜高中生孬的迷茫。在写到"我"与蓉子之间那种微妙、压抑、神秘、复杂的蠢蠢欲动的情感，看似不动声色，却处处惊心动魄。

孔羽熟悉他笔下的土地，更熟悉他笔下的人物。他小说里的人物就是他亲叔、二大爷，是他三姨、四妗子，是他的堂兄堂弟、表姐表妹，是他祖祖辈辈生活在一个村子里的乡亲。而更多的时候，就是他自己。所以读孔羽的文字，你就会感觉到从土地里生长出来的青草气息，或者是三伏天从玉米地、高粱地里蒸发上升的烤人的水汽，或者干脆就是从他身体里流淌出来的鲜血。

孔羽小说里的叙事语言，是以豫东平原日常生活的口语为基础的，那是被红薯、玉米、大豆、高粱、芝麻、小麦等等农作物养育出来的，他的语言里处处散发着大蒜、洋葱、生姜、藿香的气味，刺激着你的神经。你看：

说人坏是"孬得长痔疮"，说轿车是"鳖盖车"，挨饿是"饿大牙"，用力干活儿是"拧着膀子"……（《狼崽》）人多语杂叫"满街筒子"，打人叫"捶他个驴日的"，说黄昏降临是"天没黑

好"，形容撒尿叫"一鞭尿"……（《两个村子五个人物》）

这样的叙事语言在孔羽的小说里俯拾皆是。那么，能产生这样语言的是一片什么样的土地呢？中国人说，不了解河南就不了解中国；河南人说，不了解开封就不了解河南。的确，开封是一块神奇的土地，是座博物馆，从地上随便拾起一片残砖旧瓦，仔细看看，认真品品，就是半部中国史，半部华夏文明史。中国漫长充满苦难的历史，造就了豫东平原淳厚的民风，浸透了民众的日常口语，孔羽叙事语言的长处，就在于他对日常生活口语的运用，这使他的小说有着丰富的韵味，让人能够从中读出这片土地的悲壮与惨烈、伤痛与欢乐、幽默与智慧。所以，这样的写作是可以依赖的。

孔羽的小说是对人存在的探究：《雪姐的故事——五百亩小区记事之一》是对事物偶然性与必然性的探究，《最后的任性——五百亩小区记事之二》《钢枪又擦亮——五百亩小区记事之三》是对人生存境遇的探究，而《两个村子五个人物》则是对人性的历史属性的探究。

五年前，王大山去乡里的砖瓦厂当厂长，由田寨和白屯两个自然村合成的行政村的村主任就被田寨的李三太拿去了。李三太拿了村主任就来白屯独门独户的郑槐根家给儿子提亲，郑槐根的闺女海兰就成了李黑羊的媳妇，这事儿一直压在郑槐根和儿子郑小五的心里。五年后，王大山回到了村里，和李三太竞选村主任，结果李三太落选。当天，白屯村里放了一天的鞭炮，真如皇帝登基一般。王大山的侄子王骡子骑着"嘉陵"摩托在田寨李黑羊家的村街里高声喊叫着来回窜了三回。五年前本应该成为他媳妇的海兰被李黑羊夺走了，这仇恨一直压在他心里。王大山当了村主任之后去乡里请了电影队，在装广播喇叭时特意叫喇叭口对着田寨的方向。就在放电影的那天夜里，一场无法避免充满血腥的械斗就顺理成章地发生了，李黑羊被乱刀捅身，最后死在了岳父家门前的红薯窖里……因为儿子郑小五主动承认杀人，郑槐根在白屯弯了一辈子的腰终于挺了起来。他走在村街上逢人就说，田寨的李黑羊就栽在俺小五手里，而被他儿子捅死的就是他的女婿……

小说对国民性的批判极具力量。权力意识是中华民族在漫长的历史发展过程中的心理积淀，权力太有诱惑力了，为了权力足以使人丧心病狂，不惜同室操戈、鲜血四溅。在中国历史上因权力的仇恨与杀戮事件比比皆是，从秦二世赐死扶苏到隋炀帝赐死杨勇，从西晋的"八王之乱"到唐朝的"玄武门之变"，从明朝"靖难之役"到清朝"九子夺嫡"，这种持久的丑陋精神状态和欲望，阴谋与罪恶在其间像野草一样在我们的国土上生长，几乎耗尽了我们人性中的善良，"'夷门三友'的小说就在这样的环境里继续书写着开封……"① 《两个村子五个人物》是对中国历史的一个刻骨的隐喻。

让我特别感到意外的是，小说里整个事件是以王大山、王骡子、郑槐根、李黑羊、郑小五五个人的视角分别展开的，这使我想起了黑泽明的《罗生门》，想起了福克纳的《喧哗与骚动》，我由此看出孔羽对西方现代文学的接受与感悟。

在《两个村子五个人物》里，作者隐藏在文字的后面，就像魏国那个站在肉铺里和朋友闲谈的隐士侯嬴一样，这个大梁夷门的守门人一边故意拖延时间，一边用狡黠的目光偷偷地观察着街道里坐

① 耿占春：《红门楼·序》，载孔羽《红门楼》，河南文艺出版社，2010，《序》第1页。

在马车里等候他的魏公子的反应①。

孔羽懂得尊重自己的小说人物。在叙事里，他从来不超越小说人物的文化和生活背景，用笔细细地贴着人物的心性与习惯来展开。由于现代主义文学观念的介入，孔羽近期的小说有着独到的叙事建构，呈现出丰富多彩的主题表达。

集子里精心编选的这 20 余篇小说，虽然代表着孔羽以往文学创作的成就，但也有遗憾。例如，《小满》虽是新作，但缺少《蓉子》里的爆发力，从叙事的本质来说，前者是现实主义，后者则是现代主义，有着明显的差异。在题材的处理上，豫东这样一个丰富的地域，缺少整体的、有规划的叙事建构，比如鲁迅的鲁镇、沈从文的湘西、孙方友的陈州。不过，在过去的岁月里，虽然因工作事务缠身影响了文学创作，但孔羽对文学的钟情从来没有减弱过。

孔羽说，他手头正在创作一部长篇小说，我对此充满了期待。因为他对生他、养他的这片土地太熟悉，熟悉得就像自己的耳目，就像自己伸手可见的五指。同时，从他身上，我能感受到烈火也无法摧毁的像野草一样旺盛的生命力。

2024 年 3 月 9 日，于郑州

（《轻若尘烟——孔羽短篇小说选》，孔羽著，郑州大学出版社 2024 年 11 月出版。）

---

① ［西汉］司马迁：《史记》卷七十七《魏公子列传》，延边人民出版社，1999，第 2116 页。

中国社会家族谱系的生动描绘

　　1948 年 6 月间，华东野战军第八纵队在解放古城开封突破新南门的战斗中，第 71 团尖刀连指导员董怀远不幸牺牲，他的战友胡世贵受其遗嘱，战后退伍来到了董怀远的老家——黄河南岸的仲舒岗，并从山西老家接来了妻子和三个儿子，一起孝敬赡养董怀远年迈的母亲。董怀远的母亲在 1952 年土地改革时去世，胡世贵在回山西老家窦家堡前，把大儿子胡德渠入赘到仲舒岗姬家，做了上门女婿。

　　以上是长篇小说《土厚井深》的历史切点，而这部小说故事的展开则是 1985 年前后，可见作者在选材上的独具匠心。这时，胡世贵已经去世，他的二儿子胡德润已成家立业。胡德润养育了三子一女，女儿胡荣妮已出嫁；大儿子胡荣海成了家，有了一双儿女；三儿子胡荣泉正在读高中；二儿子胡荣河三十多岁了也没个对象，而更让他操心的是他的三弟胡德水。

　　胡德水五十多岁，年轻时与本村的姑娘张樱桃青梅竹马，可是到了谈婚论嫁时被煤窑主窦嗣秀的大儿子窦贤生横刀夺爱，后来窦贤生因事故死在煤窑里，胡德水虽然和张樱桃有心成家，但被窦嗣秀以张樱桃带着两个孩子为由，把两人的婚姻挡在了门外，胡德水生活得很不如意。就在这个时候，仲舒岗的大嫂姬万菊突然来信，说是大哥胡德渠腰摔坏了，正赶焦芝麻炸豆的季节，地里需要有劳力过去帮忙。胡德润、胡德水兄弟二人商量后，由胡德水带着侄儿胡荣河、胡荣泉从山西老家前往黄河南岸的仲舒岗。

35 年前，少年胡德水跟随父亲回到窦家堡时土地改革已经结束，全家人都因耕地和用水发愁，经过努力终于在窦家窑附近得了一口庙坡井。可在眼下，在接到仲舒岗的来信之前，胡家赖以生存的庙坡井里的泉眼被窦家窑掘断了，胡家正在为吃饭的用水而发愁奔波。可当胡德水从山西老家再次来到黄河南沿的仲舒岗时，最让他费心思的仍然是土地和水的问题。《土厚井深》以土地改革为切入点，到 30 多年后的土地承包制，虽然这中间抛开了人民公社这一特定历史时期，但中国社会中的农业、农村和农民的核心仍然是土地问题。这就是《土厚井深》这部小说广阔的社会背景，胡氏家族无论是在山西老家，还是来到黄河南沿的仲舒岗，都被土地和水困惑。因土地而来的困惑直接影响着他们的生存现实与精神状况。

　　在《土厚井深》里，作者对现实中民众的生存现实与精神状况的呈现，依赖于对社会群体中的家族谱系的建构，而胡氏家族谱系则是小说中所有家族谱系中的纲领，在《土厚井深》里出现的所有家族都和胡家发生着千丝万缕的关联。

　　在山西沁河边的窦家堡，窦嗣秀既是村干部，又是窦家窑的窑主，显然是权势和金钱的象征。以窦嗣秀为代表的窦氏家族不但打破了胡德水应有的婚姻与家庭，而且企图主宰从仲舒岗来窦家堡的说书艺人周常亮一家人的命运，但随着时间的推移，周常亮的大女儿周梅兰最终摆脱了窦嗣秀的控制，回到了仲舒岗和胡德润二儿子胡荣河恋爱成家；周常亮的小女儿周梅娟和胡德润的小儿子胡荣泉一起读书，虽然胡荣泉高考落榜，但他在复读时参军，最终和周梅娟走到一起，并从政府机关工作人员回到了山西老家接手窦氏家族煤矿的管理与经营。

　　而在黄河南边的仲舒岗，则以胡德水和大哥胡德渠一家为叙事中心。胡德渠入赘姬家，其后代一女二子都从了姬姓，大闺女姬邦美嫁给了与仲舒岗相邻的刘伶岗的刘长鸣，大儿子姬邦本跟着本村的姜木匠学手艺。姜木匠有两个儿子，大儿子姜海涛，外号姜小胆，和姬邦美是同学，二儿子姜海洋是胡荣泉的同学，后来他们一块参了军。而姜木匠的妻子则是仲舒岗董氏家族的闺女。胡德水重新回到仲舒岗时，董氏家族的董仁孝正担任着村党支部书记。

董仁孝年轻时在生产队看青时，曾经在玉米地里抓住了偷玉米的姬万菊，由于年轻失去理智被姬万菊抓了把柄，并以此为要挟要让董家明媒正娶，可是姬万菊等来的却是入赘的胡德渠。这被姬万菊和董仁孝隐藏的秘密使姬氏与董氏家族的关系变得十分微妙。

家族在中国传统社会生活中扮演着至关重要的角色，家族观念体现在对家族连续性和认祖归宗的重视上，具有顽强的生命力，它是社会生活秩序建构和调节的核心，同时也是宗法社会政治结构中社会组织系统形成的基础。在《土厚井深》里，家族是乡土文化的根，以胡氏（姬氏）家族为纲领，以窦氏家族、董氏家族、周氏家族、姜氏家族、刘氏家族为网丝建构起来的关系网直接影响到社会的和谐与稳定，家族的价值观和规范通过一代又一代血缘与文化传承，深刻影响着社会成员的行为和思想。

而这种家族观念，在《土厚井深》中又被赋予到具体的人物身上。胡德水是胡氏家族观念的化身，他的家族理念在他在仲舒岗为把一口井命名为胡家井的过程中得到了充分的体现；而在董仁孝这里，则可以从他对董家坟的态度上得到充分的体现。《土厚井深》通过家族文化为我们塑造了像胡德水、董仁孝这样的文学人物，而小说对姬万菊、姬邦美、王金凤等几个女性人物的塑造，笔力尤显深厚。

胡德渠入赘姬家，几个孩子都随了姬姓，这是胡家拿不上台面的隐痛，而姬万菊的强势更使她的性格鲜明，在她处理和董仁孝以及董氏家族的关系上更为突出，特别是处理女婿刘长鸣的后事上与董仁孝的几个回合，使一个农村妇女的形象跃然纸上。姬万菊虽然大大咧咧但不失心计，虽然强势但她心地善良，这在她处理胡德水和侄儿胡荣河的婚事上得以体现。

胡德渠的女儿姬邦美，村里董仁孝的大儿子董智顺和姜木匠的儿子小胆都对她有意，但最后却嫁给了邻村刘伶岗村支书刘长太的儿子刘长鸣，后来因两个村里的矛盾在一场乡村电影中发生械斗时死于非命；成了寡妇的姬邦美回到娘家后，面对董智顺与姜小胆的情感追逐，她选择了董智顺，但董智顺得手后却跟一个县长的千金好上了，姬邦美在绝望之中投井自杀，但被姜小胆救下来，二人终成眷属。在姬邦美这里，人性的丑恶与美好得以最大限度地施展。

王金凤是姬万路的媳妇，生育一男一女。姬万路在山西窦家窑因煤矿事故去世后，在情感上和王金凤发生关联的一个是胡德渠的大儿子姬邦本，另一个是姬邦本的堂兄弟，也就是胡德润的二儿子胡荣河，虽然王金凤最后和胡德渠的二儿子姬邦本成了一家，但这两个人在辈分上都喊她婶子，他们的关系完全突破了尊卑有序、长幼有别的家族伦理关系，这对旧有的家族伦理体系构成了挑战，同时也应对了社会的变迁：

> 胡荣泉不由慨叹起井的遭遇来。当年，庙坡井毁了，胡家井淘出来了。如今，庙坡井重新焕发了生机，而胡家井却被填平了，虽然，他亲自撰写的碑文还在，而胡家井却成了历史。不久的将来，庙坡井也会成为历史的。但不管是庙坡井的新

生，还是胡家井的消亡，这都是大势使然，不可逆转。

《土厚井深》里家族观念形成的历史极其深远，仲舒岗的姬姓源自西周，仲舒岗因董仲舒而得名。山西的窦家堡坐落在沁河边上，沁河是黄河的支流，连接仲舒岗和窦家窑的不光是姬氏家族、董氏家族、胡氏家族，而首先是天下黄河。这是一个像天际一样辽阔的隐喻。

2024 年 8 月 23 日

（本文为《土厚井深》的跋。《土厚井深》，孔羽著。）

《申城史略》序

10月下旬，在鸡公山万国文化研究会2024年年会上，我有幸结识了朱德顺先生，并聆听了他作的题为《洋山洋城：清末民初的信阳》的学术报告。他的报告史料翔实、条理分明，使人耳目一新。当我拜读《申城史略》时发现，原来这个报告是这部史学著作中的一个章节。果然，《申城史略》的整体风格体现了朱德顺先生"以史料为基础，以轻松的状态书写"的史学主张，书中的章节均从大到小、由古及今，通俗而典雅，为我们详细地讲述了信阳的古八景、古城墙、古书院、古牌坊、古胡同、古桥、古井、古寨等等代表着古申城历史文化的古迹与遗存的前世今生。

信阳地处华夏之腹，是淮河文化的重要源头，中原文化与吴越文化、荆楚文化在这里交融共生，酿就了独具特色的豫风楚韵。大约25年前，我读过《陈楚文化》[①]一书，由于本书的作者之一王剑先生是我的同乡，而且熟知，所以我读得特别用心。楚惠王十一年（前478年），楚国第三次吞并了陈国，终将楚国的疆域扩张到了中原地区。当时辖地达十三邑的陈国城池成为楚国的北方重镇，因而由太昊伏羲氏、女娲、炎帝神农氏组成的东夷文化自然成了陈楚文化的组成部分，南方文化与北方文化在这里被重新结构、定义与融合。

在这之前的公元前684年，楚文王熊赀时期的楚国还吞并过另

---

① 邹文生等：《陈楚文化》，辽宁教育出版社，1998。

外一个诸侯国——申国。周朝时周武王封伯夷后人为申地，都城在今陕西平阳；后来，周宣王娶申侯的女儿为王后，大舅子公子诚入朝辅政。宣王五年（前 823 年）六月间，猃狁侵略周朝边境，周宣王命公子诚协同尹吉甫前往征伐，猃狁战败溃逃，公子诚名震朝野。为了遏制"南土"楚国势力的崛起与"封建亲戚以蕃屏国"，申地的居民"一部分被东迁，分封于谢（今南阳市东南），建立申国。春秋初为楚文王所灭。其留在原地部分，称'西申'"①。尹吉甫在《嵩高》一诗中写道："亹亹申伯，王缵之事。于邑于谢，南国是式。"② 西晋杜预在《左传》隐公元年（前 722 年）中注曰："申国，今南阳宛县。"唐人孔颖达在《左传注疏》隐公元年中疏曰："申之始封，亦在周兴之初，其后中绝。至宣王时，申伯以王舅改封于谢。"③《水经·淯水注》曰："（淯水）又南迳宛城东。其城，故申伯之都，楚文王灭申以为县也。"④《左传》哀公十七年（前 478 年）楚太师子谷追述道："彭仲爽，申俘也，（楚）文王以为令尹，实县申、息。"⑤

"申县设立的时间，洪亮吉以为当在鲁庄公六年，而今人何浩则定为鲁庄公七年至十年（即楚文王四年至七年）之间⑥，比较二说，似何说较妥，而洪说稍早，故今采何说。申县长官称公，斗班是最早见于史书中的申公，《左传》庄公三十年所载'秋，申公斗

① 《辞海》（第六版），上海辞书出版社，2009，第 2000 页。
② 《诗经·大雅·嵩高》，中华书局，2014，第 773 页。申伯就国的时候，宣王为其举行了盛大的欢送仪式，尹吉甫作《嵩高》。
③ ［西晋］杜预注、［唐］孔颖达疏：《左传注疏》，上海古籍出版社，2017。
④ ［北魏］郦道元著，陈桥驿、叶光庭、叶扬译注：《水经注全译》，贵州人民出版社，1996，第 1087 页。
⑤ 郭丹等译注：《左传》，中华书局，2014，第 2378 页。
⑥ 何浩：《西申、东申和南申》，《史学月刊》1988 年第 5 期。

班杀子元'可以为证。"可见楚灭申国之后，将申设县。但这时的申县在南阳，并不是《申城史略》中所说的申城，那么，信阳申城起源在何时？

据周振鹤主编的《中国行政区划通史》载，现在的信阳市在战国时期的楚国设武城县。秦朝时设城阳县，属九江郡所辖。西汉时设成阳侯国，属荆州刺史南阳郡所辖。东汉时先后设成阳县，属汝南郡所辖；钟武县，属荆州刺史江夏郡所辖。三国曹魏黄初二年（221 年）设义阳县，属荆州南阳郡所辖。三国曹魏景初三年（239 年）设义阳县，属荆州义阳郡所辖；三国曹魏景元三年（262 年）设义阳县，属荆州南阳郡所辖。西晋泰始元年（265 年）设义阳县，属荆州义阳郡所辖。东晋设平阳县，属荆州义阳郡所辖。南朝宋设平阳县，属荆州义阳郡所辖。南朝宋明帝刘彧设平阳县，属司州义阳郡所辖。南朝宋大明八年（464 年）设平阳县，属南豫州义阳郡所辖。北周武帝时（577 年）改称申州，后迁至义阳："齐置司州。梁曰北司州，后复曰司州。后魏改曰郢州，后周改曰申州。"①"宋元嘉末，于此立司州。自后入后魏为郢州，入梁为司州。周武帝平齐，改为申州。"②

我不厌其烦地引述以上史料，其目的就是引证北周武帝宇文邕在建德六年（577 年）正月吞并北齐后改郢城为申州。因为从此就开启了朱德顺先生在《申城史略》里所描述的申城距今近 1450 年的历史。当然，作为一个城池，申城所在的这片土地还有更遥远的过去。1953 年春，在信阳城南三里店的一次建筑工程中，发现了一处古代文化遗址。根据遗址的性质和层次叠压关系，考古学家确定

① ［唐］魏徵撰：《隋书》卷三十一，中华书局，2000，第 607 页。
② ［唐］李吉甫撰：《元和郡县图志》，中华书局，1983，第 197 页。

了四个主要的文化时期：新石器时代屈家岭文化遗存、屈家岭文化向龙山文化过渡的文化遗存、二里头文化类型遗存、商代晚期或西周文化遗存。我在信阳博物馆曾见过考古工作者在大量的陶片和石器中发掘出的一柄战国时期古铜剑，这些发现不仅证明了南方屈家岭文化已达淮河上游，还为研究信阳史前文化的南北集聚和融合提供了重要证据，同时也证明了信阳是华夏文明的重要发祥地之一。

无独有偶，虽然多年前我从《陈楚文化》里开始了解信阳这片土地，但我对信阳历史更深入的了解是从鸡公山开始的。1901年秋季，48岁的挪威人李立生从美国千辛万苦经汉口来到信阳时，巧合在三里店买下了一块地，到了第二年的春天，这位牧师又在浉河对岸置地建造教堂。我们看到，朱德顺先生在《申城史略》里对这座至今保存完好的基督教堂有着详细的介绍。这就有些意味了，如果我们把三里店遗址视为中国南北文化在信阳的交流和融合的话，那么传教士李立生的到来则是信阳中西文化交流与融合的一个切入点。由此，我们可以得出或证明信阳作为一个历史文化名城的多元性与丰富性。

为了了解并熟知信阳的历史文化，我从2006年到鸡公山避暑写作，用去了将近20年，而朱德顺先生则从一出生就开始了感受与熟知信阳文化历史的旅程。在《申城史略》里，所有被他文字描述的，都在他的生命历程中刻下了深刻的印记。朱德顺先生从国外博物馆与报刊，到国内档案馆与图书馆以及散落民间的各种不同的渠道，收集了大量珍贵的历史照片，通过查阅大量申城历史文化书籍，再到亲自考察与调研申城的历史遗迹，根据多年对申城文史知识积累，终于完成了摆在我们面前的这部图文并茂、内容翔实、知识性强、信息量大、有可读性与科普性的史学著作，《申城史略》

在多维度、深层次地探究与传承地域文化方面作出了有益的尝试，向我们开启了一扇了解申城历史、感悟申城文化的窗户，填补了申城文史研究的空白。

《申城史略》一书的出版，不啻给信阳文史界注入了一股清流，同时也提醒社会各界对信阳古城百年以上的古建筑比如仅残存的文庙大成殿、袁家大楼以及几座古桥老屋的保护与维修。如不加快抢救性保护，信阳历史文化的根魂将无处安放，信阳人的乡愁将无法寄托。这正如故宫博物院原院长单霁翔先生所言："一座失去记忆的城市无论如何都不是我们理想的城市。"

《申城史略》一书的出版，是信阳市文史界乃至信阳民众的一件喜事、大事，这对宣传申城的美誉度，提高申城文旅的内生动力将起到积极推动作用，对更多的人走进申城信阳、亲近申城信阳，对宣传申城信阳功不可没。我们同时期待，朱德顺先生有更多关于申城信阳的文史著作问世。

是为序。

2024 年 11 月 6 日，郑州家中

《乡愁记》序

　　第一次见到绍广是癸卯年冬月中旬在开封小说研究会成立前的那天傍晚。天气有些凉，但绍广的手很温暖，我看到了他以丰富的社会阅历为底色又略带严肃的微笑。后来，等渐渐熟悉了我才明白，绍广那发自内心的微笑和他所从事的职业有关。同时，我偶尔也能从他说话的语调里捕捉到黄河故道的气息。就在那次会议上绍广告诉我，他正在写一部长篇小说。到了今年春天我们再次相见时，绍广随手就递过来了已经完成的书稿。那一瞬间我突然感悟到，他在面对复杂的社会时所露出的微笑，是在漫长的时光中文学对他的滋养。

　　《乡愁记》是一部有着荷花淀派叙事风格的自传体长篇小说，同时又是一部文学版的20世纪70年代的豫东乡村图志。

　　《乡愁记》的故事结构由一条主线和众多支线构成。主线是那个特殊年代由祖孙三代组成的畸形家庭：因婆媳不和，只好"分锅"，孙子记儿跟了奶奶付秋园一同生活，而记儿的父亲张永年、母亲王秀英和他的三个妹妹、一个弟弟则住在隔壁，有着血缘的一家人从此行同路人。众多的分支是与这个畸形家庭相关联的村子里的住户，这就像一柄芭蕉扇，众多的支线从扇把上散发出去，这把普通的圆圆的芭蕉扇就覆盖住了他们生活着的对那个特殊历史时期构成隐喻的名叫坝屯的村子了。

　　说《乡愁记》是自传体，那是因为小说中主人公的家族历史、家族成员及出生年月和作者的实际情况均相似；说《乡愁记》是

20 世纪 70 年代的豫东乡村图志,那是诸如兰考、红庙、葡萄架、堌阳、张油坊、白楼村等等众多的地名,还有这个坐落在黄河故堤上的村庄坝屯的地理环境和格局以及河流、水淖、乡间公路、村中土道也都是真实的存在,连村里居民的姓氏、家谱中的辈分都有据可查。在这本乡村图志里,不但有芦苇、菖蒲、青蒿、荠菜、梭鱼草、苦草、红蓼、水蓼、水葱、水浮莲、睡莲、红莲和各色杂草,仅匏瓜、瓠子、蚰子葫芦、葫芦这几种外形相近很难辨识的植物就足以证明这一点,甚至连牙疼、打摆子、闹痢疾、痄腮等等这些常见的乡间疾病都有描述,更不用说众多的鸟类与动物了。

还有那个时代特有的名词——阶级斗争、赤脚医生、过革命化的春节等等;还有"麦熟一晌,蚕老一时"等等俯拾即是的民谚;还有由走村串巷的货郎、吹糖人的、修锁的、阉牲口的、卖鼠药的、卖豆腐的、卖醋的、耍猴的、玩皮影的、玩杂技的、修风箱的、剃头的、卖糖葫芦的、卖花米团儿的以及铜匠、石匠等等所构成的农耕时代的商业图谱。

不说秋收与春节,单说麦子的播种与收获,就足以构成一部农事诗:从运粪、犁地、播种、浇水、收割到碾麦、扬场;从"专门种了喂牲口的大麦业已成熟"到用新麦做成的碾馔,再到分麦子后有春节时新过门媳妇要回娘家走亲戚的庄户人家忙着请人炸油条、炸菜角、炸糖糕、炸麻叶儿以及生产队社员用铡麦秸时控下来的麦子偷换白面蒸馍;从在麦茬子地里点种玉米到"麦罢"后几个善做庄稼活儿的老把式"合"麦秸垛,再到村里请来说书人说书等等都是细细写来,这些豫东平原农忙时和农闲时特有的景象,准确而生动。

当然,还有那个时代的乡村风俗:不说建房打夯、红白喜事、辛勤劳作、除夕守岁、春节串亲，单说那个时代乡村孩子们的游戏方法，像搁方、跳绳、推铁环、扇洋牌、打陀螺、鸡叨架、夹沙包、踢毽子、猜谜语、打水漂、丢疙瘩、挤尿床、吹气球、打弹弓、盘瓜圈、抛杏核、过家家、牤牛抵架、弹琉璃蛋儿、看蚂蚁搬家、看屎壳郎滚蛋儿、下河捉小鱼、上树掏鸟窝等等，真是花样翻新，令人目不暇接。

生活是艰辛的，但绍广总能在充满苦涩的生活里看见美好。虽然前途是渺茫的，却总有一种说不清道不明的希望的东西在诱惑着人们活下去，人们默默地承受，又不屈不挠地前行。当读到村里娶亲的胶皮轱轮马车车厢内一领细致的篾席卷顶形成一个圆弧形状的拱洞，另一张新席遮挡了拱洞前门的婚车时，我不由得拍案而起，绍广的文字带给了我无尽的事关少年时代的乡村记忆。是的，夜幕降临了，"一盏盏荧荧如豆的煤油灯被点亮了，暗红的光晕从窗户里溢出来，溪水般流淌在夜的深处，使夜晚静谧得宛如一首古老的田园诗"。

应该说，《乡愁记》是一部具有散文化叙事风格的长篇小说，小说以点及面，在一个乡村里打下了一口历史的深井。绍广一家一户地写，一个人物一个人物地刻画，在细致的生活场景里给我们塑造了众多鲜活而生动的人物形象：嫉贤妒能动不动就抓阶级斗争的生产队队长张纯强；依仗权势淫辱百姓的生产队会计张纯横；不懂世事却摇唇鼓舌、好吃懒做的长舌妇刘泼妮；身怀绝技、村邻有客不请自到的"闻香到"张永留；管理学校大字不识一箩筐、讲话"烫剩饭"的贫农代表李传德；认死理好抬杠像头牛干了一辈子脏活儿、累活儿的"二别子"蔡孬货；颇有心计先给别人拉皮条后动了风情的乡村少妇袁动叶……

绍广笔下最用力的是记儿一家老少三代。因别人搬弄是非，受人蛊惑的奶奶一气之下就抹了儿媳王秀英一嘴屎，还在夜深人静的时候披麻戴孝去扑仇人家的宅子，这样一个孤苦的老人却像一只老母鸡爹着翅膀呵护着自己的孙子。王秀英因受了婆婆的气就搬来娘家人殴打婆婆"出气"，虽然她会纺花、织布、缝补、浆洗，但记儿却没有福气穿她做的鞋子。在自家母亲与自己的媳妇生气时，作为儿子和丈夫的张永年只能偷偷躲在外边，痛苦无奈地用双手捧着头蹲坐地上，可在大队的革命文艺宣传队里他却坚决只演英雄李玉和……

记儿是一个手无缚鸡之力的小男孩，性情敏感而忧郁，但在他生活的世界里却时时表现出要强来：麦忙假义务帮助生产队拾麦穗时总是走在前面，不请假，不偷懒耍滑；咬牙挑水帮奶奶分担家务；饿着肚子拾红薯；为完成学校下达的勤工俭学拾红薯任务，不甘落后的记儿，把生产队分给自家的红薯偷偷装一篮子扛到学校算自己在秋后地里拾的；天气酷热难耐，他多么想买一根五分钱的冰棍吃呀，可他实在没钱，只好强忍着；有学生因记儿的父亲饰演李玉和而叫他李记儿时，他就会与之拼命；虽然姥姥家"来出气"的人给他带来了巨大的伤害，但他作文里写下"我的妈妈不爱我，她很少疼我……"的文字时竟难过得流下了泪水。在十一周岁那年他萌生了对异性的爱恋，一天深夜他在睡梦里因梦到了领弟姐姐而遗精……

尤其难能可贵的是，作者没有把书中的人物脸谱化、简单化，他的笔触总能直视人物隐秘的内心世界，既挖掘出了人性的复杂，又写出了生活的真实，读来使人产生共鸣，唤醒我们的童年记忆。在叙事里，绍广总会不时地提醒我们他是在现实的一瞬里回望曾经的人生。2024 年 9 月中旬，我和出版人李勇军、孙祖和一起驱车前往兰考县。当我读到绍广在小说里写到的葡萄架乡和兰曹公路时，一种亲切之感油然而生，这就是我曾经走过的土地呀！在那个细雨蒙蒙的日子里，我们像绍广笔下的主人公记儿一样沿着兰曹公路一路往西，在一个名叫关东的村子左拐向南，沿着 Y018 的乡村公路在于家园附近的一个葡萄园前停下，我们要去园子里摘葡萄。

从地图定位上看，我们所处的位置前面就是商丘市引黄总干渠，左首便是仪封园艺场旧址。一看到地图上显示的"仪封园艺场"这几个字，我的心里立马热乎乎的，有一股暖流汩汩地涌上心头。1982 年 4 月间，还在老家小学任教的我和几个青年教师成立了"南地文学社"，当时正在兰考仪封园艺场参加笔会的大哥（孙方友）听说后，写了一篇热情洋溢的祝词："疾风知劲草，路遥知马力，文学要靠激情，靠主观努力，坚持五年，定会有收获。那么要坚持 20 年，坚持 30 年呢……"

20 世纪 80 年代初期，绍广在开封求学时就和一群志趣相投的同学组织《原上草》文学社，绍广任社长，大家沉浸其中，躬耕不辍，他们其中就有现在已经成为小说家的张晓林和李克俭。那时，文学就深深根植在绍广的心中，虽然参加工作后没有直接从事文学工作，且事务繁忙，但那颗热爱文学的心却始终炽热如初，精神的脚步一直走在文学的道路上。就像大哥说的，绍广不但坚持了 20 年、30 年，而是已经足足坚持了 40 年。在流逝的光阴里，那文学的种子发芽、开花、结果，最终，使绍广得以散文家而著称于世。但在我看来，他收在《桐花集》《故园梦忆》《芦花集》里的散文作品，都是他为了创作这部长篇小说所做的素材积累；他在创作散文时对社会的观察、对往事的回忆、对语言的捕捉、对人生的审视以及对自我灵魂的拷问等等，都是为创作这部长篇小说所做的训练与铺垫。

因日记体散文的写作，绍广养成了敏锐的观察力和深刻的概括力，一下笔就能用简洁的语言深入人与社会的本质里去。在《难忘那个顶风冒雪的人》《神秘的赊刀人》《父亲逸事》等散文里，绍广早已埋下了小说的种子。现在，这部有着荷花淀派小说叙事风格的长篇小说就摆放在我们面前，这部由绍广用心血浇灌的文学生命之树，可谓一棵参天之树。

在记忆里的那个乙卯年癸未月夏日的凌晨，在下弦月刚刚从东边升起的时候，记儿和奶奶各自背了一个小包袱悄无声息地离开了家，他们沿着曾经走过无数次的村道走出村子，默然立在村头向这个他们曾经生活过的村庄告别。他们在受尽屈辱之后最终要悄悄地离开，他们要到另外一个陌生的世界里去。虽然迷茫，但他们的脚步却不曾犹豫。这是这部小说对一个时代给出的最深刻的隐喻。

2025 年 3 月

后记

这几天，一直在编校收进《序跋集》里的文字，有些累，就下厨做了两个小菜，独自在廊台上小酌。傍晚的风隐在叶子的缝隙里歇息，山林因蝉鸣而显得更加寂静。一只我不知名的鸟，压弯了房前沟坡的竹子欢叫着，另一只我仍然不知名的鸟从廊外的枫杨树上应和着。咕咕噜噜、叽叽喳喳，我真的不知道它们在说什么，我只晓得那是自然的秘密。廊台外侧的石板路上一天都是沉静的，这你知道，只有风独来独往。是的，风像鸟儿一样，是有翅膀的，你从来不曾留意风从何处来，又往何处去。就像我刚才感觉到的，有时风会躲进廊外枫杨树叶里歇息，有时呢，风又会漫步过来，你看，就像现在，风又来了。风来了，就凉爽起来，但杯中的酒已过了八分，略有醉意的目光看着明亮的月光在廊台外枫杨的枝叶里摇曳，就端起酒杯，却看到圆圆的月亮映在酒里，就感慨。酒意渐渐浓起来，这天下，再也没有如此孤寂的月夜了。

这样的美好，可心里却还装着那些我白天里读过的文字，真是不可救药。我饮下杯中的酒，心想就放任自流吧。也是趁着酒意，回屋冲凉，准备歇息。躺到床上，没想到月光穿过窗外法国梧桐的枝叶从窗子里照在我的脸上，我仰脸望着，月光竟然把那我熟悉的树冠给涂成灰黑一团了，就总觉得还有什么事儿没做，于是就起身开灯，拿起笔来在纸上涂抹：

集子里第一辑的跋文，大多与我的小说创作有关：关于记忆、关于时间、关于历史、关于梦境、关于幻想、关于精神、关于尊严、关于颍河镇……都是我写作的想法与实践；集子里第二辑的序文，虽然是阅读文朋诗友作品的感受，但也多与小说写作有关，是我对小说思考的延续，是我写作主张与思想的另一种表达；序跋文虽然零碎，但集结后，使我对人生、对社会、对文学的态度就逐渐明朗起来……

写完这些，醉意也就真的上来了，终于可以放下了，就关灯，倒头睡下，任月光在我的脸上鹅毛一样拂来扫去。

睡梦里，风在屋后的森林里走了一夜。在阵阵的林涛声中醒来，仰脸望着窗外，阳光替代了月光穿透法国梧桐的枝叶落在蝉鸣里，摇曳。躺在那里，懒懒不想起床，仍然想着集子里的文字。我当然知道，集子里的文章是以编年为序的，首篇《生命之体验》写于 1992 年，而末篇《〈解放军将帅与鸡公山〉序》，是前几天 8 月 7 日才完成。我掰着手指头算了算，前前后后，时间跨度竟然长达 30 年。

30 年？我折身而起，拿起笔顺手在纸上写下了一行字：弹指一挥间。

是的，不错，弹指一挥间。写完之后，我就在窗前坐下来，目光有些发呆。风仍旧吹着树叶在我眼前闪动着，发出沙沙的声响。虽然是清晨，但心里很清楚，我生命的年轮已到了午后。对于我来说，傍晚的时光，正在缓缓降临。

2022 年 8 月 13 日，鸡公山北岗 18 栋

进入 10 月初的小长假，因受"'三重'拉尼娜现象"的影响，

中央气象台 10 月 2 日 10 时发布了寒潮蓝色预警，到了 5 日，天气就出现断崖式降温。10 月 6 日，在延绵的细雨中，我从郑州家中回到了鸡公山，窗外在秋雨里摇曳的树林，使我切身地感觉到了寒意。好在有桌上的电脑，有时候，我会感觉到文字所传达给我的温暖。这的确是一件十分有奇趣的事情，被敲打到电脑屏幕上的文字会给你带来温暖，忘记寒意。是的，我就是在这样的状态下把新近给《花誓》与《幸福的种子》两部长篇小说写就的序言，放到《序跋集》的后面。到目前为止，我先前所有关于序与跋的文字，都收进这个集子里了。

2022 年 10 月 16 日补记，鸡公山北岗 18 栋

昨天上午，我独自在滂沱大雨里来到老虎石看海。"大雨落幽燕，白浪滔天，秦皇岛外打鱼船。"当年，毛泽东也一定是在这大雨里来观海，不然，哪来这样的诗句？

今天上午，从北戴河出发，行车近一个小时，为观明长城老龙头，看"天下第一关"。初秋烈日下的山海关，处处耳闻吴三桂。"策马出关终辱命，引狼入室太伤情。"300 多年来，吴三桂因"降清"经常被人指责为"汉奸"，吴三桂的一生跌宕起伏、充满变数，堪称复杂。他既有叛明投清的一面，也有忠孝义节、金戈铁马的铁血篇章，既有为权为私欲而角逐拼杀的一面，也有"冲冠一怒为红颜"的一刻。然而，即便吴三桂"人生不惧天作弄，命运双拳掌控"，登基称帝（1678 年 3 月 1 日）也已过去了近 350 年，清亡而民国兴，如今连袁世凯、孙中山、蒋介石诸位也早已是"日月流光似梦"。任何人在时光的长河里，都是茫茫戈壁里的一粒沙，我们要想打捞他，也只能通过文字在时光里回溯。"李陵心事早风尘，

三十年来岂卧薪"，现实是历史的一面镜子。人生"立德、立功"，终因"立言"而不朽。

"我在时间里逐渐丧失视力，仿佛黄昏缓缓来临。"博尔赫斯在60多岁时眼睛渐渐失明，随后他在昏暗的世界里又生活了20年。面对人生黄昏的降临，既有生命的无奈，也需生活的勇气。一晃，我相距上次写下《后记》里的文字又过一年。在寂静的夜间，我把新写的《〈痴心三部曲〉序》《中国底层社会众生相》编入集子，用来记录我，还有和我相关的人与事曾经在时光中的存在。

2023 年 9 月 1 日晚又记，中国作家协会北戴河创作之家

2910 客房

近日，河南省文联离退休处通知让和出版社签订出版合同，我就着手又把新近写出的《"21 世纪河南作家系列研究工程"序》《〈轻若尘烟——孔羽短篇小说选〉序》《〈通往青藏高原的道路〉后记》《中国社会家族谱系的生动描绘》《〈申城史略〉序》和《〈乡愁记〉序》编进这本集子里。我一边编辑一边心里嘟囔着，怎么老是这样，没完没了。就像这日子，日复一日，仿佛没有尽头似的。其实，哪怕再漫长的日子也会出现天际线的。就像现在，就像这本集子。最终，还是到了打住的这一刻。

2025 年 3 月 31 日再记，郑州家中

编辑赘语

因为文学，因为一篇篇文字，将作家、编辑与读者紧密联结在一起。

著名作家墨白先生是多家出版社——当然包括郑州大学出版社——的重要作者，更是朋友。收进这部《序跋集》的文字，时间跨度逾三十年。某种意义上说，这是一位作家的个人文学史，也从一个侧面反映了河南当代文学史乃至中国当代文学史。其中，相当一部分篇目在收入相应的作品（集）、著作的同时，还在国内的一些报刊公开发表过（有的收入其他选本）。这些文字既是相关作品（集）、著作的"副文本"，同时又是独立存在的单篇作品（不管发表与否）。此次结集，经过多次沟通、反复斟酌，还是决定尽可能以"原貌"收录，而此前公开出版或发表的版本，经过出版社编辑、报刊编辑之手，基于体例的原因、版面的考虑等，或多或少都会有修改或删节，这样就形成了事实上的不同版本。有心的读者，可以将这些不同的版本对照着阅读，相信一定会有全新的阅读体验和意外的惊喜与发现。现将这部《序跋集》相关篇目的发表（包括另行入集）情况罗列如下：

《生命之体验》，收入《小小说百家创作谈》（王保民主编，河南人民出版社 1992 年 3 月版）。

《画匠·艺术家》，载《小小说选刊》1994 年第 2 期。

《我为什么而动容》，载《作家》1998 年第 11 期。

《小说的叙事语言》，载《作品》2011年第6期、《莽原》2012年第5期。

《重现的时光之影》，载《莽原》2012年第5期、《中华读书报》2013年1月23日。

《〈欲望〉后记》，载《文艺报》2012年5月21日（发表时题为《欲望和因欲望而产生的蜕变》）。

《短篇小说写作的训练》，载《东京文学》2012年第2期、《莽原》2012年第5期。

《生命在时间里燃烧》，载《莽原》2012年第5期、《小小说选刊》2014年第7期转载。

《写作的精神实质》，载《作品》2011年第6期、《莽原》2012年第5期。

《精神蜕变与人格尊严》，载《莽原》2012年第5期。

《颖河镇与世界的关系》，载《莽原》2012年第5期、《中华读书报》2013年2月6日。

《一个人的经济理论编年》，载《河南日报》2020年5月15日。

《"陈州笔记系列"丛书序》《"孙方友新笔记体小说·小镇人物系列"丛书序》，载《红豆》2011年第4期（发表时题为《孙方友著作序言两篇》）。

《前景广阔的小说家》，载《岁月》2013年第11期，收入《河南小说二十家》（郑州大学出版社2024年6月版）。

《〈陈州笔记〉的价值与意义》，收入《孙方友研究》（杨文臣著，河南大学出版社2017年6月版），载《博览群书》2025年第1期。

《2015 年河南中篇小说创作综述》，载《河南日报》2016 年 1 月 6 日（发表时题为《雪中之豹朝我扑来》）。

《〈驴皮记〉序》，载《河南日报》2017 年 3 月 8 日，又以《才子冯杰》为题载《中华读书报》2017 年 3 月 15 日。

《〈孙方友小说艺术研究〉序》，载《河南日报》2017 年 7 月 21 日（发表时题为《孙方友小说艺术研究的开先之作》）。

《〈鸡公山百景图〉序》，载《河南工人日报》2019 年 7 月 4 日。

《〈与光击掌〉序》，载《大观》（东京文学）2021 年第 1 期。

《故乡的种子》，载《快乐阅读》2022 年第 1 期、《南腔北调》2022 年第 4 期。

《〈花誓〉序》，载《快乐阅读》2022 年第 10 期。

《〈痴心三部曲〉序》，载《快乐阅读》2023 年第 11 期。

《中国底层社会众生相》，载《快乐阅读》2023 年第 4 期、《南腔北调》2023 年第 5 期。

《〈轻若尘烟——孔羽短篇小说选〉序》，载《郑州日报》2024 年 12 月 23 日（发表时题为《豫东平原的历史画卷》）、《开封日报》2024 年 12 月 23 日（发表时题为《豫东平原的历史画卷——读〈轻若尘烟——孔羽短篇小说选〉》）。

本书责编

2025 年 4 月 25 日